EM CASA
PARA O NATAL

Da autora:

O céu vai ter que esperar!

Cally Taylor

EM CASA PARA O NATAL

Tradução
Bruna Hartstein

Rio de Janeiro | 2013

Copyright © Cally Taylor 2011

Título original: *Home for Christmas*

Capa: Carolina Vaz

Ilustração de capa: Juliana Monteiro

Editoração: FA Studio

Texto revisado segundo o novo
Acordo Ortográfico da Língua Portuguesa

2013
Impresso no Brasil
Printed in Brazil

Cip-Brasil. Catalogação na publicação
Sindicato Nacional dos Editores de Livros, RJ

T24e	Taylor, Cally
	Em casa para o Natal/ Cally Taylor; [tradução Bruna Hartstein]. – 1. ed. – Rio de Janeiro: Bertrand Brasil, 2013.
	350 p.; 23 cm.
	Tradução de: Home for Christmas
	ISBN 978-85-286-1743-6
	1. Ficção inglesa. I. Hartstein, Bruna. II. Título.
13-04142	CDD: 823
	CDU: 821.111-3

Todos os direitos reservados pela:
EDITORA BERTRAND BRASIL LTDA.
Rua Argentina, 171 — 2º andar — São Cristóvão
20921-380 — Rio de Janeiro — RJ
Tel.: (0xx21) 2585-2070 — Fax: (0xx21) 2585-2087

Não é permitida a reprodução total ou parcial desta obra, por
quaisquer meios, sem a prévia autorização por escrito da Editora.

Atendimento e venda direta ao leitor:
mdireto@record.com.br ou (0xx21) 2585-2002

Para meus irmãos,
David e Rebecca Taylor

CAPÍTULO UM

BETH

Eu estava tentando arrumar os folhetos com o catálogo dos filmes de novembro em pilhas certinhas sobre o balcão, mas podia senti-lo, o homem mais bonito do mundo, em pé do outro lado do cinema vazio, me encarando. Nossos olhos se cruzaram e desviei os meus rapidamente, as bochechas em fogo de tanta vergonha. Ele sabia o que eu estava pensando em fazer. Sei que sabia.

Faça isso, Beth, incitou o lado direito do meu cérebro enquanto eu me sentava à mesa e ligava o computador. *Vá lá e fale com ele. Diga o que você precisa dizer. Vai ajudar.*

De jeito nenhum!, exclamou o lado esquerdo. *Isso é ridículo. E se alguém entrar e vir vocês?*

Ninguém vai entrar. São dez e meia da manhã, e a primeira sessão só começa às onze. Vá lá e fale com ele!

O lado direito fez um pequeno barulho, como se dissesse PATETA!, mas decidi ignorá-lo. Levantei-me, atravessei o salão e parei a uns trinta centímetros do homem alto, moreno e lindo parado ao lado da porta de vidro. Seu sorriso caloroso fez meu estômago dar um salto.

— Preciso dizer uma coisa — falei, evitando seu olhar escrutinador e baixando os olhos para o carpete.

Era uma vez um carpete alto e macio, de um vermelho profundo. Agora estava gasto e desbotado, como tudo o mais no cinema Picturebox onde eu trabalhava.

— É que... — continuei, ansiosa. — Eu amo você desde que o vi pela primeira vez.

Esperei. Meu belo homem não disse nada.

Argh! Não era de admirar. *Eu amo você desde que o vi pela primeira vez* — se declarações de amor ganhassem prêmios, eu receberia o Oscar de Gorgonzola.

— Sinto muito — falei, os olhos ainda fixos no carpete. — Isso foi um tanto brega. O que eu queria dizer... o que venho tentando dizer há meses... é que... acho que me apaixonei por você.

O homem bonito continuou em silêncio, e meu estômago revirou violentamente.

— Foi tão ruim assim? — Ergui a cabeça, fitei os olhos castanhos mais afáveis que eu já tinha visto e limpei um fio de teia de aranha do rosto dele (eu havia exagerado um pouco na decoração do Dia das Bruxas). — Se você fosse o Aiden, fugiria correndo? Se pudesse correr, é claro.

O cartaz do George Clooney à minha frente não respondeu.

— Ó céus. — Fiz que não e andei de volta até o balcão. — Devo estar ficando louca. Que tipo de mulher imbecil pratica dizer "eu amo você" para um homem de papelão?

Despenquei na cadeira e olhei depressivamente para o computador. Após dez meses juntos, Aiden ainda não dissera que me amava. Eu também não tinha dito, mas, levando em consideração a reação de Josh na noite em que eu tinha dito a *ele* que o amava, ninguém podia me culpar por sentir certo receio.

Olhei de novo para George Clooney. Ele continuava me encarando do outro lado do saguão. Seus olhos pareceram cintilar, divertidos.

— Sei, sei, pode rir. Você provavelmente já escutou milhões de declarações de amor diferentes enquanto eu...

Apoiei a cabeça nas mãos e suspirei. Não conseguia sequer dizer aquilo em voz alta. Eu estava com vinte e quatro anos, e ninguém jamais dissera que me amava. Já tinham me dito coisas do tipo "Eu gosto muito de você", "Eu me preocupo com você" e "Você é muito importante para mim", mas ninguém, nem um único homem, jamais me dissera as três palavrinhas mágicas. As pessoas pelo mundo afora se apaixonavam e compartilhavam seus sentimentos. O que havia de errado comigo? Por que "Você gostaria de tomar um drinque comigo" inevitavelmente terminava com "O problema não é você, sou eu"? Isso era quase pior do que ser uma virgem de vinte e quatro anos (o que, a propósito, eu não sou, graças a Deus).

Perdi minha virgindade com Liam Wilkinson, minha paixonite dos tempos de colégio, sobre uma pilha de casacos na festa de aniversário de dezessete anos dele. Estava flutuando nas nuvens, pensando "uau, não acredito que isso realmente aconteceu" pelo restante do fim de semana, mas voltei à Terra com um tremendo tombo quando as aulas recomeçaram na segunda-feira.

— Oi, Liam — cumprimentei, quase sem conseguir respirar, depois de reunir coragem para falar com ele no corredor. — Só queria que você soubesse que me diverti à beça no seu aniversário.

— Legal. — Ele correu uma das mãos pelo cabelo curtinho e espetado, o olhar passando por cima da minha cabeça e se fixando num grupinho de garotas rindo sem parar na outra ponta do corredor. — Que bom que você gostou, Beth. Fiquei tão bêbado que não me lembro de nada.

Duas semanas depois ele declarou seu amor por Jessica Merriot pichando o nome dela na parede do prédio de ciências. Liam recebeu duas semanas de suspensão, mas disse que valeu a pena.

Todos os homens com quem saí até hoje já se apaixonaram antes. Sei disso porque percebia o modo como os olhos deles ficavam vidrados ao falar do primeiro amor ou da ex-namorada. No entanto, nenhum deles jamais se apaixonou por mim. Nem unzinho só. E não tenho a mínima ideia do motivo. Não sou uma psicopata. Não sou difícil de agradar. Não sou burra nem cruel nem egoísta. Sou apenas eu, Beth Prince, a garota adorável, doce e engraçada, mas que ainda assim leva um pé na bunda. O que será que estou fazendo de errado? Será que nasci sem carisma algum?

— O que eu faço, George? — perguntei em voz alta. — Devo dizer a ele?

Eu precisava dizer ao Aiden como estava me sentindo; não sobre o fato de que ninguém jamais me amara — não queria que ele percebesse a fracassada que eu era —, mas que eu o amava. Certo, Josh, meu ex, tinha ficado visivelmente pálido depois que eu falei "eu amo você", mas isso não significava que aconteceria o mesmo com Aiden. Talvez ele tivesse medo. Talvez a ex *dele*, Magenta, o tivesse magoado tanto que ele não conseguia mais dizer. Talvez ele estivesse esperando que eu dissesse primeiro. Talvez, talvez, talvez...

Aiden Dowles é diferente de todos os namorados que já tive. Ele é tão educado que assusta, mas também é charmoso, maduro, viajado e inacreditavelmente inteligente. Sou capaz de ficar sentada por horas a fio, de boca aberta, escutando-o falar sobre o tempo em que trabalhou num orfanato no Nepal, ou o dia em que pulou de bungee-jump na Nova Zelândia. Nunca conheci ninguém como ele. Aiden é a versão heroica de Ralph Fiennes.

No último mês, a vontade de dizer a ele como me sinto tornou-se insuportável. Todas as vezes que encontro com ele, essa vontade sobe pelo peito e se instala na garganta, esperando sair pela boca ("um leve enjoo após uma noite de bebedeira", como Lizzie, com quem divido a casa, resumiu tão delicadamente). Não vou aguentar muito mais. *Preciso* dizer isso a ele.

Planejei o cenário perfeito e tudo o mais. Aiden me convidou para a festa do Dia das Bruxas na casa de um amigo e passei horas na internet procurando pela fantasia perfeita. Todas as amigas dele são megassofisticadas e magérrimas, mulheres que conseguem fazer com que um saco de lixo pareça algo caro e estiloso, e sei que elas provavelmente aparecerão na festa vestindo um tubinho preto, como uma versão sexy da Morticia Addams, ou fantasiadas de noiva-cadáver, tamanho 36, com o sangue estrategicamente aplicado de modo a não conflitar com a maquiagem. Não tenho como competir com esse tipo de perfeição — no mínimo precisaria me contorcer para enfiar uma única perna num vestido tamanho 36 —, portanto decidi apelar para algo mais engraçado. Comprei uma gigantesca fantasia de abóbora no eBay. Ela veio com um chapéu combinando — com direito a talo e um elástico para prendê-lo debaixo do queixo. Assim que a experimentei, caí na gargalhada. Eu estava ridícula: uma bolha laranja gigante com a cabeça de um alfinete e um par de coxas brancas e bambas. Lizzie deu uma espiada pela porta do quarto para ver o que havia de tão engraçado e riu tanto que fez xixi nas calças. A ideia de usar a fantasia com um par de meias sete-oitavos e saltos altos foi dela, depois de voltar de uma rápida visitinha ao banheiro.

— Você tem que usar as meias! — insistiu ela, me olhando de cima a baixo com um sorrisinho estampado na cara. — A fantasia é brilhante, mas você precisa de algo um pouco provocativo também, Beth. E um corpete preto sexy por baixo. Imagine a cara do Aiden na hora que vocês forem para a cama, quando você arrancar a fantasia de abóbora e revelar sua fera sexual interior. Os olhos dele vão pular das órbitas!

Eu não estava muito certa de possuir uma fera sexual interior, mas adorei a ideia da Lizzie de surpreender meu namorado com uma transformação na hora de dormir. Talvez ele pulasse da cama, me pegasse no colo e me desse um trato daqueles. Depois, quando eu estivesse aconchegada nos braços dele, ergueria a cabeça, o fitaria no fundo dos olhos e...

— Eu amo tanto você — falei, empertigando-me na cadeira e forçando um sorriso para que as palavras parecessem mais animadas.

Não, aquilo soava fofinho demais... algo que uma menininha americana de cinco anos de idade diria para a avó. Porcaria. Olhei para a tela do computador, determinada a imprimir um sentido mais profundo à frase.

— Eu aaaaamo você — repeti com empolgação.

Maravilha! Se eu quisesse parecer um gigolô italiano.

Peguei o roteiro do filme *Harry e Sally* — *Feitos um para o outro* que estava aberto, como sempre, na beirada da minha mesa. (É o meu filme favorito. Nora Ephron é um gênio.) Como é que eles diziam um para o outro? Como conseguiam fazer com que soasse tão perfeito e romântico? Passei os olhos pelas folhas, verificando as palavras que eu conhecia tão bem, e acabei por fechar o roteiro. Eu não podia copiar um filme. Precisava encontrar meu próprio jeito de dizer como me sentia.

— Eu AMO você — tentei, com sentimento. Em seguida, mais alto, mais apaixonadamente. — Eu amo você, eu amo você, eu amo você.

— Obrigado — replicou uma voz grave do outro lado do saguão. — Você também não é nada ruim.

Olhei para o George Clooney em choque. Seus lábios não estavam se movendo. O homem parado ao lado dele, porém, sorria, divertido.

EM CASA PARA O NATAL

— Merda!

Meu primeiro pensamento, ao escorregar da cadeira e me agachar debaixo da mesa, foi: *Rápido, esconda-se!* O segundo, ao sentir a lata de lixo pressionada contra o quadril e o rosto esmagado contra o armário de documentos, foi: *Por que diabos você está fazendo isso?*

— Olá. Você está bem?

Ó céus, a voz dele estava ficando mais alta. Ele estava se aproximando da mesa. Não! Por que ele não podia agir como um sujeito normal, reconhecer que eu estava tendo um surto crítico de vergonha e me deixar morrer em paz?

— Pode me amar, não tem problema — continuou a voz, divertida com a situação. — A filha do meu amigo está convencida de que vai se casar comigo quando crescer. Mas ela só tem dois anos... olá? — A voz estava ainda mais perto, como se ele estivesse debruçado sobre o balcão. — Você está bem? Quer que eu chame a polícia?

Isso, maravilha. Ligue para a polícia e me deixe ainda mais constrangida, por que não?

— Estou bem, juro — murmurei, engatinhando para trás, saindo por debaixo da mesa, com o cabelo cobrindo meu rosto. — Só deixei cair meu... ahn... clipe.

— Seu clipe. Certo. Pequenos e indispensáveis materiais de escritório, os clipes. Ninguém gosta de perder um clipe.

Agarrei a beirada da mesa, ainda de joelhos, e dei uma espiada por cima do tampo. O homem em pé do outro lado tinha cerca de trinta anos. O cabelo castanho escuro e desgrenhado, como o de alguém que acabou de levantar da cama, parecia ridiculamente sexy. Ele tinha os lábios grandes e generosos, e os olhos no tom de avelã mais lindos que eu já vira na vida. Corri uma das mãos pelo cabelo e senti as faces enrubescerem violentamente.

— Posso ajudá-lo? — Sentei de novo na cadeira e me empertiguei. Vamos lá, Beth, pelo menos tente parecer profissional.

Ele sorriu e meteu as mãos nos bolsos do jeans escuro.

— A sra. Blackstock está?

— Edna? Você quer falar com ela?

Ó céus. Por que ele queria falar com a minha chefe? Será que pretendia relatar minha declaração de amor eterno para um dos cartazes decorativos do cinema?

— Isso mesmo. — Ele fez que sim e estendeu uma das mãos. — Sou Matt Jones.

Apertei a mão dele.

— Beth Prince. Está procurando um emprego, Matt?

Ele parecia um pouco velho para ser um estudante atrás de um trabalho de meio-período, mas ali entrava todo tipo de gente, portanto não era impossível.

— Mais ou menos — respondeu Matt, o lado esquerdo da boca repuxando num sorriso cínico. — Ela está?

— Não. — Fiquei me perguntando se deveria comentar que eu não via Edna Blackstock havia mais de um mês. Edna tinha cerca de cem anos... bem, pelo menos uns setenta e alguma coisa... e o Picturebox estava na família dela havia tempos. Logo que entrei, ela aparecia várias vezes por semana, dando todo tipo de sugestões absurdas (minha favorita era a de que deveríamos introduzir uma nova linha de sanduíches para os vegetarianos, começando com um de pasta de levedura com presunto), porém após a morte do marido, três anos antes, suas visitas haviam se tornado cada vez menos frequentes. Agora raramente a víamos. — Talvez eu possa ajudá-lo, quem sabe? Já trabalhou num cinema antes?

— Já. — Matt empertigou os ombros de modo orgulhoso. Uau, muito confiante para alguém que acabou de entrar em busca de um emprego. — Alguns.

Mordi a ponta da caneta esferográfica e anotei o nome dele num pedaço de papel.

EM CASA PARA O NATAL

— Algum que eu conheça?

— Apollo.

— Pobrezinho. — Ergui as sobrancelhas. Apollo era uma horrenda e desalmada cadeia de cinemas multinacional que exibia filmes de ação sem história nenhuma e fazia dinheiro com ingressos absurdamente caros e pipoca velha. O oposto do adorável e aconchegante cinema onde eu trabalhava. Exibíamos um misto de filmes clássicos e independentes, e nossos espectadores podiam comprar café Fairtrade, bolos caseiros e sanduíches gigantescos na lanchonete do segundo andar e entrar com eles na sala. Sim, o cinema estava um pouco detonado, mas isso lhe garantia personalidade. — Qual deles?

— Alguns. — Ele parecia estar se divertindo com aquilo. — Quer que eu faça uma lista?

— Se você quiser.

Houve uma pausa; ergui os olhos.

— Desculpe. — Matt exibia um sorriso de orelha a orelha. — Não estou sendo justo. Sou um dos gerentes da Apollo, tomo conta da região sudeste, e estamos expandindo nosso negócio em Brighton.

— Jura? — Olhei para ele, surpresa. — Vocês já não têm cinemas suficientes aqui?

— Não nessa parte da cidade.

— O quê? — Nós éramos o *único* cinema no norte de Brighton. Matt fez uma careta.

— Imagino que a sra. Blackstock não lhe contou que está pensando em vender o Picturebox para a gente?

— Não. — Eu mal conseguia respirar. — Não, ela não disse nada.

— Ó céus. Achei que ela já teria contado à equipe. Ahn... — Ele olhou de relance para a porta da frente, congelou e se virou rapidamente de volta para mim. Seus olhos estavam arregalados, o rosto subitamente pálido. — Vocês têm outra saída?

— Hum, sim. — Apontei para a sala de exibição. — Entre lá, você vai ver uma porta à direita. É preciso digitar o código... 2243. Ela dá direto na rua. Certifique-se de bater a porta ao sair. Se alguém entrar de penetra no próximo filme, a responsabilidade será sua.

— Obrigado. — Matt lançou outro olhar de relance para a porta da frente e saiu apressadamente em direção à sala de exibição.

Olhei para a rua e balancei a cabeça, confusa. Não parecia haver nada de anormal — apenas pessoas passando com sacolas de compras. O que será que ele tinha visto que o deixara tão assustado?

— A propósito — observou Matt, a cabeça apontando pela porta da sala. — Prefiro o seu último "eu amo você". Foi o que soou mais sincero.

Dizendo isso, desapareceu.

CAPÍTULO DOIS

MATT

Nenhum homem decide que vai se tornar um babaca. Honestamente.

Acreditem em mim quando digo isso.

A gente não se senta num parquinho ainda criança, com as bicicletas empilhadas à nossa frente, para discutir sobre o quanto gostaríamos de nos tornar um bando de adultos babacas. A maioria não faz isso; pelo menos sei que eu não fiz. Assim sendo, como eu deixara de ser um "sujeito bacana" para me tornar um "completo babaca"? Essa era a questão que eu estava discutindo com meu melhor amigo, Neil, no Pull and Pump, nosso pub favorito em Brighton.

Eu tinha ido até o Picturebox conversar sobre a venda com a sra. Blackstock, fizera papel de idiota diante da garota que trabalhava lá e depois fugira correndo ao ver Alice, minha ex-namorada psicopata, espiando através da porta de vidro. Portanto, eu não era um simples babaca no que dizia respeito a relacionamentos, mas um babaca covarde.

— Não quero ser um babaca. — Inclinei-me em direção a Neil, mantendo a voz baixa. Uma vampira de cabelo rosa choque e olhos ensanguentados estava sentada à mesa ao lado da nossa, olhando-nos fixamente. Ainda eram sete horas, mas o pub já estava lotado.

Em vez dos frequentadores normais — homens desmazelados que saíam para um drinque após o trabalho — estávamos cercados por fantasmas, aparições e zumbis passando os olhos pelas mesas em busca de um lugar para sentar. Éramos praticamente as duas únicas pessoas sem fantasia, e eu podia sentir uma *vibe* nada impressionada emanando da nossa cintilante vampira.

— Tudo o que eu fiz foi terminar com a Alice — continuei, ignorando-a. — Não a traí, não flertei com as amigas dela nem a tratei mal. Inclusive terminei com ela cara a cara, em vez de dar uma de covarde e pôr um fim à relação por uma mensagem de texto ou um e-mail, mas ela... — Fiz uma pausa. — Bem, ela está me perseguindo.

Neil ergueu uma sobrancelha.

— Será que alguém tem visto episódios demais de *Assassinato por Escrito*?

— Não estou brincando — murmurei. — Não posso sair de casa sem que ela me siga. Que nem hoje de manhã. — Peguei a cerveja e tomei um gole, molhando a garganta. — Fui visitar o cinema que estamos tentando comprar e ela me seguiu até lá.

Neil deu uma risadinha.

— O médico pode prescrever para você algum remédio contra paranoia, meu amigo.

— Não sou paranoico. — Recostei-me na cadeira. — Terminei com ela faz três semanas e desde então ela aparece no meu apartamento ou no escritório todo... santo... dia. Alice deixa bilhetes na minha caixa de correio e me liga constantemente. Ela até me mandou um e-mail com fotos dela para que eu visse... — fiz o sinal de aspas com os dedos — ... o que estava perdendo.

Neil pareceu intrigado.

— Fotos nuas?

— Não é engraçado.

— Então ligue para a polícia ou... — ele pegou a cerveja e sorriu de modo afetado — ... mande as fotos para a seção Esposas da *Reader's Digest*. Pelo que ouvi falar, eles pagam bem.

— Não posso ligar para a polícia — retruquei, ignorando o comentário sobre a *Reader's Digest*. — Não é como se ela tivesse me ameaçado nem nada do gênero e, de qualquer forma, se eu entrar numa delegacia e disser: "Quero dar queixa de uma loura linda ameaçando trepar comigo até me deixar vesgo", eles vão rir da minha cara e me expulsar de lá.

— Hum. — Neil parecia pensativo. — Entendo o que você quer dizer.

— E então? O que eu faço?

— Aceite os favores sexuais, depois termine com ela novamente?

Olhei para minha cerveja e fiz que não.

— Não sei por que pensei que conversar com você fosse uma boa ideia. Eu conseguiria um conselho mais útil no verso de uma caixa de Tampax.

Um assobio me fez erguer os olhos. Neil estava totalmente empertigado na cadeira, os olhos fixos na porta do pub às minhas costas.

— Não olhe agora, Matt — disse ele —, mas a sua ex-namorada acabou de entrar.

Encolhi-me na cadeira, esperando pelo golpe derradeiro.

— E... — Ele murmurou. — Ela está olhando diretamente para você.

— Fale comigo — cochichei. — Faça com que pareça sério, como se não pudéssemos ser interrompidos. Finja que seu cachorro morreu ou algo parecido.

— Hum... — Meu melhor amigo passou os olhos freneticamente pelo pub, como se procurasse por inspiração.

— Rápido! — exclamei, ao escutar o toc-toc dos saltos agulha sobre o piso de madeira ficar mais alto.

— Não consigo! — Ele fez uma careta. A típica expressão de um amigo de merda. — Deu branco!

— Diga alguma coisa! Qualquer coisa!

— Hummm... fiquei arrasado quando o Manchester United perdeu no outro dia. — Neil estendeu a mão por cima da mesa e segurou meu braço. — Cara, cheguei a derramar uma lágrima.

— Bela tentativa. — Suspirei. — Mas não era exatamente isso que eu estava pedindo. Eu estava esperando por algo mais...

— Oi, Matthew.

Jamais poderia imaginar que duas simples palavras me deixariam tão apavorado. Mas deixaram.

— Oi, Alice.

Minha ex-namorada balançava perigosamente ao lado da mesa. Em geral uma baixinha com cerca de um metro e sessenta, ela estava uns bons quinze centímetros mais alta devido aos sapatos mais ridiculamente altos que eu já vira. Alice usava uma capa de chuva bege na altura da coxa, o cabelo comprido e louro esticado até quase arrebentar, a maquiagem perfeitamente aplicada e... ela estava completamente bêbada.

— Não vai me convidar para sentar? — perguntou, me empurrando para o lado e se sentando antes que eu tivesse a chance de responder.

— Na verdade... — comecei. — Neil estava prestes a me contar sobre...

— Ele não vai se importar. — Alice sorriu para o meu melhor amigo. — Você não se importa, certo? Posso oferecer um ponto de vista feminino em qualquer assunto que você queira discutir com o Matt. Sou boa em dar conselhos.

EM CASA PARA O NATAL

Neil tinha os olhos fixos em mim, a expressão congelada num sorriso forçado. Seus olhos pareciam gritar: *O que eu digo?*

— Alice. — Virei-me para encará-la. — O que você está fazendo aqui?

Ela mudou ligeiramente de posição, me fitou de cima a baixo e cruzou as pernas. Enquanto enganchava uma perna na outra, a capa de chuva se abriu, revelando a ponta de uma cinta-liga. Ela não se deu ao trabalho de ajeitá-la. Desviei os olhos rapidamente, mas os dela cruzaram com os meus e Alice abriu um sorrisinho presunçoso.

— É Dia das Bruxas e não tenho nada programado — respondeu, calmamente —, portanto pensei em dar um pulinho aqui no pub.

— No meu pub?

Ela me olhou fixamente, sem o menor resquício de vergonha ou constrangimento nos olhos azuis injetados.

— Um pub é um pub. Não fazia ideia de que você estaria aqui.

— Jura?

— Juro, Matt. Tive um dia cansativo... — Alice bocejou de maneira ostensiva e jogou os braços para trás como se estivesse se espreguiçando — ... e queria tomar um drinque. Qual é o problema?

Fitei-a, horrorizado. O espreguiçar exagerado tinha feito com que a capa se abrisse ainda mais. Tudo o que Alice estava usando por baixo era um simples sutiã preto.

— Jesus! — exclamei. Enquanto corria os olhos nervosamente em torno do bar, agarrei as lapelas de sua capa e a fechei.

O queixo do Neil estava quase encostado no peito, e a vampira na mesa ao lado começou a tossir tão violentamente que seu namorado perguntou se ela precisava da Manobra de Heimlich.

— Alice! O que você está pensando? Esqueceu de se vestir, foi?

— O quê? — Ela me lançou um olhar absolutamente inocente, em seguida pousou a mão sobre a minha e baixou os olhos para o peito. — Oops!

— Oops? — repeti, sem conseguir acreditar. — O que você quer dizer com oops?

Ela olhou de esguelha para o Neil.

— Seja um bom menino e me arrume um drinque, tudo bem?

Meu melhor amigo se levantou e, num piscar de olhos, já estava no meio do salão. Traidor! Alice observou-o se afastar e, então, se virou, ou melhor, girou como um pião de volta para mim. Jogou um braço em volta dos meus ombros e se aproximou, o hálito quente em meu ouvido.

— Você devia ver o que estou usando debaixo dessa capa — sussurrou ela. — Ou melhor, o que não estou usando. Venha para casa comigo, Matt. Você não vai se arrepender.

— Alice. — Segurei-a delicadamente pelos ombros e a afastei. Ela estava linda, como sempre, mas de jeito nenhum eu ia para a casa dela. Não depois do que ela me fizera passar. — Não acho que seja uma boa ideia.

— Matt, meu querido. — Ela esticou o braço e afagou meu rosto, a voz um ronronado suave. — Não estou sugerindo que a gente reate nem nada tão sério. Só achei que podíamos nos divertir um pouco, pelos velhos tempos. Dar um tempo nos problemas. Hoje é Dia das Bruxas, e todo mundo está fingindo ser alguém que não é. Você está solteiro, eu estou solteira, o que temos a perder?

Provavelmente a primeira camada da minha epiderme, pensei com ironia, lembrando-me a noite em que Alice havia surtado e jogado uma caneca de café fervendo em cima de mim porque eu chegara três horas atrasado.

— Não vai acontecer — falei com firmeza. — Sinto muito. Nós terminamos por um motivo, Alice, e está na hora de seguirmos em frente.

Um lampejo de raiva cruzou o rosto da minha ex-namorada, e ela puxou a mão num gesto brusco. Como uma cobra armando o bote, pensei com nervosismo.

— Seguir em frente? — repetiu, estreitando os olhos. — Simples assim? Seguir em frente? Só porque você quer? É assim que funciona, Matt?

— Uou! — Levantei as mãos em sinal de rendição. — Não estou mandando você fazer nada. Quero dizer apenas que terminamos há três semanas, e acho que devíamos prosseguir com nossas vidas. Separadamente.

— Você acha, é? — Alice esgueirou-se para sair do banco e se levantar, sem muita firmeza. Fechou a capa de chuva em volta do corpo e cruzou os braços sobre o peito. — Isso seria muito conveniente, não é mesmo, Matt? Se eu *seguisse em frente*, quietinha. Se esquecesse o que a gente compartilhou. Se virasse as costas e parasse de lutar pelo nosso relacionamento. Isso não seria ótimo... para você? — As duas últimas palavras saíram praticamente num rosnado.

— Alice, por favor — supliquei, reparando nos olhares curiosos do esqueleto e da bruxa que tinham vindo se juntar à vampira na mesa ao lado. — Fale baixo. As pessoas estão começando a olhar.

— Não ligo a mínima — rosnou ela, encarando um sujeito vestido de Freddy Krueger que a observava de boca aberta de uma mesa ao lado dos banheiros. — Na verdade, quero que todo mundo escute. Quanto mais gente souber a verdade sobre você, melhor.

— Que verdade? — perguntei, e imediatamente desejei poder trazer as palavras de volta à boca e engoli-las.

— Que você é um mentiroso. Do pior tipo. Você disse que me amava, Matt, e em seguida me deu um pé na bunda, assim, sem mais nem menos...

— Não foi *logo depois* de dizer que a amava! — exclamei. — Nós terminamos meses depois...

— Tanto faz. O tempo não importa. A questão é que quando se ama alguém, você luta pelo relacionamento; você não vai embora assim que surgem as primeiras divergências.

— Divergências? — repeti, sem conseguir acreditar. — Nós não tínhamos apenas pequenas divergências. Lembra quando você...

— Quando eu o quê? Reagi ao fato de você ser um cabeça-dura? Não é minha culpa se você confunde paixão com agressão.

— Jura? — Levantei num pulo. — E desde quando jogar uma xícara de café fervendo em cima de alguém é um ato de paixão? Ou deletar todas as amigas dele do Facebook? Ou rasgar sua camiseta predileta só porque quem deu foi uma ex-namorada, uma ex-namorada de *dez anos atrás*? E quanto...

— Tá, tá. — Alice brandiu a mão como se fosse tudo bobagem.

— E você não fez nada para merecer nenhuma dessas coisas, né? Eu fiz tudo isso porque sou completamente louca?

Bem...

— A verdade, Matt — continuou ela, falando tão alto que eu não conseguia escutar a música da jukebox —, é que, ao contrário de você, quando eu amo alguém, não consigo simplesmente apertar o interruptor e desligar o sentimento. Eu ainda amo você, Matt. O que tem de errado nisso?

Eu estava prestes a explicar, de novo, por que a gente havia terminado quando, para meu completo horror, ela começou a chorar.

— Você não pode dizer a alguém que a ama e depois mudar de ideia, Matt — gritou Alice, as lágrimas escorrendo pelas bochechas. — Não pode.

— Alice, espere! — chamei, ao vê-la se virar e fugir cambaleando violentamente em direção à saída, batendo nas mesas pelo caminho.

— Babaca — xingou a vampira da mesa ao lado.

CAPÍTULO TRÊS

BETH

Oito horas e meia haviam se passado desde que Matt Jones gritara "Prefiro o seu último 'eu amo você'. Foi o que soou mais sincero" enquanto fugia correndo do cinema, mas eu ainda me encolhia toda vez que pensava no ocorrido. Como se já não fosse ruim o bastante o fato de ele ter testemunhado minha declaração pública de amor para um homem de papelão, eu ainda o confundira com um estudante. Ótima primeira impressão, Beth! Conhecendo a minha sorte, ele entraria em contato com a sra. Blackstock e lhe diria que não era surpresa alguma o Picturebox estar indo de mal a pior — ela deixara a gerência do estabelecimento nas mãos de uma completa lunática! Não que minha chefe me levasse a sério — caso contrário, por que ela sempre ignorava todas as ideias promocionais ou de marketing que eu apresentava?

Passei os olhos pelo cinema, reparando no carpete vermelho, nas colunas em tom creme intricadamente decoradas com painéis esculpidos que se estendiam até o teto abobadado e no lustre empoeirado que pendia temerosamente do meio dele. As instalações e acessórios estavam velhos e desbotados, mas ainda havia um quê de magia no ar. Eu não conseguia entrar na sala de exibição, com suas pesadas cortinas de veludo cobrindo a tela e suas cadeiras de costas abauladas arrumadas em fileiras, sem sentir como se voltasse no tempo. Eu me imaginava perfurando os ingressos nos anos 1940 e observando as mulheres risonhas, com saias justas até os joelhos e pernas pintadas para dar a impressão de estarem de meiacalça, tomarem seus lugares, acompanhadas por estonteantes soldados britânicos ou americanos. Na época, o cinema devia parecer o máximo da sofisticação e do glamour. Será que essas mulheres perdiam noites de sono por causa de um homem que não lhes dissera "eu amo você" após dez meses de namoro? Provavelmente não. Elas tinham coisas mais importantes com que se preocupar — como, por exemplo, se seus amados voltariam vivos da guerra.

Suspirei e usei um programa para abanar meu rosto afogueado. Talvez eu devesse ver o que tinha acontecido com Matt como um sinal para me manter quieta em relação aos meus sentimentos por Aiden. Todo mundo sabe que coisas ruins acontecem em trio, e eu já precisara encarar duas seguidas. Peguei o telefone e estava prestes a ligar para a Lizzie, a fim de perguntar a ela o que eu deveria fazer, quando a porta do cinema se abriu e uma figura familiar de cabelos ensebados atravessou o saguão.

— Bom-dia, Cara de Pinha. — Carl plantou os cotovelos no balcão e me olhou de cima a baixo. — Você está um pouco rosada hoje. O que aconteceu? O remédio contra acne não está mais surtindo efeito?

Inclinei a cabeça de modo que meu cabelo pendeu para a frente e cobriu minhas bochechas.

— Eu poderia dizer o mesmo sobre o seu xampu.

— Touché! — Carl deu uma risadinha, deixando à mostra os dentes sujos e amarelados e, em seguida, debruçou-se sobre o balcão e esticou o braço para pegar meu telefone. — Nada mal, Beth, sem dúvida melhor do que as resposta idiotas que você dá habitualmente.

Tirei meu celular do alcance dele. Na última vez que Carl o pegara, trocara o idioma para polonês, e eu levara mais de uma semana para conseguir trocá-lo de volta.

—Cresce—murmurei, metendo o celular no bolso e me virando para o computador. Não perca a cabeça, Beth, não perca a cabeça.

Carl, ou Apavorante Carl, como Lizzie o chama, é a versão cósmica de uma piada doentia. Nós nos conhecemos no primeiro dia de aula da escola primária e tivemos que dividir a mesa. Eu o senti me olhando a aula inteira, mas era tímida demais para dizer qualquer coisa e, em vez disso, me concentrei nas palavras que estava copiando do quadro-negro. Ao final da aula, ele se inclinou e sussurrou:

—Você cheira a cocô.

Resolvi ignorá-lo e corri para me juntar a Lizzie, que saía da sala com um grupo de garotas, esperando jamais ter que vê-lo novamente. Não tive tanta sorte! Duas horas depois, ele me perseguiu pelo pátio do colégio com uma vareta coberta de cocô de cachorro enquanto as outras crianças observavam. Cada vez que tocava meu cabelo com a vareta, Carl gritava "Prince Cabeça de Cocô!", e todos riam.

Aos onze anos, na época da matrícula para o sexto ano, eu passava a maior parte das noites deitada na cama, rezando desesperadamente para que Carl Coombes fosse para a Hayworth High, e não para a St. Swithens, onde eu iria estudar.

Adivinha quem foi a primeira pessoa que vi no primeiro dia de aula?

Isso mesmo, Carl Coombes.

Assim sendo, Prince Cabeça de Cocô estava de volta, ao menos pelos dois meses seguintes. Depois disso, Carl pareceu ficar mais interessado em brincar de "puxe a tira do sutiã" do que em tirar sarro da minha cara, e comecei a relaxar, acreditando que ele finalmente pararia de me torturar.

Quando as espinhas começaram a aparecer nas minhas bochechas e na linha do maxilar durante as férias de verão, no dia seguinte ao meu décimo terceiro aniversário, fiquei horrorizada. Tentei de tudo — esfoliantes medicinais, cremes de tratamento, até pasta de dente — para me livrar delas, mas nada funcionou. A única forma de esconder as pústulas era inclinando a cabeça para a frente de modo a deixar o cabelo cobrir o rosto.

Carl notou minha pele cheia de acne no primeiro dia da volta às aulas.

— Jesus! — gritou ele, apontando para mim em plena sala de aula. — O que aconteceu com o seu rosto?

Minhas bochechas ficaram ainda mais vermelhas quando trinta pares de olhos se viraram em minha direção.

— São só... são só espinhas — balbuciei, repetindo a palavra menos ofensiva que minha mãe usara para descrever minha deformação.

— Espinhas? — Carl riu. — Parece que você visitou a fábrica de espinhas e rolou na esteira transportadora.

E foi assim que ganhei o apelido de Cara de Espinha, abreviado para Cara de Pinha, que me acompanhou por todo o período escolar. Mesmo depois que minha pele ficou livre delas, eu continuava sendo uma das garotas mais quietas do ensino médio. Tinha medo de que se dissesse alguma coisa ou respondesse a alguma pergunta, isso provocaria um novo apelido. A única coisa que me fazia aguentar o dia a dia era a perspectiva de entrar sorrateiramente num cinema escuro e assistir a um filme.

Arrumar um emprego no Picturebox depois de sair da escola (com notas *realmente* péssimas) foi como um sonho que se torna realidade. Certo, era um trabalho de meio-período, e tudo o que

EM CASA PARA O NATAL

eu tinha que fazer era verificar os ingressos na porta e limpar a pipoca e os farelos de bolo depois do filme, mas as pessoas eram muito legais e, melhor ainda, eu podia assistir aos filmes de graça. De vez em quando, eu me sentava para assistir mesmo que já tivesse visto o filme uma dúzia de vezes. Escolhia uma das cadeiras da última fileira, escutando o zumbido do projetor na cabine acima da minha cabeça, e observava a audiência olhar, estupefata, para a tela. Passava horas sonhando em ter meu próprio cinema. Eu faria dele uma experiência mágica, tal como acontecia com o Picturebox em seus dias de glória.

Um ano e meio depois de ter começado a trabalhar no cinema, um dos funcionários da gerência pediu demissão e a sra. Blackstock perguntou se eu gostaria de assumir o cargo dele. Nós éramos "uma família", argumentou ela, de modo que eu continuaria tendo que receber os ingressos na porta e limpar a sala depois do filme, mas o cargo era meu se eu quisesse. Se eu queria? Fiquei nas nuvens! Bem, até Carl Coombes entrar trotando pela porta e anunciar que havia largado a faculdade e que trabalharia comigo enquanto decidia o que pretendia fazer com a vida dele. Para ser franca, senti vontade de pedir demissão ali na hora, mas de jeito nenhum ia deixar que ele me afastasse da única coisa na vida que me fazia feliz. Tinha esperanças de que, se o ignorasse, ele ficaria entediado e iria embora. Isso foi há três anos, e tenho a impressão de que ele não vai a lugar algum num futuro próximo. Bem, a menos que o que Matt Jones tenha dito sobre a sra. Blackstock estar vendendo o cinema seja verdade, nesse caso nós dois vamos.

Por favor, não permita que seja verdade, rezei em silêncio enquanto pegava o casaco e a bolsa, me desviava de um sorridente Carl e atravessava o saguão. *Não quando a minha vida está indo tão bem.*

Esqueci completamente sobre a visita do Matt e os comentários sarcásticos do Carl assim que alcancei a porta da frente. Aiden chegaria às oito horas, o que significava que eu tinha menos de uma hora para tomar um banho, me maquiar, arrumar o cabelo e me vestir.

— Lizzie? — chamei ao abrir a porta e entrar no vestíbulo. — Liz, está em casa?

Lizzie divide a casa comigo. Na verdade, uma vez que o pai dela é o proprietário da casa de dois andares com um pequeno jardim onde moramos, tecnicamente sou eu quem mora com *ela*. O negócio do pai dela deslanchou quando estávamos com dez anos, portanto, em vez de ir para a St. Swithens como eu, Lizzie foi enviada para um sofisticado colégio interno em Dorset. Quando nos reencontramos, ela havia aprendido a jogar lacrosse (eu nem sabia que diabos era isso) e falava como a rainha. Mas isso não fez a menor diferença, e continuamos cultivando nossa amizade por todo o ensino médio, escrevendo uma para a outra durante o período de aulas e nos encontrando nos feriados. Ainda éramos melhores amigas quando fizemos a prova de conclusão do ensino médio, mesmo que Lizzie fosse sofisticada e autoconfiante e eu... não.

— Lizzie? — gritei de novo. — Está em casa?

Enfiei a cabeça pela porta da sala de estar, meio que esperando ver as roupas dela, com as de algum desconhecido, espalhadas sobre o sofá. Já tinha perdido a conta do número de vezes em que acordara de manhã e me deparara com um sujeito que nunca vira antes saindo do chuveiro com a toalha da Lizzie enrolada em volta da cintura. Eu e ela somos diferentes nesse aspecto. Ela acha hilário me ver chorar em filmes românticos como *Diário de uma Paixão* (sei de cor todas as falas) e pensa que o conceito de almas gêmeas é ridículo. Também não suporta o Aiden, mesmo que tenha sido indiretamente a responsável por nós termos nos conhecido.

Eu o conheci numa noite de sábado enquanto trabalhava no Picturebox, há quase dez meses. A noite estava particularmente

EM CASA PARA O NATAL 31

movimentada — casais, pessoas sozinhas e multidões de estudantes entravam e saíam sem parar —, portanto não reparei quando um homem alto, de cabelos louros, vestindo uma calça cáqui e um pulôver azul-marinho de gola em V se aproximou. Para ser honesta, mentira. Eu *sempre* ergo os olhos quando alguém se aproxima. Podem me chamar de idiota, Lizzie faz isso com frequência, mas sempre tive uma esperança secreta de que o amor da minha vida entraria de repente no cinema e tiraria meus pés do chão. Não faz diferença que eu pese sessenta e nove quilos e que seja necessária uma empilhadeira para me arrancar de qualquer lugar; isso não me impede de sonhar. Sempre fui uma sonhadora. Quando estava com nove anos e meus pais começavam a gritar um com o outro, eu entrava debaixo do edredom com uma lanterna e uma cópia de *Cinderela* ou de *A Bela Adormecida*. Nunca deixei de acreditar em finais felizes, mesmo que meus pais tenham se divorciado uns dois meses depois.

De qualquer forma, o sr. Calça Cáqui aproximou-se do guichê no exato instante em que o telefone tocou. Atendi.

— Picturebox, boa-noite. Em que posso ajudá-lo?

A voz do outro lado da linha disse algo que não entendi.

— Pode repetir? — pedi. — A linha está ruim.

— Sou eu, Lizzie — a voz sussurrou. — Preciso da sua ajuda.

— Liz — sussurrei de volta. — Você sabe que não pode ligar para o meu trabalho.

— Eu não precisaria fazer isso se você deixasse a merda do celular ligado.

— Bem, eu não consigo fazer nada com você me enviando mensagens sem parar para falar do seu último encontro de merda. — Suspirei. — Você está num encontro de merda nesse exato momento, não está?

— Mais ou menos.

— Como assim, mais ou menos?

— Eu estou mais ou menos num encontro.

— Ahn?

— Estou entalada na janela do pub Gladstone.

— O quê? — perguntei ruidosamente. O sr. Calça Cáqui me encarou. Assim como o casal logo atrás dele. Baixei a voz. — Como isso aconteceu?

— Meu absorvente com abas tentou fugir voando e pulei para pegá-lo. Por que você acha que estou entalada na janela? Estou tentando escapar. O sr. Fabuloso é na verdade o sr. Flatulência. E ele não para de falar. Juro, ele só faz uma pausinha de vez em quando para soltar um pum. Os peidos são silenciosos, mas sei que é ele; ele se inclina ligeiramente para a esquerda e ergue as sobrancelhas por um milésimo de segundo, e então continua falando. Oi, eu tenho olhos! E um nariz também! Ele é podre, Beth. Absolutamente podre. De qualquer forma, como eu não conseguia mais respirar, pedi licença para ir ao banheiro, e aí tive uma ideia fabulosa. Bem, pelo jeito não tão fabulosa assim, visto que estou entalada na merda...

— Espere um pouco, Liz — falei, ao escutar o sr. Calça Cáqui tossir de leve. — Não saia daí.

— Engraçadinha — sibilou ela.

Abri um sorriso para o sr. Calça Cáqui enquanto ele corria a mão pelos cabelos louros que lhe caíam sobre os olhos.

— Posso ajudá-lo?

— Eu gostaria de um ingresso para... — começou ele, segurando o programa.

— Socorro! — gritou meu telefone.

Murmurei um *desculpe* para o sr. Calça Cáqui e peguei o telefone de novo.

— Lizzie, você está bem?

— Claro que não. Uma gaivota acabou de cagar na minha cabeça e está começando a chover.

EM CASA PARA O NATAL

— Bem, pelo menos a chuva vai lavar o cocô do seu cabelo.

— Resolveu virar comediante hoje, foi?

— Exatamente. — Sorri para o sr. Calça Cáqui, que continuava esperando pacientemente. Ele tinha uma aparência muito mais refinada do que os homens que em geral me atraíam, com um nariz perfeitamente reto, maçãs do rosto altas e um maxilar forte, o tipo do herói sofisticado pelo qual as mocinhas dos romances da Jane Austen se apaixonavam.

— Com licença — disse ele. — Mas se você pudesse apenas imprimir o ingresso para...

— BETH!

— O quê?

—Tem um bando de adolescentes na rua me filmando com seus celulares, e eu me recuso a terminar no maldito YouTube entalada na janela do banheiro de um pub com cocô de gaivota escorrendo pela bochecha. Venha logo me salvar, ou eu juro que a nossa amizade termina aqui!

— Eu vou... é só... o cinema está cheio. Não é uma boa hora para sair daqui.

O sr. Calça Cáqui murmurou alguma coisa que não consegui entender. Inclinei a cabeça para o lado de modo a poder prender o telefone entre o ombro e a bochecha e cobri o bocal com a mão.

— Sinto muito, minha amiga está entalada no banheiro.

Ele ergueu uma sobrancelha.

— Não exatamente no vaso — corrigi. — Ela entalou na janela do banheiro. Durante um encontro.

— Encontro de classe! — Ele sorriu de forma compassiva.

— Não, não. O cara do encontro está dentro do pub. Ela está no banheiro porque estava tentando escapar. E ela quer que eu vá salvá-la, mas tem uma fila enorme atrás de você agora e eu não posso sair porque minha chefe provavelmente me mandaria embora, mas, se eu não for e ajudar Lizzie, ela provavelmente vai me expulsar de casa, de modo que a escolha é perder o emprego ou perder a casa e...

— Eeei. — Ele pousou uma das mãos sobre a minha. Eu nem tinha percebido que estava tamborilando os dedos sobre o balcão até ele segurá-los. — Está tudo bem.

Baixei os olhos para a mão dele e os ergui de volta para seu rosto. Aqueles olhos azuis me encaravam de tal maneira que me deixaram nervosa. Não puxei a mão.

—Vá lá resgatar a sua amiga — continuou ele. — Eu tomo conta do guichê. Só me diga o que tenho que fazer e deixe o resto comigo. Trabalhei um tempo com entretenimento quando era mais novo. Não pode ser tão difícil assim, certo?

Olhei para ele de boca aberta.

—Você faria isso? Por mim?

— Sim.

Chegava a ser ridículo. Ali estava eu, parada no meio do cinema onde passara seis anos da minha vida esperando que meu cavaleiro de armadura brilhante passasse de repente pela porta, e ali estava ele. Eu estava em apuros — bem, quem estava mesmo era Lizzie —, e um completo estranho acabara de se oferecer para ajudar a consertar as coisas. Esse tipo de coisa não acontecia por acaso. Tinha que ser um sinal de que Aiden era o homem certo para mim.

O que aconteceu no cinema naquele primeiro dia tornou-se uma brincadeirinha recorrente entre mim e Aiden. Sempre que um de nós estava chateado ou mal-humorado, o outro dizia "Podia ser pior, você podia estar entalado no banheiro!", e os dois riam. Bem, eu sempre ria. Depois da centésima vez, ele já não parecia achar mais tão engraçado.

De certo modo, é estranho que tenhamos terminado juntos. Nosso gosto em relação a filmes não poderia ser mais diferente. Eu gosto de comédias românticas, e ele adora os filmes de arte japoneses. Eu sou chocólatra, ele é alérgico a laticínios. Aiden é formado em jornalismo. Nunca pisei numa universidade. No entanto, apesar de nossas diferenças, eu o acho tremendamente fascinante e seria capaz de ficar horas sentada escutando-o falar do trabalho como repórter para o jornal da cidade ou de sua gigantesca família. Ele fala, eu escuto. Assim somos nós. Combinamos perfeitamente, que nem os casais das comédias românticas. Bem, quase. Não acredito que Harry teria agarrado a mão da Sally no primeiro encontro, se debruçado sobre a mesa e dito: "Querida, estou tão feliz que tenhamos nos conhecido. Você me fez poupar uma fortuna com encontros via internet."

Portanto hoje, no Dia das Bruxas, quase exatamente dez meses depois, pretendo dizer ao Aiden o quanto ele significa para mim.

Nada pode dar errado, certo?

CAPÍTULO QUATRO

MATT

—Vai? — perguntou Neil, me entregando um pequeno copo de um líquido verde com um cheiro tenebroso.

Estávamos junto ao balcão do pub. Uma brisa fria entrava pela porta, que continuava aberta após a saída repentina de Alice. À minha direita, um grupo de mortas-vivas cochichava baixinho e, de vez em quando, uma delas balançava a cabeça em minha direção.

Peguei o drinque que Neil me oferecia, o levei aos lábios e parei. Isso era o que um babaca faria, certo? Ele ignoraria o fato de que sua ex-namorada havia acabado de sair do pub aos prantos e se embebedaria com o melhor amigo.

Botei o copo de volta sobre o balcão.

— Não posso fazer isso.

Neil me olhou como se eu tivesse acabado de dizer que gostaria de usar fraldas com babador nas horas livres.

— Como assim?

— Preciso verificar se a Alice está bem.

— Certo. — Ele pegou a cerveja e tomou um gole. — Então, basicamente o que você está me dizendo é que vai abandonar seu melhor amigo para ir confortar a garota que o está perseguindo?

Sou só eu, ou será que isso parece uma... — fez uma pausa dramática. — ... completa loucura?

— Provavelmente. — Dei de ombros. — De qualquer forma, não vou confortá-la. Só vou conversar com ela. Alice está completamente bêbada e, sei lá, talvez todo esse... constrangimento em público tenha sido o fim e ela perceba agora que já chega e me deixe em paz.

— Tá bom, e a Dita Von Teese acabou de entrar para um convento.

— Poderia acontecer.

Ele não pareceu muito convencido.

— De jeito nenhum. Dita Von Teese jamais...

— Não, seu imbecil, estou falando da Alice me deixar em paz.

Neil deu de ombros e pegou a cerveja.

— Vai sonhando, meu amigo. Vai sonhando.

Não levei muito tempo para alcançar minha ex-namorada. Ela estava sentada no degrau da entrada de uma casa ao final da rua, um dos pés calçados apenas com a meia-calça enfiado num poça, o sapato com o salto quebrado na mão e uma expressão de infelicidade estampada no rosto. Chovia a cântaros e ela estava encharcada até os ossos.

— Você! — exclamou, em tom acusatório, enquanto eu me aproximava pela rua. — Veio rir de mim, é?

— Não. — Agachei-me ao lado dela. — Queria verificar se você estava bem.

— Por quê? — Ela estreitou os olhos.

— Sei lá. Você me pareceu chateada.

— Não brinca. — Alice afastou o cabelo molhado do rosto e me olhou de cima a baixo. Eu conhecia aquele olhar. Era o "você vai pagar caro por isso", um de seus olhares especiais. Esperei pelo ataque violento, mas ele não veio. Em vez disso, ela pousou uma das mãos no meu braço e abriu um sorriso doce. — Foi muito delicado da sua parte vir atrás de mim, Matt. Obrigada.

— Jura?

— Claro. — Fez uma pausa. — Posso pedir só uma coisa? Você se incomoda de me levar em casa? Meu salto quebrou. — Aninhou o sapato de encontro ao peito e o olhou com tristeza, como se ele fosse um gatinho morto ou algo do gênero. — Não consigo andar.

— Certo. — Levantei de forma decidida. — Vou chamar um táxi.

— Vem comigo — pediu ela, estendendo a mão. — Por favor, Matt. Acho que torci o tornozelo.

— Nem sei como dizer o quanto estou feliz que você tenha vindo comigo — disse Alice enquanto atravessava a sala mancando, um copo de cerveja em cada mão. Entregou-me um e se acomodou no sofá ao meu lado. Era um sofá de três lugares, com espaço mais do que suficiente para nós dois nos sentarmos de maneira confortável, sem nos tocar, mas minha ex-namorada se sentou tão perto de mim que seu braço molhado ficou pressionado contra o meu.

Ela me fitou com adoração.

— Sempre soube que isso aconteceria.

Engoli em seco, nervoso. Por mais que eu não quisesse admitir, Neil estava certo. Ir atrás da Alice tinha sido em *tremendo* erro. Tremendo.

— Como? — perguntei com a voz fraca, rezando desesperadamente para que isso não significasse o que eu pensava que significava. — Não sei muito bem sobre o que você está falando.

Alice soltou uma leve risada e jogou o cabelo para trás. Ó céus. Ela estava flertando comigo.

— Sobre o que você acha que estou falando, Matt?

EM CASA PARA O NATAL

Afastei-me o máximo que consegui para a direita, cerca de um centímetro, e tomei um gole generoso da cerveja. Nossos braços se desgrudaram com um barulho de sucção.

— Mattie? — A voz dela tornou-se visivelmente mais esganiçada. — Sobre o que você achou que eu estava falando?

Mantive os olhos à frente, fixos na janela panorâmica do outro lado da sala, tentando descobrir se ela estava trancada ou não. Se não estivesse, talvez eu conseguisse atravessar a sala, abri-la e pular para a rua antes que a Alice alcançasse algum objeto afiado, mas, se estivesse...

— Matt?

Os olhos dela estavam pregados na lateral do meu crânio. Merda, eu estava encurralado. Se lhe dissesse a verdade — que achava que ela estava insinuando que minha ida até a casa dela significava, de alguma forma, que eu tinha concordado em reatar o namoro —, ou ela enlouqueceria e começaria a gritar por eu estar tirando conclusões precipitadas, ou ficaria muito feliz e me abraçaria e beijaria. Eu não queria que nenhuma das duas coisas acontecesse. Olhei para a televisão e para o aparelho de som. Ambos estavam em silêncio. Liguem!, ordenei mentalmente, ao estilo Uri Geller. Por favor, liguem por mágica e quebrem esse terrível e torturante silêncio. Submetam-me a uma interminável lista de músicas bregas da Corações Apaixonados FM ou aos infindáveis conselhos de Gok Wan sobre *Como ficar Bonita com a Cinta da Vovó e um Par de Meias-Calças Compressoras*; apenas acabem com o meu sofrimento, por favor, por favor.

Sacudi a cabeça. Já chega! Recomponha-se, Matt, e pare de falar com as instalações e equipamentos. Quem você pensa que é? Aquela garota esquisita do Picturebox? Não conte a Alice a verdade. Diga alguma outra coisa. Qualquer coisa!

— Está feliz por eu ter ajudado você a chegar em casa — balbuciei, nervoso.

Arrisquei um rápido olhar de relance para a minha ex-namorada. Ela parecia confusa.

— Ah — disse. — É claro. Isso foi... ótimo.

Tomei outro grande gole da cerveja. Se eu conseguisse virar logo o restante, poderia arrumar uma desculpa para ir embora e nós dois poderíamos fingir que nada daquilo havia acontecido e...

Ah, merda. A mão da Alice estava sobre a minha coxa.

— Querido Mattie — ronronou ela, aproximando-se tanto que eu podia sentir seu hálito em meu pescoço. O cheiro me fez ter cem por cento de certeza. — A gente se divertiu, não foi? Tivemos muitos momentos *perversamente* divertidos.

Os dedos dela subiram alguns centímetros em direção à minha virilha.

— Banheiro! — exclamei, levantando-me num pulo e saindo da sala o mais rápido possível, antes que ela tivesse a chance de responder.

Sentei-me pesadamente sobre o tampo fechado do vaso sanitário e apoiei a cabeça entre as mãos. Alice obviamente havia pensado que o fato de eu acompanhá-la até em casa significava... Merda, merda, merda. Matt, seu babaca imbecil! Certo. Empertiguei o corpo. Está na hora de mostrar que você tem colhões. Saia do banheiro. Volte para a sala. Agradeça a Alice pela cerveja e diga a ela que está na hora de ir embora. E então vá. Fim do problema.

Levei a mão à maçaneta e abri a porta do banheiro. Volte para a sala, repeti para mim mesmo, e agradeça a...

— Alice!

Minha ex estava parada do lado de fora do banheiro, bloqueando a minha saída. Ela estava com as mãos nos quadris e a cabeça

EM CASA PARA O NATAL

inclinada para o lado de um jeito coquete — e se livrara da capa de chuva.

— Ai, meu Deus. — Dei um passo para trás.

Alice projetou o lábio inferior para fora, no que supostamente seria um beicinho sexy, e deu um passo em minha direção.

— Você não está pensando em ir embora, está, Matt?

— Bem, na verdade...

— É que meu tornozelo ainda está doendo — disse ela, numa voz de menininha perdida ligeiramente assustadora —, e acho que seria bom eu me deitar; portanto, se você puder me carregar para o quarto, eu ficaria muito agradecida.

— Bem, o lance é que eu preciso...

Não consegui terminar a frase. Antes que eu pudesse entender o que estava acontecendo, Alice atravessou o banheiro, jogou os braços em volta do meu pescoço e se agarrou em mim como um carrapato bêbado.

— Não — guinchou ela, pressionando o rosto contra o meu peito. — Não, não me deixe de novo, Matt.

A força do sufocante abraço inesperado me fez cambalear para trás, com a Alice ainda firmemente agarrada a mim. Só parei ao bater de repente com a parte de trás das coxas na pia. O baque surdo foi seguido por um barulho alto de vidro quebrando quando o copinho para escovas de dente virou e se espatifou sobre o piso de cerâmica.

Olhei, surpreso, para os cacos em volta dos meus pés.

— Foda-se o copo! — exclamou Alice. Ela havia soltado meu pescoço e agora estava com a atenção voltada para a fivela do meu cinto. Seus dedos tentavam abri-lo.

— Eeei! — Peguei-a pelos ombros e a afastei com delicadeza. — O que você está fazendo?

— O que você quer dizer com eeei? — Alice me olhou de cara feia. — Hora de parar com essa historiazinha de rapaz virginal, Matt. Vamos logo com isso.

— Vamos logo com o quê? — Franzi o cenho. — Alice, não vou dormir com você.

— Não? — Ela levou as mãos aos quadris e jogou os cabelos para trás. — Por que você veio comigo até aqui, então?

— Porque... — Passei um dos pés pelo piso do banheiro, varrendo os cacos do copinho para escovas de dente em direção à lixeira. — Fiquei preocupado com você. Alice, você apareceu no pub totalmente bêbada e vestida só com sua roupa de baixo...

— E com uma capa de chuva. Falando assim, até parece que sou uma vagabunda.

— Não foi isso o que eu quis dizer. Eu só estava... ah, deixa para lá. Eu só queria ter certeza de que você chegaria em casa em segurança.

— Então por que não me colocou num táxi e voltou para junto do Neil? — Ela cruzou os braços, irritada.

— Porque você disse que seu tornozelo estava doendo e que precisava que eu... — Corri as mãos pelo cabelo. — Ai, pelo amor de Deus, Alice. Se eu a tivesse colocado num táxi e voltado para o pub, você me chamaria de babaca. Em vez disso, ajudei-a a chegar em casa e agora sou um sujeito que gosta de provocar. Não tenho saída, tenho?

Alice me fitou e deixou-se cair sobre a beirada da banheira.

— Pode falar o que quiser, mas ninguém o obrigou a vir para casa comigo, Matt. A verdade, esteja você disposto a aceitá-la ou não, é que se arrependeu de ter terminado comigo e queria que a gente reatasse.

Meu queixo caiu.

— Não, Alice, sinto muito, mas essa não é a verdade. Olhe só. — Sentei na beirada da banheira, ao lado dela. Alice parecia gelada, sentada no banheiro só de calcinha e sutiã, esfregando os braços. Mesmo com a parte de trás das coxas latejando violentamente, não consegui evitar sentir pena dela. Ainda podia me lembrar do motivo de ter me apaixonado por ela a princípio... Alice era tão vibrante, tão cheia de vida. Ela era a mulher mais espontânea e imprevisível que eu já havia conhecido, mas essa qualidade vinha com um preço... seus humores variavam tanto quanto o vento. No dia a dia, eu nunca sabia qual Alice iria encontrar... a assustadora e ciumenta ou a divertida e inconsequente.

— Olhe só — comecei de novo, prendendo as mãos entre os joelhos. — Sinto muito que as coisas não tenham funcionado entre nós, sinto mesmo. Eu poderia lançar mão de todo tipo de desculpa esfarrapada, como, por exemplo, que o problema não é você, sou eu, etc., mas o fato é que nós simplesmente não fomos feitos um para o outro. Somos diferentes demais. Nosso relacionamento jamais teria dado certo.

— Mesmo? — Alice pegou uma toalha e a jogou por cima dos ombros. — Se somos tão diferentes, como pudemos ter um sexo tão fantástico?

— O problema não é o sexo. — Neguei com a cabeça. — Você não pode manter um relacionamento com alguém a menos que se sinta confortável com a pessoa, e a verdade é que eu a acho um pouco... digamos assim... assustadora.

Minha ex me fitou fixamente.

— Prefiro o termo passional.

— Chame como quiser; o fato é que você é um pouco *passional* demais para mim. Alice, você perde a cabeça por qualquer coisa. Eu nunca traí você, nem uma única vez, mas você sempre suspeitava de mim. Perdi a conta do número de vezes em que a peguei verificando meu celular. Além disso, você me controlava o tempo todo. Se eu estivesse com meu avô, você me ligava reclamando que eu passava mais tempo com ele do que com você. Se tivesse que trabalhar até mais tarde por causa de uma reunião, você fazia uma cena e me acusava de estar com outra mulher. Simplesmente não aguentei, Alice. Eu precisava mantê-la constantemente atualizada sobre o que eu estava fazendo, onde estava indo, com quem e por quanto tempo. Eu sentia como se tivesse um namorado com comportamento antissocial ou algo do gênero, e isso sem ter feito nada de errado.

— Talvez se você passasse mais tempo comigo, eu não precisaria fazer isso.

Fiz que não.

— Nós passávamos muito tempo juntos, Alice. Quase não encontrei Neil durante o tempo em que namoramos, isso para não citar todos os outros amigos que também negligenciei. Não me arrependo, eu queria estar com você, mas nós simplesmente deixamos de fazer o outro feliz. Sinto muito por isso. Sinto muito que não tenha funcionado. Sinto mesmo. Mas precisamos seguir em frente, nós dois.

— Seguir em frente? *Você* quer seguir em frente, isso sim! Admita, Matt. Você conheceu alguém. — Ela se levantou num pulo, o tornozelo miraculosamente curado, e me fitou com superioridade. — Quem é ela? Alguém com quem você trepava enquanto estávamos namorando? Toda aquela merda de ter que ficar trabalhando até tarde... sempre soube que você estava mentindo.

— Ai, meu Deus. — Balancei a cabeça, desesperado. — Alice, eu juro. Não traí você enquanto estávamos juntos e não conheci ninguém depois que terminamos. Para ser honesto, a última coisa de que preciso no momento é uma namorada. Tenho coisas suficientes com que me preocupar, meu avô, o negócio com o Picturebox e...

EM CASA PARA O NATAL

— Mentiroso! — Ela se lançou em minha direção, os dedos tentando pescar o celular no bolso traseiro da minha calça. — Aposto que o seu telefone conta uma história diferente.

— Já chega! — Levantei, as mãos estendidas diante de mim. — Alice, já chega. Vim aqui hoje à noite porque queria ter certeza de que você estava bem. E você está, o que é ótimo, mas não posso mais lidar com isso. Realmente não posso.

Passei pela minha ex-namorada e segui pelo corredor em direção à porta da frente.

— Matt! — gritou ela enquanto eu destrancava a porta e saía para a rua. — Matt! Não ouse ir embora! Matt!

CAPÍTULO CINCO

BETH

Empolerei-me na beirinha do sofá com a diáfana fantasia de abóbora espalhando-se ao meu redor e dei uma olhada na hora, nove e nove da noite. Aiden estava exatamente uma hora e nove minutos atrasado.

E não estava atendendo o celular.

A gente não tinha se falado o dia inteiro. Não havia nenhuma mensagem de texto com um bom-dia quando acordei, nem ele me ligara para falar sobre a festa, nada.

Não tem problema, disse a mim mesma enquanto me levantava e ia até a janela. Ele provavelmente acha que a gente combinou às dez. Oito horas pode soar como dez quando você balbucia. O que, segundo Aiden, eu faço frequentemente.

Sim, só podia ser isso. Ele havia entendido mal. Aiden viria me buscar vestido como um estonteante e maquiavélico cavalheiro vitoriano (Jack, o Estripador, ou talvez alguém um pouco menos assustador); iríamos para a festa, onde ficaríamos bêbados, nos divertiríamos muito e, então, voltaríamos para casa de táxi e cairíamos na cama. Depois de um belo trato, eu diria: "Aiden Dowles, eu amo você" — sem soar como uma adolescente apaixonada —, e ele responderia: "Beth Prince, eu também amo você", e tudo seria perfeito. Ou talvez ele não dissesse "eu amo você" de cara.

EM CASA PARA O NATAL

Talvez dissesse "Idem", como a Demi Moore e o Patrick Swayze em *Ghost — Do outro lado da vida*. Ou talvez, com um simples sorriso e uma expressão agradavelmente chocada, ele afastasse meu cabelo dos olhos e se inclinasse para um beijo. E, então, pela manhã, enquanto eu estivesse preparando o café, ele se aproximaria por trás de mim na cozinha, me envolveria pela cintura e sussurraria "eu amo você" no meu ouvido. Ou talvez...

Argh! Levei a mão ao coração, que batia de forma totalmente descompassada. Pare com isso, Beth. Você só está ficando ainda mais nervosa. Acalme-se, pense em outra coisa. Tipo, hum, no seu visual.

Voltei até o quarto e olhei para o meu reflexo no espelho de corpo inteiro ao lado da cama.

Alguma bolota de maquiagem no canto dos olhos?

Verificado.

Ridícula fantasia de abóbora?

Verificado.

Meia-calça sete-oitavos no lugar?

Idiota! Uma das pernas da meia-calça preta estava sanfonada em torno do tornozelo.

Tentei puxá-la para cima novamente e parei. Eu nem sequer conseguia *ver* meu tornozelo, que dirá me curvar para puxar a meia — meu gigantesco corpo de abóbora estava no caminho. Tirei a fantasia, agarrei a meia e tentei puxá-la. Mais fácil falar do que fazer. Meter minha coxa na meia tinha sido como tentar enfiar um travesseiro numa camisinha. "Tamanho único" uma ova.

Uma vez ajeitada a meia, mais ou menos, vesti a fantasia e observei meu reflexo novamente.

— Espero que o Aiden goste — falei em voz alta.

Meu reflexo não revelou nada. Na verdade, ele parecia ligeiramente preocupado. Olhei para o relógio pela centésima vez, nove e vinte e sete.

O trim-trim do telefone de casa me fez dar um pulo.

— Aiden!

Saí correndo do quarto, os sapatos de saltos agulha ecoando pelo piso laminado, me joguei de barriga no sofá e peguei o telefone.

— Aiden — atendi, ofegante, enquanto a fantasia de abóbora subia e batia na minha nuca.

— Beth? — respondeu uma voz feminina.

Meu coração voltou imediatamente ao ritmo normal.

— Ah, oi, mãe.

— Também estou muito feliz em falar com você!

— Desculpe. Estou esperando o Aiden e estou um pouco nervosa porque planejei dizer a ele... — Parei no meio da frase. Minha mãe não acreditava em fortes explosões sentimentais. Ela não acreditava em um monte de coisas, tipo casamento, demonstrações de afeição ou em homens serem membros honestos e confiáveis da raça humana. Especialmente o último. — Não importa. Você está bem?

— Maravilhosa. Escute, Beth, eu só queria que soubesse que reservei uma passagem para a Austrália para você.

— O quê?

Minha mãe era dona de uma bem-sucedida empresa de recrutamento no Reino Unido. Tão bem-sucedida, na verdade, que ela estava pensando em abrir uma filial na Austrália e emigrar para lá. E havia três meses vinha tentando me convencer a ir com ela.

— Austrália. O voo será no dia 24 de dezembro — ela respondeu com firmeza. — Pense em como será divertido, querida... voarmos em direção a uma nova vida na véspera do Natal.

— Mãe. — Suspirei com força. — Já disse. Não quero me mudar para a Austrália. Eu adoro Brighton e tenho ótimos amigos aqui, para não falar do Aiden. E um bom trabalho.

Minha mãe bufou.

— Que foi?

— Imprimir ingressos e guardar dinheiro no cofre não é o que eu chamo de um bom trabalho, querida. Sei que você daria uma assistente pessoal fantástica se tentasse.

— Mas eu não quero ser...

— Não tem nada de errado em ser uma assistente pessoal, mocinha. Eu comecei como secretária em 1971, e olhe para mim agora, sou...

— A diretora de uma empresa de recrutamento extremamente bem-sucedida — completei. — Não tem nada de errado em ser uma assistente pessoal, só não é o que eu quero fazer. Estou feliz na indústria cinematográfica.

— Indústria cinematográfica? Tá! É o mesmo que alguém que trabalha atrás do balcão da seção de discos da Woolworth dizer que é o próximo Simon Cowell.

— A Woolworth fechou há anos.

— Viu?! — retrucou ela, como se isso provasse seu argumento.

— Certo — respondi, tentando não deixar que minha voz traísse minha irritação. — Trabalhar num cinema não é a mesma coisa que trabalhar na indústria cinematográfica, mas me faz feliz e...

— O que a felicidade tem a ver com isso? Eu achava que era feliz no dia em que me casei com seu pai, e olha como as coisas terminaram. Abandonada aos quarenta e quatro anos.

— Você não foi abandonada. Você o deixou.

— Só porque ele me forçou a fazer isso! Seu pai me tratava como parte da mobília. Conversava com aqueles malditos periquitos mais do que comigo. Monossilábico, isso é o que ele era. Eu podia me sentar para jantar toda produzida e tudo o que ele dizia era: "A comida está uma delícia, Edwina. Pode me passar o sal?"

— Mãe! Pare com isso!

Ela soltou um longo suspiro.

— Entendi. É assim que as coisas são, certo? Agora você também não quer falar comigo. Dá para ver direitinho a quem você puxou.

— Não é isso. Só não gosto de ouvir você falar do papai desse jeito. E realmente não posso conversar muito. Aiden já deve estar chegando, e algo muito especial vai acontecer hoje à noite. Espero.

— Especial! — Ela bufou do outro lado da linha. — Você está esperando o quê? Algum tipo de proposta?

A ideia tinha chegado a cruzar a minha mente, mas eu a descartara quase que de imediato. Certo, mentira. Tinha me permitido sonhar por uns cinco minutos durante uma das pausas do trabalho. Na fantasia, Aiden aparecia na porta da minha casa, me entregava uma enorme caixa branca com um belo vestido de marca e me pedia para vesti-lo.

— Shhh — diria ele quando eu tentasse objetar —, não estrague a surpresa.

Uma vez trocada a roupa, Aiden me incitaria a entrar na limusine à nossa espera e me entregaria uma taça de champanhe. Cerca de uns dois minutos depois, ao chegarmos no West Pier, ele me pegaria pela mão e me conduziria, sob um céu enluarado, pela orla do mar em direção a dúzias de abóboras esculpidas em forma de coração brilhando suavemente sob o coreto.

— Beth — diria ele baixinho, ajoelhando-se enquanto eu corria os olhos em volta, maravilhada. — Você aceita...

— Beth! — O tom sério da minha mãe desfez meu sonho como um maçarico derretendo um sorvete. — Quanto mais cedo você perceber que a vida não é uma comédia romântica, melhor. Você é muito parecida com seu pai nesse aspecto. Sempre sonhando, sempre fantasiando sobre o que poderia ser em vez de encarar suas responsabilidades. Seu pai parecia achar que era o inventor da série *De volta para o futuro*, e não um engenheiro elétrico de East Croydon.

— Ei! O papai inventava algumas bugigangas fantásticas. Lembra-se daquele alarme que disparava na cozinha sempre que estava prestes a chover? Isso evitou que a roupa do varal ficasse encharcada inúmeras vezes.

— E destruiu meus nervos no processo! Olhe só, Beth, não sei se é você ou a sua geração, mas não dá para ter tudo. A vida não é um conto de fadas. Não existe homem perfeito nem trabalho dos sonhos. Se você deixasse de lado essa história de namorados e investisse numa carreira bacana, decente, você se sentiria muito mais realizada.

— Como você? É isso?

— Exatamente. Eu só quero o melhor...

O restante da frase foi abafado pelo tilintar da campainha.

— Deve ser o Aiden — falei, pulando do sofá. Olhei para o espelho acima da lareira, puxei a fantasia de abóbora para baixo e ajeitei o cabelo com a mão livre. — Posso ligar de volta? Nós vamos sair e...

Minha mãe suspirou.

—Tchau, mãe! — me despedi toda alegrinha. — A gente se fala depois.

—Tchau, querida. Ah — acrescentou ela —, quanto à passagem para a Austrália... quer que eu mande para você ou deixo para entregar quando a gente se encontrar na estação no dia 24?

— Eu não vou, mãe. Sinto muito. Espero que ainda dê tempo de pegar o dinheiro de volta. Eu ligo amanhã, certo? Tchau!

Será que ela não havia escutado uma palavra do que eu disse?

— Já vai! — gritei enquanto saía da sala para o vestíbulo. Abri a porta. — Aiden!

Meu namorado estava parado — ou melhor, oscilando — do lado de fora, uma das mãos no umbral da porta e a outra dentro do bolso. Ele me fitou com olhos injetados e uma expressão séria.

— Oi, Beth — cumprimentou-me de modo seco.

Sorri, aliviada demais em vê-lo para mencionar o fato de que ele estava obviamente bêbado. E atrasado.

—Você chegou!

Aiden não se dera ao trabalho de se fantasiar para a festa, mas não liguei. Ele parecia tão bonito sob a luz suave do vestíbulo, o cabelo lambido pela chuva e o paletó do terno de lã pendurado no ombro. Parecia a cena de um filme — como se ele tivesse atravessado uma tempestade para vir ao meu encontro, arriscando a vida, a saúde e uma gorda conta de lavagem a seco. Meu coração saltou excitadamente dentro do peito e passei a língua nos lábios, nervosa. Ao inferno com declarações pós-sexo. Tinha que ser agora. O momento perfeito. Eu precisava dizer a ele.

— Aiden. — Pigarreei para limpar a garganta e apoiei as mãos no meu enorme estômago de abóbora. — Tem uma coisa que eu quero dizer para você faz tempo. O que... o que eu estou tentando dizer, Aiden, é que eu...

— Beth. — Ele ergueu uma das mãos. — Precisamos conversar.

Nesse momento, uma das meias sete-oitavos se soltou da minha coxa e desceu rolando até o tornozelo.

Meu coração a acompanhou.

— Como? — perguntei, piscando com força para tentar acordar de algo que obviamente era um pesadelo horrível. — Pode repetir?

Aiden apoiou uma das mãos na parede da casa, como que tentando se firmar, e passou a outra pela testa molhada da chuva. Um trovão baixo preencheu o ar, e um relâmpago espocou sobre Brighton.

— Preciso de espaço, Beth — disse ele, de modo firme.

Fitei-o, o cérebro zunindo. Como? Por que ele diria isso? As coisas estavam indo tão bem. Pelo menos eu achava que estivessem. Eu não teria decidido soltar um "eu amo você" para cima dele se achasse que havia algo errado. Meus instintos mais primitivos teriam se manifestado e me alertado para não fazer isso — não teriam? Ele devia estar pulando a cerca. Só podia ser isso.

— Espaço? — repeti, dando um passo para trás e esticando os braços à frente. — Olhe só, espaço. Estou dando um metro inteiro a você.

Aiden não riu.

EM CASA PARA O NATAL

— Por favor. — Meus braços penderam ao lado do corpo. — Entre. Está chovendo muito. Você disse que queria conversar, e está muito mais aconchegante lá dentro. Comprei aquele vinho caro que você gosta, e nós podemos...

— Não está dando certo, Beth.

O rosto dele estava sem expressão. Não havia o menor traço de ruga em volta dos olhos ou de lábio repuxado num sorriso. Em geral, eu sabia exatamente como estava seu humor antes mesmo que abrisse a boca, mas dessa vez não consegui captar nada. Era como se alguém tivesse feito um clone do meu namorado, removido todas as suas emoções e depois pedido para que ele batesse à minha porta. Aquilo me assustou.

— O que não está dando certo? — perguntei em tom brincalhão. Parte de mim achava que se eu mantivesse o clima leve, se o encorajasse a falar, ele pararia de agir de forma tão fria e esquisita e aquele terrível olhar vazio em seus olhos desapareceria. — Minha fantasia? Você não ficou impressionado, ficou? Ah, não. Achei que fosse achar engraçado, mas você estava esperando que eu usasse algo mais sensual. Tudo bem. Vou mudar de roupa. Só preciso de um segundo para pegar meu vestidinho preto. Juro. Não tem problema algum.

Aiden baixou os olhos para os pés. Seu pomo de adão subia e descia, como se estivesse engolindo em seco.

— O problema não é a sua fantasia, Beth.

— O que... você mudou de ideia quanto a me levar à festa?

Aiden fez que não. Uma gota de chuva escorreu por sua testa e desceu pelo rosto. Senti uma súbita vontade de esticar o braço e limpá-la. Em vez disso, esfreguei as palmas nas laterais da fantasia de abóbora.

— Então o que é? Alguma coisa que eu fiz? Falei? — perguntei. Assim que as palavras saíram da minha boca, me arrependi de tê-las dito. Não queria saber a resposta.

— Não... — Aiden meteu as mãos nos bolsos e ergueu os olhos para mim. — Não é você, Beth. Não tem nada a ver com você. Sou...

— Não fale — implorei, levantando as mãos na frente do corpo. — Por favor, por favor, por favor, não fale.

— Sou eu — completou ele, de forma um tanto desajeitada.

Lá estava ela — a velha desculpa esfarrapada que já tinham usado comigo tantas vezes. Mas eu não ia desistir sem lutar. Não dessa vez. E definitivamente não ia chorar.

— Hum — repliquei, tentando engolir o bolo em minha garganta. — Certo. Você bebeu alguns drinques, hoje é Dia das Bruxas e provavelmente estamos na lua cheia ou algo do gênero. Todo mundo age de forma meio estranha na lua cheia. Especialmente os lobisomens. Eles se sentam no meio dos campos e uivam. Não que eu esteja comparando você a um lobisomem. Por Deus, não. Não ligo para o que a Lizzie diz, acho as suas sobrancelhas adoráveis, e elas não se juntam no meio. Talvez sejam um pouco espessas demais, mas nada que uma visitinha ao...

— Beth. — Aiden pressionou as têmporas com os dedos, como se o som da minha voz estivesse lhe dando dor de cabeça. — Por favor, não torne isso ainda mais difícil do que já é.

— Mas não precisa ser difícil. Você está tendo um daqueles momentos masculinos de retirada para sua própria caverna. Li sobre isso em *Homens são de Marte, mulheres são de Vênus*. Eu entendo. Honestamente. Volte para sua caverna e faça uma fogueira ou, sei lá, desenhe alguns búfalos nas paredes ou qualquer outra coisa. Eu espero até você se sentir preparado para sair novamente. Você quer espaço, não tem problema. Eu adoro espaço. — Abri os braços. — Espaço é uma coisa legal. Eu também preciso de espaço, só não tinha dito isso a você. Posso, hum, posso usar o espaço para fazer algumas...

— Olhei desesperadamente em volta em busca de inspiração.

— ... mudanças na decoração. Faz tempo que venho planejando pintar o vestíbulo, e um pouco de espaço me daria a oportunidade perfeita para...

— Sinto muito, Beth. — Aiden apertou os lábios de um jeito meio triste. Sua expressão dizia "eu realmente sinto muito", porém seus olhos declaravam "preciso sair daqui". — Você é uma garota adorável e merece um homem muito melhor do que eu. Vai encontrá-lo. Sei que vai.

— Mas eu não quero outro homem — falei numa voz tão esganiçada que só os golfinhos conseguiriam escutar, toda a minha banca de mulher adulta e dona de si imediatamente descendo pelo ralo. — Eu quero você.

— Sinto muito — repetiu ele, desviando rapidamente os olhos ao perceber que os meus se enchiam de lágrimas. — Sinto mesmo. Talvez seja melhor eu ir embora.

Agarrei o umbral da porta ao ver meu namorado se virar e começar a se afastar em direção à rua.

Volte, implorei em silêncio. *Se eu algum dia signifiquei alguma coisa para você, volte e olhe para mim. Diga-me que tudo isso foi um tremendo engano.*

Aiden continuou andando.

— Espere! — gritei, ao vê-lo atravessar a rua. — Não vá! Preciso dizer uma coisa para você.

Sem parar para pensar, saí correndo atrás dele, chafurdando nas poças.

— Aiden, espere! — berrei, continuando em disparada pela rua. — Aiden, eu amo...

Escutei um guinchar de freios, seguido por um *pow*, e caí de cara no asfalto molhado.

Não sei quem ficou mais aborrecida — eu ou a mulher que por muito pouco não passou por cima de mim.

— Ai, meu Deus — guinchou ela, saltando do carro e correndo até onde eu estava. A frente do Audi havia batido no meu quadril quando atravessei a rua em disparada atrás do Aiden. Ela estava dirigindo devagar, porém o impacto tinha sido forte o bastante para me mandar girando em direção à calçada. Um dos tenebrosos saltos prendeu no bueiro; brandindo os braços enlouquecidamente, despenquei no chão com um baque surdo. Ergui os olhos para ela, chocada demais para me mexer. — Você está bem? — perguntou a mulher, debruçando-se sobre mim com uma expressão preocupada. — Consegue falar?

— Acho que sim — gemi, fazendo menção de me sentar.

— Não se mova! — ordenou ela, empurrando meu ombro de modo a me manter deitada no chão. —Você pode ter fraturado uma vértebra ou algo do gênero.

— Não... sério. — Descolei meu rosto da poça e me sentei. — Estou bem. Honest...

Boff! E eu estava de volta com a cara na poça, a mão da mulher segurando meu ombro com firmeza.

— Fique quietinha onde está, os paramédicos irão dizer se você está bem para se mexer. — Ela bateu nos bolsos da calça jeans e olhou de volta para o carro. Um menininho estava pendurado para fora da janela traseira, nos observando com curiosidade. — Vou ligar e pedir uma ambulância. Fique aqui, já volto.

Observei-a atravessar a rua e entrar no Audi. Eu não precisava de uma ambulância. Só precisava... Sentei e olhei para a rua. Onde estava o Aiden? Ele certamente havia escutado a comoção da batida. Por que não tinha voltado?

— Rupert! — Escutei a mulher falar. —Você andou mexendo na bolsa da mamãe de novo? Quantas vezes já falei para não fazer isso? Mamãe precisa do celular dela. Onde ele está?

EM CASA PARA O NATAL

Fiz que não. A única coisa de que eu precisava para ajudar a curar meu quadril e meu ego machucados era um drinque forte. Segurei na cerca em busca de apoio, levantei e voltei mancando para dentro de casa.

— Vou ficar bem — falei para a mulher no carro. Ela continuava debruçada sobre o banco traseiro, brigando com o filho. — Juro. Não se preocupe.

Bati a porta da frente antes que ela tivesse a chance de objetar e segui mancando para a sala de estar, onde peguei o telefone que ficava sobre a televisão e disquei um número.

O telefone tocou diversas vezes, até que finalmente...

— Alô? — atendeu uma voz do outro lado da linha.

— Lizzie — gemi, caindo no choro. — Lizzie, é você?

— Beth! — exclamou minha amiga, a voz estranhamente abafada. — Você está bem?

— Não — resmunguei. — Acabei de ser atropelada por um carro.

— O quê?! Você está machucada?

— Não... sim... Aiden me deixou.

— Antes ou depois de atropelar você?

— Lizzie!

— Que foi? Eu não ficaria surpresa se tivesse sido ele. Aquele homem vive fazendo você de capacho. Atropelá-la seria apenas o próximo passo...

— Ele não me atropelou. — Passei as costas da mão pelo rosto e funguei, desesperada. — Onde você está? Pode vir para casa?

— Claro, querida. Estarei aí num piscar de olhos. Na verdade... — Houve uma pausa, seguida por um remexer e pelo barulho da cama rangendo. — Estou meio amarrada aqui. Literalmente. Nathan disse que ia dar uma saidinha para comprar morangos e creme, mas isso foi há duas horas. Você por acaso não aprendeu a desfazer nós na época em que era escoteira, aprendeu?

"Você merece um homem muito melhor do que eu", dissera Aiden.

Por que os homens sempre diziam isso? Por que partiam o seu coração e tentavam convencê-la de que era para o seu próprio bem? Enquanto o táxi seguia a toda velocidade para o endereço que Lizzie havia me passado, olhei pela janela para as luzes brilhantes de Brighton à noite, tentando entender o que tinha acontecido. Por que Aiden terminaria comigo quando as coisas estavam indo tão bem? Por que ele pediria mais espaço se a gente só se via umas duas vezes por semana? Quanto mais eu pensava no assunto, mais convencida ficava de que o motivo para ele me deixar não era porque as coisas não estavam funcionando entre a gente, mas porque ele havia conhecido outra pessoa.

Não era como se ele fosse o primeiro cara a me trair.

Meu primeiro relacionamento de fato tinha sido com um sujeito chamado Dominic Holloway. Eu tinha dezoito anos, e o conhecera na boate Gloucester, em Brighton, num sábado à noite. Vi o Dominic assim que entrei na boate. Ele não era particularmente alto, mas tinha um sorriso atrevido, usava uma camiseta com uma estampa com desenho mangá, um par de calças iradas de skatista e andava pela boate como se nada no mundo pudesse afetá-lo. Todo mundo estava olhando para ele, inclusive eu. Ele parecia irradiar uma fria tranquilidade. Eu estava esperando junto ao balcão, cada vez mais frustrada por ver as pessoas passando na minha frente e sendo atendidas primeiro, quando Dom apareceu do meu lado, me olhou de esguelha e perguntou:

— Quer um drinque?

EM CASA PARA O NATAL

Simples assim. Por um segundo, achei que ele estivesse me desafiando, e corri os olhos em torno do salão, à procura de amigos rindo às escondidas. Mas não, ele realmente estava interessado em mim. Conversamos por algumas horas num dos reservados escuros do canto da boate. Dom me contou tudo sobre sua obsessão com os skates e as mountain bikes enquanto eu escutava, totalmente embevecida. Quando ele me perguntou do que eu gostava, respondi:

— Filmes.

Ele anuiu com um aceno com a cabeça e disse:

— Legal, mas todo mundo gosta de filmes. Que mais?

Não havia mais nada, portanto não contei a ele que achava *Casablanca* o melhor filme de todos os tempos, nem que não conseguia assistir a cena em que todos no bar se levantam para cantar a Marseillaise sem chorar. Tampouco mencionei que as cenas de luta coreografadas em *Matrix* tinham influenciado vários filmes que vieram depois, como *X-Men* e *Demolidor — O Homem sem Medo*.

Em vez disso, disse:

— Na verdade, nada. Fale mais sobre você.

Permanecemos sentados no escurinho da boate de piso grudento enquanto eu escutava Dom falar, parando apenas para nos beijarmos apaixonadamente, e pensava que ele era o homem mais fascinante que eu já tinha conhecido.

Pelos dois meses seguintes, Dom compartilhou sua vida comigo: me levou a parques com pistas de skate, me emprestou sua bicicleta sobressalente para que pudéssemos passear pela orla, além de uns dois livros sobre grafiteiros famosos. E, então, um dia antes do meu décimo nono aniversário, ele me ligou e disse que tinha conhecido outra pessoa. Nunca me falou o nome dela.

— Não tem nada de errado com você, Beth — explicou ele, um tanto desajeitadamente. — O problema é comigo. Sou meio canalha.

Meu segundo relacionamento — ai. Embora eu tivesse me sentido sexualmente atraída por Liam Wilkinson e idolatrado Dom Holloway como se fosse um herói, eu realmente, realmente me apaixonei por Josh Bagley. Josh era um garçom/artista performático/poeta. A gente se conheceu na biblioteca numa segunda à tarde. Eu tinha vinte e dois anos. Estava perambulando pelos corredores, correndo os dedos pelas lombadas dos livros, tentando decidir entre uma coleção de contos de Annie Proulx (eu havia acabado de assistir a O segredo de Brokeback Mountain e tinha me apaixonado pelo filme) ou um romance de Graham Greene (Fim de caso é um dos melhores filmes de amor trágico de todos os tempos), quando percebi um homem alto e magro, com dreadlocks que chegavam até a cintura, parado no final do corredor, olhando para mim com um meio sorriso estampado no rosto.

— Já pensou em experimentar um pouco de poesia? — perguntou ele. — Conheço uma coleção que vai fazer você ficar apaixonada.

Para ser honesta, não achei o livro de poemas da Geração Beat de São Francisco que ele recomendou tão fascinante assim, mas Josh tinha os olhos mais afáveis e o sorriso mais gentil que eu já vira na vida, portanto, quando ele me convidou para ouvi-lo recitar alguns de seus próprios poemas, aproveitei a chance. Fui até o Sanctuary Café em Hove, uma pequena Meca underground para músicos e poetas performáticos desconhecidos, a fim de vê-lo. O espaço era minúsculo, mas consegui arrumar um lugar numa mesa com um casal de lésbicas de meia-idade chamadas Den e Bern. Josh me viu assim que subiu no palco para pegar o microfone e, enquanto recitava seu poema sobre conflitos modernos e valores tradicionais — ele rimava "explosões de pavor" com "bolinhos de amor" —, seus olhos não desgrudaram dos meus.

Depois do que havia acontecido com Dom alguns anos antes, eu disse a mim mesma que não me permitiria cair de quatro por Josh, com seu rosto gentil e voz melódica, e consegui manter meus sentimentos sob controle por cinco longos encontros. Eu não pegava o telefone assim que ele tocava, não mandava mensagens de texto o tempo todo nem perguntava a ele em que ponto estava o nosso relacionamento. Josh me escutava e, quando criei coragem para contar a ele sobre o meu sonho de ter um cinema, ele não riu. Pouco a pouco, minhas defesas começaram a cair. Quando ele disse que achava que eu ficaria linda numa saia *tie-dye*, saí e comprei uma, e quando comentou que o perfume que mais amava no mundo era o patchouli, comprei alguns incensos e os acendi quando ele foi lá em casa (Lizzie dizia que eles deixavam a casa com cheiro de sovaco de hippie). Comecei até mesmo a trançar o cabelo e colocar miçanguinhas nas pontas. Quando Josh me falou que eu parecia um cruzamento entre uma Bo Derek morena e uma princesa rastafári, achei que meu coração fosse explodir de felicidade.

Estávamos juntos havia menos de cinco meses quando disse a ele que o amava. Tínhamos passado o fim de tarde na cama, lendo poemas um para o outro à luz de velas, e havíamos acabado de transar. Josh estava deitado de costas com os olhos fechados. As mãos cruzadas sob a cabeça, os dreadlocks espalhados pelo meu travesseiro como rolos de corda. Ele parecia tão lindo que não consegui me impedir de falar sobre como me sentia.

— Eu amo você — soltei, acariciando seu peito nu. — Mal posso acreditar que você é meu.

Os olhos dele se abriram imediatamente.

— Ah — retrucou Josh.

Ah? Eu tinha acabado de confessar meu amor e tudo o que ele tinha a dizer era ah?

— Beth. — Ele virou a cabeça para me fitar. — As pessoas não são donas umas das outras. Você sabe disso, não sabe?

— É claro! — Fui tomada por uma onda de alívio. Graças a Deus. Josh só estava preocupado pelo fato de eu ter dito que ele era meu, e não que o amava. — Eu não sou sua dona nem você é meu dono. Nós simplesmente gostamos de ficar juntos.

— Ótimo. — Ele sorriu, em seguida virou novamente a cabeça e fitou o teto. — Por um segundo, achei que você fosse me dizer para largar a Crystal e a Dog.

Quem diabos eram Crystal e Dog? Esperei que ele acabasse com o meu sofrimento, mas Josh não disse mais nada.

— Quem são Crystal e Dog? — perguntei por fim.

— Amigas — ele respondeu na maior tranquilidade. — Como você.

— O quê? Josh, nós não somos amigos. Estamos saindo há cinco meses e dormimos juntos há quatro.

Ele deu de ombros.

— Se você vai entrar nessa de semântica, Beth, vou escolher outra palavra. Que tal... amantes?

— Amantes?

Josh ficou imóvel por um segundo, então inspirou lenta e profundamente pelo nariz e exalou o ar pela boca.

— Beth. — Sentou-se. — Não sou uma criatura monogâmica. Achei que tivesse deixado isso claro desde o começo.

Agarrei o edredom de encontro ao peito, subitamente desconfortável por estar nua.

— Quando foi que você me disse isso?

— No meu poema... "Você não pode me acorrentar à sua *punani*."

— Achei que você estivesse falando dos operários malremunerados nas fábricas da Índia!

— Não. — Ele franziu o cenho. — É sobre a forma como as mulheres usam sua sexualidade para castrar os homens. Você disse que tinha achado comovente.

— Isso não significa que eu tenha entendido!

— Ah. — Josh jogou as pernas para fora da cama e esticou o braço para pegar a calça jeans. Observei, chocada demais para falar, enquanto ele a vestia e enfiava a camiseta de fibra de maconha pela cabeça. — Sinto muito, Beth — disse ele, seguindo para a porta do quarto. — Não acho que isso vai dar certo. Você é uma garota adorável, portanto não se culpe. O problema não é você, sou...

— Não diga — avisei. — Não ouse dizer isso.

— Eu.

Tempos depois de ele bater a porta da frente, a frase continuava retumbando na minha cabeça; caí em prantos. Quando finalmente parei de chorar, cerca de quinze milhões de anos depois, prometi a mim mesma que jamais diria a outro homem que o amava antes que ele dissesse primeiro. Nunca, nunca, nunca...

Eu continuava pensando em Josh quando o táxi parou em frente a uma casa da Cromwell Street, em Hove, e o motorista se virou para mim em expectativa.

— Esse é o número cinquenta e cinco, querida.

Entreguei o dinheiro a ele e desci os degraus que levavam ao apartamento do Nathan no subsolo. A chave estava exatamente onde Lizzie me disse que estaria — debaixo do capacho —, peguei-a e entrei.

— Lizzie? — chamei enquanto prosseguia pelo corredor escuro. — Lizzie, cadê você?

— No quarto, ao lado da cozinha — gritou uma voz da outra ponta do apartamento. — E, ahn, Beth, talvez seja melhor você fechar os olhos antes de entrar aqui!

CAPÍTULO SEIS

MATT

Dez horas haviam se passado desde que a Alice se jogara em cima de mim no banheiro e gritara alguma coisa sobre me fazer pagar enquanto eu fugia. Eu estaria mentindo se dissesse que não estava preocupado (particularmente porque ela ainda possuía a chave extra do meu apartamento), mas eu tinha coisas mais urgentes a resolver. Entrei no escritório às quinze para as nove e encontrei a Sheila, minha assistente pessoal, com uma expressão preocupada.

— A Esmagadora de Bolas está esperando você — murmurou ela, apontando para a minha sala. — E não parece muito feliz.

Soltei um gemido. A Esmagadora de Bolas, cujo verdadeiro nome é Isabel Wallbaker, é a gerente nacional da Apollo Corporation. Também conhecida como minha chefe.

— Obrigado, Sheila. Você pode me arrumar um café bem forte? Vou precisar.

— Sem problema. Boa sorte — acrescentou, ao me ver entrar na sala.

Isabel estava sentada atrás da minha mesa, as costas voltadas para mim, vasculhando distraidamente a papelada que eu ainda não arquivara.

— Bom-dia, chefe — cumprimentei, forçando um sorriso e me sentando na cadeira em frente. — A que devo o prazer?

— Ao Picturebox — respondeu ela, girando a cadeira, as unhas vermelhas tamborilando sobre a minha mesa como dez garras ensanguentadas. — Como anda o progresso da aquisição?

— Falei com a sra. Blackstock pelo telefone, ela está avaliando a proposta.

— Avaliando? — Ela ergueu uma sobrancelha fina demais.

Anuí com um movimento de cabeça constrangido.

— Foi o que ela disse.

— E você não acha que deveria estar fazendo pressão para que ela faça um pouco mais do que apenas avaliar?

Não, não acho. Colocar pressão em homens de negócios trapaceiros ou em gananciosos proprietários de imóveis industriais é uma coisa, mas a sra. Blackstock é uma pensionista. Ela tem a mesma idade do meu avô, pelo amor de Deus! O Picturebox está detonado, é verdade, e precisa de uma boa reforma para se livrar daquele horroroso papel de parede desbotado e do estranho cheiro de umidade, típico dos brechós de caridade, que o tomam de assalto assim que você passa pela porta, mas eu não ia botar pressão em sua pequena e idosa proprietária. Mesmo achando que ela era louca de não agarrar a oferta milionária que estávamos propondo.

— Não acho que botar pressão vá ajudar nesse caso — comentei calmamente. — A sra. Blackstock é idosa e não acho que ela vá responder bem à pressão.

— Você não acha, é? — Isabel estreitou os olhos e tamborilou os dedos de forma lenta e ritmada sobre a mesa. O som era semelhante ao de uma marcha fúnebre. — E quanto ao seu bônus, Matt? Como você *responderia* se não o recebesse?

— Ahn?

— Lembra que o seu bônus depende não apenas do lucro anual gerado pelos cinemas já existentes, como também de atingir as metas determinadas pelo escritório central?

Fiz que sim.

— E a meta desse ano é a aquisição do Picturebox. Sem Picturebox, sem bônus. Você é um representante de vendas, Matt, não um voluntário para a campanha Ajudem os Idosos. Feche o acordo ainda hoje ou não vai receber nada.

Abri a boca para responder, mas minha garganta se fechou e as palavras morreram na língua. Ela me passara uma rasteira. Ou eu botava pressão na sra. Blackstock para fazê-la assinar o acordo ou meu avô perderia a casa. Legal.

Isabel sorriu para mim com os lábios apertados.

— Aguardo notícias suas ainda hoje.

A casa de Edna Blackstock era maior do que eu havia imaginado — uma gigantesca construção vitoriana de cinco ou seis quartos em Hove, com um jardim que se estendia por toda a sua volta e uma entrada particular para carros. Eu meio que esperava ser recebido na porta por um mordomo ou uma governanta; em vez disso, deparei-me com uma franzina senhora grisalha com um avental florido. Suas costas eram tão encurvadas que ela parecia estar dobrada ao meio.

Ela me fitou com olhos azuis aguados por trás dos gigantescos óculos bifocais.

— Ah, você deve ser o gentil cavalheiro da cadeia de cinemas. Entre, entre. Perdoe a bagunça — acrescentou a senhora, conduzindo-me até a cozinha, onde limpou uma cadeira de madeira com um pano de prato. — Eu estava preparando um bolo de frutas. Por favor, sente-se.

EM CASA PARA O NATAL

Olhei para a cadeira — ela parecia tão velha quanto a própria sra. Blackstock —, e me acomodei nervosamente na beirinha.

— Certo. — Botei a pasta no colo e a abri. — Como comentei com a senhora no outro dia, estamos dispostos a lhe oferecer uma quantia substancial pelo...

— Quer uma xícara de chá? Bolo? — Minha anfitriã empurrou um prato cheio de pedaços de bolo em minha direção. Meu estômago rugiu enfurecido quando o aroma rico e apetitoso preencheu minhas narinas. Meu Deus, ele estava com uma cara deliciosa... molhadinho, leve e recheado com passas, nozes e cerejas. Afastei o prato e fiz que não. Aceitar qualquer coisa não seria nada profissional.

— Não, obrigado. — Folheei a pilha de papéis e puxei o contrato. Quanto mais rápido resolvesse aquilo, mais rápido poderia ir embora. — Então, quanto ao contrato...

— Tem certeza de que não quer um pedaço? — A sra. Blackstock me fitou através da mesa. A ponta do nariz dela estava suja de farinha.

— Hoje em dia, não tenho mais ninguém para quem cozinhar e detesto desperdiçar comida.

— Tudo bem — concordei, pegando o prato. Se comer um pedaço de bolo fosse ajudar a fechar o acordo, então ao inferno com o profissionalismo. Tudo o que eu queria era pegar a assinatura dela e sair dali. — Vou comer um pedacinho.

Peguei uma fatia e dei uma mordida. O bolo de frutas com conhaque, canela e nozes crocantes despertou minhas papilas gustativas. Estava delicioso.

— O cinema está na minha família há tempos — comentou a sra. Blackstock enquanto eu mastigava. — Quando eu e Bert, meu falecido marido, o herdamos, tínhamos muitos planos para ele. Nós o gerenciaríamos juntos e depois o passaríamos para nossos filhos.

Bem, filho... eu queria muito um filho e uma filha, mas só tivemos o Charles. Falei dele pra você no telefone?

Neguei com a cabeça, ainda de boca cheia.

— Charles mora em Edimburgo. Ele é chefe de cozinha... deve ter herdado de mim o amor pela comida... e não possui o menor interesse em filmes. Diz que a vida já é dramática o bastante e não precisa ficar assistindo ao drama dos outros. Além disso, ele é terrivelmente ocupado. Os chefes têm uma carga horária pesada, você sabe. De qualquer forma... — fez sinal para que eu me servisse de outra fatia, mas recusei com um balançar de cabeça — ... ele não tem interesse em assumir o cinema. Charles acha que eu devia vendê-lo e acabar logo com isso.

Engoli o último pedaço.

— Entendo.

— Até mesmo meu contador começou a insinuar que eu devia vendê-lo, portanto, o que posso fazer? Partiria meu coração perder aquele lugar tão querido, mas, se a sua companhia é tão apaixonada por filmes quanto me diz, fico feliz em passá-lo para alguém que irá cuidar bem dele e restituí-lo a sua antiga glória. Vocês vão cuidar bem dele, não vão, sr. Jones?

Olhei para o bolo e para a fatia enorme que a sra. Blackstock havia cortado. Talvez se eu pegasse e a metesse inteira na boca, não tivesse que responder.

— É claro — menti, forçando-me a encará-la.

— Excelente. — Ela sorriu. — E quanto aos funcionários?

Franzi o cenho.

— Vão cuidar bem deles também?

— Bom. — Cobri a boca com a mão e tossi. — Obviamente haverá uma reestruturação.

A sra. Blackstock ficou horrorizada.

— Os funcionários irão perder o emprego?

EM CASA PARA O NATAL

— Bem... hum... como eu disse, uma reestruturação será inevitável e, devido a um pequeno remanejamento dos nossos outros braços em Brighton, a maioria dos funcionários será recrutada para trabalhos internos. Entretanto, o pessoal que trabalhou para a senhora por mais de dois anos poderá concorrer à vaga de gerente do Picturebox. Estamos organizando um fim de semana de entrevistas em Gales, agora em dezembro.

— Dezembro? — Ela pareceu surpresa. — Tão cedo?

Fiz que sim.

— Se quisermos reinaugurar o Picturebox no começo do ano que vem, precisamos que tudo aconteça o mais rápido possível. Inclusive a assinatura do contrato.

— Só um cargo. — A sra. Blackstock levou as mãos sujas de farinha ao rosto. — Que péssima notícia!

— Infelizmente, isso é inevitável — retruquei, deslizando o contrato por cima da mesa em direção à ela. — Na atual conjuntura econômica, os cortes são inevitáveis.

Por que eu estava repetindo a palavra "inevitável"? Era como seu eu tivesse desenvolvido uma espécie de síndrome de Tourette corporativa.

A sra. Blackstock tocou o contrato nervosamente com a ponta do dedo, como se ele fosse uma bomba coberta de farinha.

— Então... — Entreguei-lhe uma caneta. — Se a senhora puder autografar essas páginas...

— Só um segundo, querido. — Ela pousou uma das mãos enrugadas sobre a minha. — Quero dar a notícia aos meus funcionários antes de tornar tudo isso oficial. Será um terrível choque para eles.

Não tanto quanto a senhora imagina, pensei, lembrando-me do encontro com Beth Prince na véspera.

— Como falei antes — continuei, soltando com cuidado minha mão de seu aperto surpreendentemente forte, a ameaça da perda do bônus feita pela Esmagadora de Bolas ainda ressoando em meus ouvidos —, o tempo é um fator essencial. Só podemos garantir essa oferta por tempo limitado, de modo que é extremamente importante que a senhora assine para...

— Sr. Jones. — A sra. Blackstock me fitou com um olhar inacreditavelmente duro. — Posso parecer uma velha esclerosada, mas o Picturebox está na minha família há décadas, e eu lutei... e ganhei... inúmeras batalhas referentes à forma como ele é gerenciado. Não vou sair atropelando tudo agora só porque o estou vendendo nem vou permitir que um almofadinha como você me force a fazer algo antes que eu esteja preparada.

— Sinto muito — repliquei, estupefato. — Não foi minha intenção...

Ela se levantou e ajeitou o avental, a expressão ainda fria como aço.

— Entrarei em contato, sr. Jones.

Olhei para o contrato ainda em branco sobre a mesa. A Esmagadora de Bolas iria me matar se eu fosse embora sem...

— Aqui. — A sra. Blackstock deu a volta na mesa e me entregou um tupperware cheio de fatias de bolo. Seu rosto se abrandou e os olhos brilharam novamente. — Leve isso. Eu insisto. Se não quiser, dê a alguém que ame.

Sorri pela primeira vez em vinte minutos. Sabia exatamente para quem eu daria o bolo.

— E então? — a Esmagadora de Bolas rosnou no celular. Eu tinha acabado de sair da casa da sra. Blackstock e ela já estava no meu pé. — Ela assinou?

Apertei a pasta vazia de encontro ao corpo. O contrato não assinado continuava sobre a mesa coberta de farinha da cozinha da sra. Blackstock.

— Ainda não.

Uma espécie de assovio atravessou a linha telefônica, provavelmente a Esmagadora de Bolas soltando fumaça pelos ouvidos.

— Como?

— Ela quer falar com os funcionários primeiro.

— Ela quer O QUÊ? Por que não pode contar aos funcionários DEPOIS de assinar o contrato? Ela é completamente louca ou o quê?

— Na verdade, ela é uma senhora bem legal. Acho que...

— Não quero saber se ela é a maldita Madre Teresa. Quero o contrato, Matt.

— Eu vou conseguir.

— Quando?

— Depois que ela contar aos funcionários.

— E quando vai ser isso?

— Logo? — arrisquei.

— Descubra! — rosnou minha chefe. — E rápido!

— Certo, certo. Pode deixar. Honestamente. Tenho tudo sob controle.

— Não é o que parece. — Isabel suspirou. Não fazia sentido ela soltar os cachorros ainda... eles tinham mais de um mês antes do fim de semana de recrutamento em Gales, e os construtores só começariam a reforma no dia 27 de dezembro. — Mas, continue — mandou, com uma voz cansada. — A sra. Blackstock falou alguma coisa sobre a reforma?

— Não, mas ela me pediu para dar a minha palavra de que não mexeríamos nas instalações e acessórios.

— E o que você respondeu?

— Que ela... — pigarreei para limpar a garganta — ... não tinha nada com que se preocupar.

A Esmagadora de Bolas riu. Era um som estranho — uma mistura de grito de gaivota com cacarejar de hiena.

— Excelente! Estou orgulhosa de você.

Pelo menos um dos dois estava.

— Certo. — A voz dela atravessou meu cérebro como uma serra elétrica cortando manteiga. — Faça com que ela assine o contrato e o envie para mim o mais rápido possível. O fim de semana de recrutamento em Gales já está organizado?

— Quanto a isso... — comecei.

A Esmagadora de Bolas suspirou.

— O que foi?

— A gente realmente precisa ir até Gales só para recrutar um gerente? Estamos muito ocupados, e um fim de semana inteiro de testes de liderança é um pouco de exagero, não acha? Não podemos, sei lá, conduzir as entrevistas no meu escritório ou algo do gênero?

— Um pouco de exagero? Um pouco de exagero! — Minha chefe bufou como se eu tivesse acabado de contar a piada mais engraçada do mundo. — Sabe quanto dinheiro a Apollo faz todos os anos, Matt?

— Estou com os dados da região sudeste no escritório se é o que você...

— Foda-se a região sudeste, Matt. Estou falando ao redor do mundo.

— Não faço ideia. Uns...

— Bilhões, Matt! Bilhões. E sabe por quê? Porque cada cinema, mesmo os mais insignificantes e perdidos no meio do nada, segue à risca o protocolo estabelecido pelo escritório central em Washington. Protocolo este que fez da Apollo a líder mundial no campo do entretenimento. A líder mundial.

— Eu sei, mas...

EM CASA PARA O NATAL

— Deixe eu dizer uma coisa para você Matt. — Em uma fração de segundo, a voz dela passou de divertida a irritada. — Se você é tão sabichão, por que não liga para o CEO em Washington e diz a ele que a política de recrutamento é uma merda? Posso passar o telefone dele se você quiser, que tal?

Respirei fundo. Eu *não* ia perder a calma.

— Não precisa fazer isso, Isabel, está tudo bem.

— O que está bem, Matthew?

— O fim de semana de recrutamento em Gales — respondi com firmeza. — Não tem problema.

— Ótimo. Resolva logo isso — rosnou ela e desligou.

Balancei a cabeça, meti o telefone no fundo do bolso e segui em direção à Lewes Road. Precisava ver uma pessoa.

CAPÍTULO SETE

BETH

Escutar sobre a vida sexual da sua melhor amiga é uma coisa. Ver é outra completamente diferente. Eu havia passado mais de uma hora atualizando o site do Picturebox, mas não conseguia tirar da cabeça a imagem da Lizzie amarrada que nem um peru de Natal. Estava gravada no fundo das minhas retinas. Lizzie, por outro lado, não ficara nem um pouco incomodada por eu tê-la visto nua. Apenas aliviada ao se ver livre. Aliviada e, em seguida, absolutamente furiosa com o Nathan.

— Vou matá-lo — esbravejou ela, vestindo de volta seu tubinho preto. — Não teve graça nenhuma. Eu podia ter morrido de hipotermia.

Toquei a grade do aquecedor.

— Duvido muito, Liz. O aquecimento está ligado. E ele deixou o celular sobre o travesseiro para que você pudesse alcançá-lo.

— Com o quê? — Ela calçou os sapatos de salto alto. — Tem ideia do quanto é difícil fazer uma ligação com o nariz?

Ri.

— Tá, tá, pode rir. — Lizzie esboçou um sorriso e se levantou. — Ah, foda-se ele. — Enganchou um braço no meu. — Vamos para casa beber todas. Conte à tia Lizzie o que aconteceu com o Aiden.

EM CASA PARA O NATAL

E foi o que eu fiz. Mais de uma vez. Quanto mais vinho eu tomava, mais aborrecida ficava com o que tinha acontecido. Por isso, precisava tomar mais vinho, e aí ficava ainda mais aborrecida. O típico ciclo dos que acabaram de levar um pé na bunda, e que só terminou quando minha melhor amiga me convenceu de que estava na hora de ir para a cama.

— Vai ficar tudo bem, Beth — disse ela, enquanto me cobria e afastava o cabelo do meu rosto. — Prometo. A gente conversa mais amanhã, certo?

Desmaiei quase que de imediato e acordei com a sensação de que tinham se passado apenas cinco minutos quando o alarme disparou. Minha cabeça martelava e meus olhos pareciam dois ovos excessivamente cozidos. Tentei disfarçar caprichando na maquiagem, mas isso apenas fez com que eles parecessem dois ovos cozidos e borrados de delineador.

Arrastei-me para o trabalho, na esperança de que isso me ajudasse a esquecer o que havia acontecido na noite anterior, mas foi uma das manhãs mais quietas de todos os tempos. Entraram cinco pessoas para ver O apartamento às onze, e depois uma dúzia de mamães com seus bebês chorões para a Mostra de Lágrimas (uma sessão somente para as mães e seus bebês, a fim de que ninguém pudesse reclamar dos gritos e choramingos). Ainda assim, quanto menos gente visse meu rosto inchado, melhor.

Eu estava verificando meu reflexo no espelho de bolso pela centésima vez quando a porta da frente se abriu. Fazia tanto tempo que eu não a via que a princípio não reconheci quem era, mas à medida que ela foi se aproximando do balcão, as costas encurvadas, o gigantesco casaco de tweed pendendo dos ombros estreitos e os cabelos brancos encaracolados enfiados dentro de um chapéu de feltro verde, me lembrei rapidamente.

— Sra. Blackstock — balbuciei, tirando rapidinho minha bolsa de maquiagem de cima da mesa. — Que prazer em vê-la.

—·Olá, Beth. — Minha chefe apertou o casaco em volta do corpo e esfregou os braços vigorosamente. Havia manchas de molhado sobre os ombros e no topo do chapéu. — Está chovendo a cântaros. A impressão é de que não vai parar nunca mais.

—Terrível, não é? — Dei de ombros, concordando. — A senhora veio buscar o caixa de ontem? O dinheiro está lá nos fundos, no cofre. Posso pegá-lo se a senhora quiser. — Levantei tão rápido que bati a cabeça na prateleira acima de mim. Uma dúzia de panfletos caiu no chão.

A sra. Blackstock ergueu uma das mãos magras e enrugadas e a brandiu em minha direção.

— Sente-se, por favor, Beth. Preciso falar uma coisa com você.

— Falar? — Despenquei na cadeira de novo e agarrei as bordas do balcão. — É sobre o homem que veio aqui no outro dia? Matt alguma coisa? Não quis parecer grossa. Juro. Achei que era um estudante atrás de um emprego. Se eu soubesse que ele era da Apollo, teria preparado um café e...

— Não, não. — Minha chefe negou com a cabeça. — Não é isso.

Ela olhou intrigada para a escultura de abóbora que eu havia instalado no meio do saguão e, em seguida, andou até o mural das estrelas e correu um dedo pela foto emoldurada do James Dean. Franzindo o cenho, lançou uma enorme bola de poeira no chão. Há meses não podíamos pagar alguém para limpar o cinema. A equipe fazia o melhor possível para mantê-lo limpo, mas havia um limite para nossa capacidade.

— Beth. — Ela se virou de volta para mim com uma expressão triste. — No último ano, o Picturebox não teve o desempenho esperado e...

EM CASA PARA O NATAL

— Eu sei — interrompi, desesperada. — Mas podemos reverter
a situação. Tive algumas ótimas ideias. Bem interessantes. Elas estão
guardadas numa pasta... — Estiquei o braço para pegar minha bolsa.
— Posso mostrá-las se a senhora quiser.

A sra. Blackstock fez que não.

— Não precisa, querida, obrigada.

— Mas elas funcionariam. Sei que sim. A gente pode implantar
uma política de fidelidade, como eles fazem nos supermercados.
Assista cinco filmes e veja o sexto de graça.

— Implantar no cinema uma política de supermercados? — Ela
pareceu horrorizada. — Não, querida. Isso jamais funcionaria.

— Mas está provado que isso estimula a fidelidade do consu-
midor e aumenta o lucro de forma proporcional... — Parei no
meio da frase. Ela não parecia nem um pouco convencida. — Certo,
esqueça os cartões de fidelidade. Que tal... — abri a pasta — ... noites
temáticas ligadas à cultura popular? Poderíamos passar o Eurovision
Song Contest. Ele é superpopular em Brighton, e, se dermos às pessoas a oportunidade de vê-lo aqui, elas poderiam aproveitar para
se embonecar e vir se divertir com os amigos e outros fãs. Tenho
certeza de que isso geraria um luc...

— Um campeonato de música para europeus? Que horror!
Imagine o que os alemães apresentariam?

— Não é um horror. É um programa cult que faz sucesso desde...
Deixa pra lá... — Virei as páginas de modo desesperado. — Que
tal essa: a gente oferece um desconto para estudantes nas últimas
sessões. Talvez nas segundas e terças à noite, quando o movimento é
menor e...

— Não. — A sra. Blackstock fez que não mais uma vez. — Sinto
muito, Beth, mas todas essas ideias são modernas demais para o
Picturebox.

— Não são, não! Honestamente, elas se encaixam muito bem. E sei que funcionariam. Tem mais essa também, um fim de semana temático com filmes românticos dos anos de 1940 e 1950 e...

— Sinto muito, Beth. — Minha chefe me fitou de modo duro. — Estou vendendo o cinema. Pensei muito e já tomei minha decisão.

— Não para a Apollo! — exclamei, profundamente chocada. — A senhora não pode fazer isso! Eles vão botar tudo abaixo a transformá-lo em um buraco sem alma.

— Ah, Beth. — Ela sacudiu a cabeça como se eu fosse uma criança fazendo birra. — Acho que você está exagerando um pouco. Claro que eles não vão botar tudo abaixo. Matthew Jones prometeu que eles vão respeitar a história do Picturebox.

— E a senhora acreditou? Eles estão mentindo, sra. B! Eles não ligam para a nossa história, só querem saber de ganhar dinheiro.

— Sinto muito, Beth, mas não tenho escolha. Meu filho não quer essa responsabilidade e o contador disse que o Picturebox está sangrando dinheiro por todos os poros. Infelizmente estou de mãos atadas.

— Mas... — As palavras morreram no meio do caminho. A sra. Blackstock parecia tão arrasada que tive de prender a respiração para não chorar. Ela havia desistido completamente. Do cinema. Da nossa pequena equipe. De mim.

Em vinte e quatro horas eu havia perdido meu namorado, escapara por pouco de ser esmagada por um carro e agora estava prestes a perder meu emprego. O que viria a seguir? Eu ia perder minha casa também? O pai da Lizzie tinha dito a ela que não queria vê-la dividindo o apartamento com nenhuma "vagabunda preguiçosa".

— Então é isso? — perguntei. — Não há nada que possamos fazer? A senhora vai vender o cinema e todos nós estaremos no olho da rua?

EM CASA PARA O NATAL

A sra. Blackstock aproximou-se um pouco mais do balcão e pousou uma das mãos enrugadas sobre a minha.

— Ainda há esperança, Beth. Pelo menos para um de vocês. O sr. Jones disse que haverá uma vaga disponível para o cargo de gerente. Ela está aberta tanto para os funcionários da Apollo quanto para qualquer um que tenha trabalhado no Picturebox por pelo menos dois anos.

— Eu quero! — Pulei, animada, e bati com a cabeça na prateleira. De novo. — Trabalho aqui há seis anos — falei, ajoelhando-me para pegar os panfletos que tinham caído no chão. — A senhora pode dizer a ele que eu quero o emprego?

— Sinto dizer que a decisão não é minha. — Ela deu de ombros de maneira solidária. — Mas estou certa de que o sr. Jones irá responder a quaisquer perguntas que vocês tenham. Imagino que ele irá entrar em contato logo. Se você puder repassar a notícia para o restante dos funcionários, ficarei muito grata.

Ela atravessou novamente o saguão. Ao alcançar a porta da frente, virou-se e olhou para mim de modo firme.

— Obrigada, Beth — disse, tão baixinho que mal consegui distinguir as palavras —, por tudo o que você fez.

Eu não saberia dizer se era a idade ou o modo como a luz atravessava a porta de vidro, mas podia jurar que havia lágrimas nos olhos dela.

O resto do dia foi um completo desastre. Errei no troco de um cliente, derrubei uma caneca inteira de café sobre o teclado do computador e entreguei a um homem que chegou com o filho de cinco anos o ingresso para o mais recente filme de terror, quando ele havia pedido uma comédia familiar. Por fim, para fechar com chave de ouro, Carl entrou no cinema, tirou o casaco e veio até o guichê.

— Oi, Beth — cumprimentou ele, apoiando os cotovelos sobre o balcão. — Eu estava pensando... você alguma vez fugiu de casa quando era criança?

— Não — respondi, surpresa por ele não estar me cumprimentando com um de seus insultos habituais. — Por quê?

— Seus pais nunca pediram que fizesse isso?

— Aqui. — Revirei os olhos e entreguei a ele um pedaço de papel. Eu havia redigido uma carta para todos os funcionários com tudo o que a sra. Blackstock tinha me passado. — Acho que você vai querer ler isso.

Carl passou os olhos pela carta e a colocou de volta sobre o balcão.

— E daí? Esse lugar está detonado mesmo. Precisa de uma boa injeção de vida.

Fitei-o, horrorizada. Não conseguia acreditar que após três anos ele não sentisse o menor vestígio de lealdade para com o maravilhoso e antigo cinema no qual trabalhávamos.

— Que foi? — Ele ergueu uma sobrancelha. — A velha Blackstock não conseguiria organizar um jogo de pique-pega num parquinho. É culpa dela que o Picturebox esteja indo à falência.

— Mas você vai perder seu emprego!

— Vou? — Ele apontou para a folha de papel com o indicador. — Diz aqui que há uma vaga para mim.

— Uma vaga de gerente.

— Ah! — Carl riu. — Entendi. Você acha que a vaga é sua só porque trabalha aqui há mais tempo do que o restante de nós. Eu trepo desde que tinha catorze anos, mas isso não faz de mim um astro pornô.

— Não tem nada a ver com o tempo que eu trabalho aqui. Tem a ver com a experiência que eu... — Sacudi a cabeça. Não fazia sentido

EM CASA PARA O NATAL

tentar discutir com ele. Carl acabaria me deixando irritada. — Bem.
— Levantei e peguei meu casaco. — Estou indo. Vou encontrar a
Lizzie no centro.

— Não o Aiden?

Suspirei profundamente. Como se já não fosse ruim o bastante eu ter que trabalhar com aquele patife filho da mãe, ele ainda conhecia o meu namorado — ex-namorado. Carl havia entrado para um grupo de provadores de vinho em outubro, o mesmo grupo que o Aiden frequentava em Hove. No dia seguinte, ele apareceu no cinema com o sorrisinho mais presunçoso que eu já vira. Não consegui fazê-lo calar a boca. Ele falou sem parar sobre seu mais novo melhor amigo, dando a entender que o Aiden lhe contara um monte de segredos a meu respeito.

— Que foi? — Carl percorreu meu rosto com os olhos, como que tentando decifrar minha expressão. — As coisas não estão dando certo com o sr. Apaixonado?

Minha expressão devia ter mudado, porque de repente ele pareceu não caber em si de contentamento.

— Aaaah! Não estão, não é mesmo? — Carl me lançou um olhar de esguelha. — Ele não lhe deu um pé na bunda, deu, Cara de Pinha?

— Não é da sua conta! — Virei-me de modo brusco e saí pisando duro da cabine. — Não chore na frente do Carl — murmurei por entre os dentes, enquanto atravessava apressadamente o saguão. — Não, não, não...

— Eu sabia que ele acabaria criando juízo — gritou Carl atrás de mim. — É de você que estamos falando, Cara de Pinha. Eu diria que você está destinada a morrer sozinha, cercada de gatos, não fosse pelo fato de que nem eles a amariam!

• • •

— E aí? — perguntou Lizzie quando me aproximei do balcão do Wai Kika Moo Kau, o movimentado café no coração de North Laine onde ela fazia um bico de vez em quando. — Falou com o Aiden?

— Não, já faz... — comecei e imediatamente caí em prantos. Sequei os olhos com as costas da mão. Merda! Eu tinha conseguido me segurar o trajeto inteiro do Picturebox até ali.

—Ah, querida. — Lizzie desamarrou o avental e o arrancou sob o olhar desaprovador de um de seus colegas de trabalho; em seguida, deu a volta no balcão e me abraçou. —Vamos arrumar alguma coisa para você beber — disse, conduzindo-me até uma das mesas vazias nos fundos. — Infelizmente não temos vinho. Cappuccino serve?

Fiz que sim, arrasada.

— Dois cappuccinos, por favor, Ben — ela gritou dos fundos. — Com uma porção extra de raspas de chocolate!

O colega lançou-lhe um olhar exasperado e se virou de volta para o cliente que estava atendendo.

Lizzie puxou a cadeira para perto da minha e pousou uma das mãos sobre o meu braço.

— Que foi, querida?

— Quero o Aiden de volta — respondi, desesperada. — Não faz nem vinte e quatro horas desde que o vi pela última vez e já estou morrendo de saudade.

— Jura? — Ela me fitou, incrédula. —Você pode simplesmente abrir o jornal se quiser mais uma dose das bobagens pretensiosas que ele costumava dizer.

Ri e imediatamente me senti desleal. Aiden não era pretensioso. Só era um sujeito com algumas opiniões acirradas.

Sequei as bochechas molhadas com o guardanapo.

— O que eu faço, Liz?

— Honestamente? — Ela apertou minha mão. — Esqueça o cara.

— Mas não quero esquecê-lo.

EM CASA PARA O NATAL 83

— Achei que você fosse dizer isso. — Abriu um sorriso radiante para o colega quando ele colocou dois cappuccinos sobre a mesa à nossa frente. — Obrigada, gatinho! Fico devendo um favor a você!

Ben revirou os olhos e voltou para o balcão. Pelo visto Lizzie devia a ele mais do que apenas um favor.

— Lizzie... — Empertiguei-me na cadeira e ajeitei o pulôver. — O que eu tenho de errado?

— Nada! — Ela me olhou como se eu fosse louca. — Você é perfeita do jeito que é.

— Aiden obviamente não acha isso.

— Isso é porque ele é um idiota com hálito de cebola em conserva.

— Lizzie!

— Bem, é verdade, tanto uma coisa quanto a outra. — Ela pegou o cappuccino, tomou um gole e limpou a boca com as costas da mão. — Você merece alguém muito melhor do que ele.

Suspirei.

— Foi isso o que ele disse.

— Então talvez ele seja um pouco menos imbecil do que pensei. De qualquer forma, você está muito melhor sem ele.

— Mas não quero ficar sem ele. Eu o quero de volta. Por favor, Lizzie, me ajuda.

Ela franziu o cenho.

— Como?

— Me diga honestamente... o que eu posso fazer para parecer mais... sei lá... sedutora? Sei que você acha que eu sou bonita de qualquer jeito, mas preciso que seja brutal. Imagine que você é uma daquelas consultoras de moda da televisão cujo trabalho é me transformar numa gata de tirar o fôlego. O que você faria?

Minha melhor amiga afastou a cadeira e inclinou a cabeça ligeiramente para a esquerda, como se quisesse ter uma visão melhor de mim. Franziu o cenho e inclinou a cabeça para a direita. A sensação de ser analisada tão descaradamente foi horrível, mas fiquei quieta. O que quer que ela dissesse seria válido — desde que me ajudasse a reconquistar o Aiden.

— Bem... — ela disse por fim, franzindo o nariz. — Acho que você está um pouco pálida.

— Certo. — Assenti com a cabeça. — Então eu preciso de um bronzeamento artificial.

— Isso. E... — Ela focou os olhos no meu cabelo. — Castanho é legal, quase um retrô revolucionário... ou algo parecido... mas acho que você ficaria melhor, mais tchan, se fizesse algumas luzes ou coisa semelhante. E aprendesse a secá-lo corretamente. Às vezes ele fica com um aspecto de capacete.

— Lizzie!

— Desculpe! Desculpe! — Fez uma careta. — Exagerei?

— Não, não, continue — pedi, um pouquinho assustada pelo que viria a seguir.

— Isso — continuou ela, tocando meu pulôver preto como se ele fosse contagioso. — Sei que é seu pulôver favorito, mas, honestamente, Beth, parece algo que você herdou da sua tia-avó Marge. Sua morbidamente obesa tia-avó Marge. Ele é enorme!

— Não é, não, só é largo — retruquei, puxando as mangas para cobrir as mãos. — E é confortável.

— Você poderia estar grávida de sete meses que nem daria para notar! Você tem um ótimo corpo, Beth. Não que alguém consiga reparar.

— Jura? — Uau, legal, Lizzie achava que eu tinha um ótimo corpo. Talvez essa história de consultores de moda não fosse algo tão terrível, afinal. — Então, o que você acha que devo usar?

— Algo que mostre a sua silhueta. Óbvio. Ah, sim, e você precisa comprar um par de sapatos decentes e aposentar essas

EM CASA PARA O NATAL

horrendas... — ela fez uma pausa e analisou minha expressão enquanto eu baixava os olhos para os pés — ... essas botas delicadas que você insiste em usar.

— Preciso me livrar das botas também?

— Infelizmente, sim. Veja bem, Beth. — Lizzie empurrou o outro cappuccino na minha direção. — Não precisa fazer isso, você sabe. Não é certo... mudar o seu jeito por causa do Aiden.

— Não é por ele! Estou fazendo isso... por mim — completei sem muita convicção.

— De verdade?

— Bem... mais ou menos. — Tomei um gole da bebida. Estava fria. — Se o Aiden não tivesse terminado comigo, eu provavelmente não teria decidido mudar meu visual, mas não vai machucar, vai? Uso o mesmo tipo de roupa... pulôver, jeans e botas... desde o colégio, e nem me lembro quando foi a última vez que fiz algo diferente no cabelo. Talvez fosse esse o golpe de que eu precisava para investir num novo eu.

Lizzie estreitou os olhos.

— Sei muito bem quem eu preferiria golpear. Imbecil!

— Honestamente! — Fitei-a no fundo dos olhos. — Eu realmente quero fazer isso, Liz. Por que não saímos para fazer compras juntas? Posso escolher algumas peças novas e você pode me dar sua... opinião. Depois podemos dar um pulinho no Boots para fazer um bronzeamento artificial e as luzes no cabelo.

— Hummm. — Pela expressão dela, percebi que Lizzie ainda não estava muito convencida. — Você não acha que é meio cedo? Vocês terminaram ontem.

— Por favor — implorei. — Preciso da sua ajuda, de verdade.

Ela me encarou por um longo tempo.

— Certo — disse por fim. — Mas só se você concordar com a regra das duas semanas primeiro.

— Tudo bem. Concordo! — Fiz uma pausa. — Qual regra das duas semanas?

— Vou dizer, mas você não vai gostar nem um pouco, Beth. — Apertou minha mão. — Nem um pouquinho.

CAPÍTULO OITO

MATT

Existe somente uma pessoa no mundo que, não importa o que diga ou faça, ajuda a colocar minha vida em perspectiva. Ele é velho, sábio, tem o rosto encarquilhado como uma noz e adora uma xícara de chocolate quente com uma dose de conhaque antes de ir para a cama.

— Oi, vô — cumprimentei quando a porta do número 75 da Mafeking Road foi entreaberta e um par de olhos familiares me fitou através da fenda.

— Matt! — O rosto do meu avô se acendeu como o píer numa noite escura. — Se não é o mais rejeitado dos meus netos.

Essa é a frase predileta do vovô. Ele a usa toda vez que me vê, e isso sempre o faz rir. Provavelmente por eu ser seu *único* neto.

Continuei parado na entrada, com um sorriso no rosto, esperando a segunda parte do cumprimento.

— Achei que tivesse se esquecido de mim — disse ele, como se aproveitasse a deixa.

— Até parece. — Essa era a minha réplica.

Desde que me entendo por gente, visito meu avô pelo menos uma vez por semana. Na verdade, tenho sido sua única visita desde que a vovó morreu, há três anos. Minha mãe, que é filha dele, desapareceu das nossas vidas quando eu tinha nove anos. Ela se apaixonou pelo professor de ioga da cidade e partiu para um retiro na Espanha com ele e com algumas das outras mulheres do grupo. Todas as outras voltaram; minha mãe não.

Papai fingiu por umas duas semanas que mamãe estava de férias, porém, finalmente ficou cansado de me escutar perguntando quando ela voltaria, me fez sentar e explicou que, embora não o amasse mais, ela ainda me amava.

— Então, por que ela me deixou? — perguntei.

Ele não soube como responder.

Passados alguns meses, mamãe tentou convencer o papai a me mandar para ficar com ela. Ele não ficou muito animado e, ao descobrir que El Santuario de Santa era mais um culto do que um retiro de ioga, entrou na justiça para conseguir a minha guarda. E ganhou. A princípio, mamãe vinha ao Reino Unido para me ver umas duas vezes ao ano, porém, pouco a pouco seus telefonemas, cartas e presentes de aniversário foram escasseando. A última vez que a vi foi quando fiz dezoito anos.

— Você é um homem agora — disse ela, durante o jantar no restaurante Pinocchio, em Brighton — e pode decidir onde quer morar. Você sempre será bem-vindo para ficar comigo e com o Carlos.

Nunca aceitei a oferta. Pode soar um pouco estranho, ou frio, mas já não a vejo mais como minha mãe; apenas uma mulher um pouco parecida comigo.

Papai se casou novamente alguns anos após o divórcio, com uma adorável e vazia garota sul-africana chamada Estelle, que trabalhava no setor administrativo da mesma empresa que ele. Os dois ainda estão juntos. Depois que terminei o ensino médio e arrumei minha própria casa, eles se mudaram para Cape Town, e, se os telefonemas mensais do papai servem de medida, ele está se deleitando numa

EM CASA PARA O NATAL

vida ensolarada de quase aposentado. Papai pergunta pelo vovô de vez em quando, mas, tal como mamãe, não pensa muito nele.

— Então, vai entrar ou vai ficar parado aí com essa cara de idiota? — perguntou meu avô, escancarando a porta.

— Ah, vamos lá. — Entreguei a ele o tupperware que a sra. Blackstock me dera e o segui até a cozinha, onde uma chaleira mais velha do que eu, coberta por uma capa tricotada para mantê-la aquecida, esperava orgulhosamente no centro da mesa.

— O que é isso? — quis saber o vovô, apontando com a cabeça para o tupperware enquanto servia o chá forte demais numa xícara lascada e a empurrava na minha direção.

Tomei um gole.

— Bolo de frutas, feito por uma de minhas clientes. Ei. — Abri um sorriso. — Ela tem mais ou menos a mesma idade que você e é solteira. Quer que eu marque um encontro para vocês?

— Uma mulher que sabe cozinhar? — Ele abriu a tampa, cheirou o bolo e balançou a cabeça em aprovação. — Eu me casaria com ela amanhã!

— Ela também está prestes a se tornar uma mulher rica — acrescentei, vendo-o pegar uma fatia generosa. — Com um pouco de sorte. De qualquer forma, como tem passado?

Ele me fitou.

— Tenho sentido um pouco de frio, mas nada de mais. Podia ser pior. Eu podia estar morto.

Sorri ao vê-lo jogar a cabeça para trás, numa sonora gargalhada que deixava as gengivas à mostra.

— E como está o Paul? Ele tem feito alguma coisa interessante?

Meu avô adora televisão, especialmente o programa do apresentador e comediante Paul O'Grady. Ele uma vez me disse: "Não quero saber se ele está dançando do outro lado do salão. Se você é engraçado, então é."

— Paul? — repetiu ele, enfiando um pedaço de bolo na boca e mastigando com entusiasmo. — Ele começou a trazer seu outro cachorro. A cadela é bacana, mas não é páreo para o Buster. — Fez o sinal da cruz. — Que sua alma descanse em paz. Um homem precisa de um cachorro de verdade, não algo pequeno o bastante para caber dentro de uma bolsa.

— Posso arrumar um cachorro para você, se quiser. É só dizer. Nós podemos ir até o abrigo em Shoreham, ou eu posso comprar um.

— Ah, não. — Ele sacudiu a cabeça vigorosamente. — Você não quer fazer isso. Os cachorros precisam de uma boa família que tome conta deles, não de um velho tolo como eu.

Vovô é um homem orgulhoso. Ele trabalhou como eletricista por mais de cinquenta anos e, durante todo esse tempo, só tirou duas semanas de folga (e isso por ter caído da escada enquanto limpava os vidros de casa e quebrado o braço). Vovó e ele sempre foram cuidadosos com o dinheiro, mas mesmo assim perderam todas as suas economias quando o fundo de previdência que pagavam foi à falência no começo da década de 1980. Eu só descobri o quanto ele estava quebrado dois anos atrás, quando encontrei uma carta do sr. Harris, o locatário, enfiada no canto da poltrona desbotada da sala de estar. O sr. Harris havia comprado a casa do antigo proprietário no ano anterior e aumentara o aluguel significativamente, porém meu avô continuara pagando o valor habitual. Como resultado, ele estava devendo quase três mil libras e corria o risco de ser despejado caso não quitasse a dívida. Tentei convencer o vovô a contatar o Gabinete de Apoio ao Cidadão, a fim de conseguir alguma ajuda financeira ou algo do gênero, mas ele se recusou terminantemente.

— Não aceito caridade de ninguém — declarou. — Trabalhei a vida inteira e não vou começar a sugar o governo agora. Eu recebo a pensão do Estado a que tenho direito, mas isso é tudo que vou aceitar, muito obrigado. Se não for bom o bastante para o sr. Harris, ele pode vir aqui pessoalmente me expulsar.

Ele não cederia, portanto fiz a única coisa que podia fazer — roubei a carta e contatei o sr. Harris. Para ele, não fazia diferença quem pagasse o aluguel, desde que fosse pago, portanto combinamos que eu cobriria a diferença, e foi isso. Sem mais riscos de o vovô perder a casa e ter que ir para um lar de idosos.

— Ser jogado num asilo é um destino pior do que o casamento — ele costumava brincar, mas eu podia ver o medo em seus olhos.

Não tem sido fácil pagar dois aluguéis todo mês. Na verdade, eu *preciso* conseguir o bônus anual, ou nós dois estaremos ferrados, mas o que eu posso fazer? Ele é meu avô e eu sou tudo o que ele tem. Para ser sincero, ele é tudo o que eu tenho também.

— O gato comeu a sua língua? — meu avô perguntou ao me ver com os olhos perdidos no espaço. — Essa foi a sua deixa para me dizer que não sou um velho tolo.

— Desculpe, desculpe. Você não é...

— Não ligue para isso. — Ele sorriu, deixando novamente as gengivas à mostra. — Como você está, rapazinho? E como anda aquela loureca com quem estava saindo, a que podia causar uma comoção numa sala vazia?

Balancei negativamente a cabeça.

— Você não vai querer saber.

— Quero sim. — Ele deu um tapinha na minha mão com sua pata pesada. — *EastEnders* não é nem de perto tão interessante quanto a sua vida.

Estava me sentindo quase feliz quando voltei para casa uma hora depois. Depois de o vovô me perguntar sobre a Alice, nós voltamos para a sala de estar, onde me acomodei na poltrona que costumava ser da vovó e despejei tudo. A princípio ele escutou com atenção, balançando a cabeça nos momentos certos, mas, quando cheguei ao ponto da aparição surpresa da Alice no pub, ele já roncava suavemente. Não importava que tivesse pegado no sono; foi bom tirar tudo aquilo do peito. Bem, quase tudo. Não contei a ele a verdade sobre a sra. Blackstock e o contrato não assinado do Picturebox. Se eu não resolvesse isso rápido, a Esmagadora de Bolas me daria um chute na bunda — com força. E, quanto menos eu pensasse nisso, melhor.

CAPÍTULO NOVE

BETH

O lá, aqui é a secretária eletrônica de Beth Prince. Por favor, deixe uma mensagem — e seu nome e número de telefone telefone caso eu não o conheça — após o bipe.

Beeeeeeeeeep!

Desliguei o telefone do trabalho, peguei meu celular e apaguei a chamada perdida indicada no visor. Então estava funcionando. Sem sombra de dúvida.

Coloquei os cotovelos sobre o balcão, apoiei o queixo entre as mãos e suspirei. Era 15 de novembro — fazia mais de duas semanas que o Aiden havia terminado comigo e eu não tivera NENHUMA notícia dele.

Absolutamente nada! Nenhuma mensagem, ligação ou e-mail. Era como se ele tivesse sumido da face da Terra.

Na noite em que ele me deu um pé na bunda, Lizzie confiscou meu celular, alegando que eu a estava enlouquecendo pegando-o para verificar se havia alguma ligação ou mensagem sempre que o sofá rangia ou o encanamento ressoava. Quando ela me devolveu o telefone na manhã seguinte, mergulhei nele, profundamente convencida de que haveria uma mensagem do Aiden. Eu até sabia o que ela diria — que ele agora estava sóbrio e que tinha cometido um erro terrível terminando comigo. Mas não, nenhuma mensagem. E nada desde então. Eu me sentira tentada a ligar ou a mandar mensagens de texto um milhão de vezes, mas Lizzie me proibira terminantemente.

— Os homens respondem à indiferença, não a palavras — ela me disse no Wai Kika Moo Kau, arrancando novamente o telefone das minhas mãos e o enfiando dentro da camiseta. — Se quiser uma chance de reconquistá-lo, precisa dar a ele tempo para perceber que cometeu um erro. Mandar múltiplas mensagens dizendo o quanto sente a falta dele só irá assustá-lo. O que você precisa é manter um ar de mistério. Encare os fatos, até agora você foi um livro aberto.

Eu precisava admitir que sair correndo atrás do Aiden gritando seu nome, logo após ele me dar um pé na bunda na porta da minha casa, não tinha sido a coisa mais enigmática que eu já fizera na vida.

— Pois então — continuou ela —, o que a gente precisa é implantar a regra das duas semanas, durante as quais você não irá fazer absolutamente nada...

— Nada?

— Isso mesmo, *nada*, por duas semanas. Você está proibida de tentar entrar em contato com ele. Não, não me olhe assim... é para o seu próprio bem. No começo ele vai ficar aliviado por você não o estar bombardeando com mensagens e ligações implorando outra chance, e depois, à medida que o tempo passar, ele vai começar a ficar curioso. Vai imaginar o que você está fazendo e por que não o procurou. Você vai ser a pequena senhorita indiferente, Beth. Ninguém nunca agiu com tanta cabeça fria após levar um pé na bunda, e isso irá deixá-lo intrigado.

— Jura? — Eu estava cética.

— Juro. Li sobre isso. De qualquer forma, passadas essas duas semanas, vou lhe proporcionar essa renovação visual que você tanto

EM CASA PARA O NATAL

me pede, e aí vamos dar um jeito para que você encontre o Aiden acidentalmente e faça com que ele arranque aquelas meias fedorentas pela cabeça!

— Lizzie!

— Desculpe, não consegui evitar. Mas precisa acreditar em mim, Beth. Se alguma coisa vai trazê-lo de volta é isso.

Era o que eu esperava. Esperava mesmo, de verdade. Foi uma tortura não ligar nem enviar nenhuma mensagem para o Aiden por duas semanas.

Virei de volta para o computador e abri a planilha na qual estava trabalhando. Meio segundo depois a porta da frente se abriu e Matt Jones entrou. Eu não o via havia quase quinze dias também.

A-há! Ele parecia cansado, pensei ao vê-lo esfregar o rosto com a mão enquanto atravessava o saguão em direção à minha mesa. Ótimo. Espero que não esteja conseguindo dormir à noite. É o mínimo que merece por comprar cinemas adoráveis e colocá-los abaixo.

— Oi, Beth. — Ele se debruçou sobre o balcão e me fitou através da divisória.

— Matt.

Ele correu uma das mãos pelo cabelo e olhou de relance para a planilha no monitor.

— Como anda o negócio?

— Bem — respondi, diminuindo a tela para que ele não visse os dados que eu havia inserido. Hummm. Será que "bem" era a resposta certa? Talvez se eu admitisse que os negócios andavam uma merda e que o movimento estava fraco, ele retirasse a oferta para comprar o cinema e nós todos pudéssemos manter nossos empregos. — Na verdade, não muito bem — corrigi. — Acho que as pessoas estão se mudando dessa área para outras regiões de Brighton. O movimento está bem fraco.

— Jura? — Matt olhou por cima do ombro para a vidraça da frente no exato instante em que uma multidão enorme cruzava a rua e um grupo de adolescentes entrava no cinema e parava para analisar o pôster ao lado da porta. — Me parece que o movimento está bom.

— As aparências enganam.

— A-hã. — Ele se virou de novo para mim e sorriu. Seus olhos piscaram enquanto sorria, e não pude deixar de perceber o quanto eram lindos. Como os do Josh Harnett ou do Johnny Depp ou... Olhei de novo para o monitor e apertei um botão no teclado. Acorde, Beth. Ninguém tem olhos mais adoráveis do que o Aiden e, de qualquer forma, esse é o homem que vai jogá-la no olho da rua. Provavelmente ele passa as horas livres chutando cachorrinhos.

— Posso ajudá-lo em alguma coisa? — perguntei de forma ríspida.

Ele me entregou uma folha de papel A4.

—— Eu queria dar isso a você.

Olhei para a folha.

— O que é?

— O cronograma das entrevistas. Elas irão ocorrer no sábado, dia 6 de dezembro; isso é daqui a três semanas. Ficaria muito grato se você pudesse entregar uma cópia ao resto da equipe.

— Tudo bem. — Li as duas primeiras linhas. — Onde fica isso, Brecon Beacons?

— Em Gales.

— Gales?

Ele fez que sim.

— As entrevistas ocorrerão durante o fim de semana, após uma série de avaliações de personalidade, questionários e testes de liderança.

— Testes de liderança... — Meu coração teve um baque. Ó céus. Um dos meus piores pesadelos. Nós nos sentaríamos em volta de uma mesa construindo pontes com canudos ou participando de dinâmicas de grupo estúpidas.

— Não é tão ruim assim — replicou Matt, como se tivesse lido meus pensamentos. — Sei que parece muita coisa, mas precisamos recrutar... — Ele assumiu um sotaque americano e fez o sinal de aspas com os indicadores. — ... gerentes de ponta. É a política da empresa. Sinto muito.

Enruguei o nariz.

— Então, se eu participar somente da entrevista não vou conseguir o emprego?

— Não. Precisamos ser capazes de avaliar suas habilidades comunicacionais, sua capacidade de tomar boas decisões e seu estilo de liderança. Sinto dizer que é necessário participar de todas as atividades.

Ele se virou para ir embora, mas na metade do caminho parou e olhou por cima do ombro.

— Ah, e Beth...

— Sim?

Matt me fitou no fundo dos olhos.

— Você acha que eu pareço um babaca, mesmo que só um pouquinho?

— Não — menti.

— Hummm — retrucou ele, virando-se para ir embora.

Esperei a porta ser fechada e olhei novamente para o papel que ele havia me entregado.

Oh-oh.

Não haveria apenas um teste de liderança; estavam marcadas também entrevistas individuais. E tínhamos de apresentar um plano de estratégias para o futuro do Picturebox.

Minha pasta continuava na bolsa, com a ponta aparecendo do lado de fora. Eu tinha algumas ideias sobre o que fazer para tornar o cinema mais lucrativo, mas um plano de estratégias? Não tinha a mínima noção de como fazer isso!

Olhei para o celular de novo. Só havia uma pessoa a quem eu podia perguntar. O telefone tocou três vezes e então:

— Oi, querida!

— Oi, mãe.

— Bem... — disse ela, fazendo uma pausa para efeito.

— Bem o quê?

— Ah! — Ela pareceu surpresa. — Achei que você estivesse ligando para me dizer que mudou de ideia em relação à Austrália.

Neguei com a cabeça.

— Não, sinto muito. Mas preciso da sua ajuda.

— Jura? — Minha mãe soou incrédula.

— Juro. — Desde que completara dezoito anos, eu podia contar o número de vezes que pedira ajuda a minha mãe usando, bem, nenhum dedo. — Você sabe alguma coisa sobre planos de estratégia?

— Se eu sei? — Ela bufou tão alto que tive de afastar o telefone da orelha. — Beth, você sabe que está falando com a Empresária do Ano da Região Sudeste, não sabe? Não há nada que eu não saiba sobre planos de estratégia. Por que o interesse repentino?

— Hã... — Meu Deus, agora vinha a parte complicada. — Bem, o negócio é que... o Picturebox está sendo vendido para a Apollo, e eles irão disponibilizar uma única vaga, a de gerente, e...

— Você perdeu seu emprego!

— Bem, não, ainda não. Mas preciso da sua ajuda, mãe. Preciso mesmo.

Fez-se um silêncio do outro lado da linha.

— Mãe? — falei. — Você vai me ajudar, não vai?

O som da minha mãe inspirando profundamente preencheu meu ouvido esquerdo.

— Que foi?

— Beth. — Ela foi direto ao ponto. — Não sou do tipo que acredita em sinais e superstições, mas você não acha que essa... essa situação... é o indício que você precisava para parar de perder seu tempo com esse maldito cinema e vir para a Austrália comigo começar uma carreira decente?

Agora foi a minha vez de ficar em silêncio. A última coisa que eu queria era outra discussão como a que havíamos tido no Dia das Bruxas.

— Por favor — pedi calmamente. — Não vamos discutir sobre isso. Eu realmente quero esse emprego, mãe, e sei que posso consegui-lo. Eu tenho experiência... não oficialmente, é claro, mas venho gerenciando esse lugar sozinha pelos últimos dois anos... e tenho zilhões de ideias. Além do mais, isso seria o começo de uma carreira decente... uma carreira em gerenciamento. Você ficaria orgulhosa de mim, não ficaria, se eu me tornasse a gerente?

Minha mãe fungou como que descartando o comentário.

— Olhe só — continuei. — Vamos fazer um acordo. Se eu não conseguir o emprego, vou para a Austrália com você. Só para você ver o quanto acredito que posso conseguir, com a sua ajuda.

— Hummm. — Eu quase podia escutar as engrenagens girando no cérebro dela.

— Por favor, mãe. Quero tentar.

— Tudo bem — concordou ela, por fim, depois do que pareceram anos. — Vou ajudar. Mas você tem que fazer exatamente o que eu disser.

— Qualquer coisa! Você manda. Pelo menos, nesse caso.

— Tudo bem, Beth. — Ela soltou uma leve risada. — Preciso desligar. Alguém acabou de entrar no meu escritório. Vou dar uma passadinha na sua casa hoje à noite.

— Espere! — chamei, desesperada. — Hoje à noite não. Lizzie vai dar uma repaginada no meu visu... —Tarde demais.

O telefone ficou mudo.

Levei a mão à testa e fechei os olhos. Ó céus. Se havia duas pessoas no mundo capazes de irritar uma à outra apenas por respirar, essas pessoas eram minha mãe e Liz.

CAPÍTULO DEZ

MATT

Saí do Picturebox me sentindo tonto. Eu mal tinha conseguido dormir na noite anterior, e não porque a Alice viesse me mandando pelo menos cinco mensagens por dia nas duas últimas semanas (eu não havia respondido nenhuma). Nem porque o contrato assinado pela sra. Blackstock estivesse na minha pasta havia mais de uma semana e eu ainda não o tivesse enviado para a Esmagadora de Bolas. Era devido ao choque de ter esbarrado numa ex-namorada na véspera. Uma namorada em quem eu não pensava havia tempos.

Eu estava indo ao encontro do Neil, as mãos enfiadas nos bolsos, o pub já à vista, quando, de repente:

— Olá, estranho!

Fiquei sem reação ao ver a morena alta e graciosa que parou na minha frente.

— Jules! Meu Deus! Eu não vejo você há...

— Anos! — Minha ex-namorada abriu um sorriso de orelha a orelha que fez suas bochechas enrugarem. — Qualquer um diria que você andava me evitando!

— Eu não andava... não estava... — gaguejei, fazendo-a cair na gargalhada.

— Fica frio, Matt! — Ela brandiu a mão esquerda na frente do meu rosto. Um gordo diamante brilhou no dedo anular. — Não estou aqui para lhe dar uma bronca. Só queria dizer oi.

— Meu Deus... uau há, quanto tempo! É bom ver você. —Apontei com a cabeça para o anel. — Parabéns. Quando isso aconteceu?

— Há seis meses. — Os olhos castanhos cintilaram ao me fitar. Eu nunca a vira tão feliz. — O nome dele é Simon. Estamos juntos há três anos.

— Três anos. — Franzi o cenho ao fazer o cálculo. — Isso significa que você o conheceu...

— Mais ou menos dois meses depois que terminamos. — Ela assentiu com a cabeça e sorriu de modo travesso. — Sempre falei que alguém acabaria me arrematando se você não se decidisse logo.

E tinha falado mesmo; eu me lembrava do momento exato. Estávamos sentados na minha sala de estar, quase um ano e meio depois de termos nos conhecido na festa de um amigo. Estávamos enroscados no sofá, assistindo a um filme, quando Jules comentou o quanto seria delicioso se pudéssemos fazer isso todas as noites. Murmurei um descompromissado "humm" em resposta, mas ela não desistiu. Pausou o filme, afastou-se de mim e disse a frase que todo homem teme: "Nós precisamos conversar."

Três minutos depois Jules havia lançado todas as cartas na mesa. Quais eram os planos? O que ela significava para mim? Por que eu ainda não lhe pedira para vir morar comigo? Por que não estávamos noivos? Ela me olhou fixamente, esperando respostas.

Olhei de volta e engoli em seco, nervoso. Eu não tinha resposta alguma. Para ser honesto, estava um pouco chocado pela explosão repentina. Precisava de tempo para pensar sobre o que ela havia acabado de falar, mas Jules não reagiu muito bem ao meu silêncio.

EM CASA PARA O NATAL

— Acabei de abrir meu coração para você, Matt — declarou, os olhos percorrendo meu rosto em busca de alguma reação —, e você não disse nada. Nem uma única palavra.

Fitei-a, desesperado, enquanto ela puxava as pernas para cima do sofá e abraçava os joelhos. Tinha a sensação de que estávamos terminando, e eu não queria que isso acontecesse, mas dizer o quê? Eu gostava dela e queria continuar a namorá-la, mas as coisas que ela havia me perguntado... eram importantes demais. Não queria fazer nenhuma promessa sem pensar direito. Se fizesse, poderia acabar magoando-a. Contudo, meu silêncio parecia a estar magoando também. Tudo o que eu desejava era que aquela situação terrível e desconfortável terminasse, e a gente se enroscasse no sofá de novo e fingisse que nada daquilo tinha acontecido.

— Não sei o que dizer — respondi finalmente, numa voz fraca.

— Apatia. Excelente. — Ela balançou a cabeça em sinal de desespero. — Ótima maneira de fazer uma garota se sentir especial, Matt.

— Você *é* especial.

— Sei. — Jules suspirou; em seguida, levantou-se e pegou o casaco pendurado nas costas do sofá. — Então por que não toma nenhuma atitude para me manter com você?

— Jules! Espere!

Minha namorada parou e se virou para mim, um dos braços no casaco e o outro pendendo ao lado do corpo.

— Que foi?

— Eu só... eu preciso... você pode me dar algum tempo para pensar?

— Não. — Ela fez que não com a cabeça, meteu o outro braço no casaco, abotoou-o e enrolou o cachecol em volta do pescoço. — Não vou dar tempo algum. Você teve um ano e meio. Se não sabe o que quer ainda, nunca vai saber.

Observei, petrificado pela indecisão e pelo medo, enquanto ela atravessava a sala e seguia para a porta. *Faça alguma coisa!*, meu cérebro gritou. *Não a deixe ir! Peça para ela ficar!* Mas não consegui dizer nada. Não consegui me mover. Parecia a cena de um filme — como se não estivesse acontecendo de verdade. Como se ela não estivesse realmente me deixando.

Jules se virou ao alcançar a porta e meu coração deu um pulo. Estava tudo bem. Ela não ia a lugar algum. Ela estava...

— O problema, Matt — disse, sua expressão um misto de frustração e tristeza —, é que você não deveria precisar pensar se eu sou ou não a garota com quem você gostaria de passar o resto da vida. Você devia saber. E eu gostaria mais que tudo no mundo de ser essa garota, mas não sou. E acho que nunca serei. Isso dói, não vou fingir que não, mas tem alguém em algum lugar aí fora que acha que eu sou essa garota. E quando ele me encontrar... — ela abriu um meio sorriso — ... ele vai me agarrar com todas as forças e jamais me deixar partir.

— Jules, não faça isso — pedi, com o coração na garganta. — Por favor, não vá.

— Matt, não torne isso mais difícil do que já é. — Ela ergueu uma das mãos num aceno de adeus. — É melhor assim. Tchau!

Um segundo depois, a porta se fechou e ela se foi.

— Matt? Matt! Ó céus. Não me diga que você ficou aborrecido por eu ter conhecido o Simon pouco depois de a gente ter terminado.

O som da voz dela me trouxe de volta para o presente.

— Como? Oh, não, claro que não. — Peguei a mão dela e a apertei. — Estou muito feliz por você. Juro.

— Está? — Os olhos de Jules perscrutaram os meus e ela sorriu. — Que bom, porque a gente ter terminado foi a melhor coisa que me aconteceu!

EM CASA PARA O NATAL

— Maravilha!

— Então? — Ela me deu uma leve cutucada no ombro. — Como vai você? — Seus olhos pousaram na minha mão esquerda. — Ah, pelo que estou vendo ainda não foi agarrado, foi?

Dei de ombros.

— Não.

— Namorada?

— A gente terminou algumas semanas atrás.

— Jura? — Jules ergueu uma sobrancelha.

— Que cara é essa?

— Deixe-me adivinhar... — Ela deu um passo para trás e me olhou de cima a baixo, pensativa. — Ela queria compromisso e você não, certo?

— Bem, não. Não exatamente. Ela era um pouco... intensa.

— A-hã. E você fugiu correndo?

— Não fugi para lugar algum. — Franzi o cenho. — A gente simplesmente terminou.

— Típico.

— Típico o quê?

— Basta um primeiro sinal de problema no relacionamento e você se fecha, Matt. Quero dizer, emocionalmente. Isso se chama fugir.

— Não. — Fiz que não. — Eu não faço isso. Eu...

— Ah, vamos lá. — Jules riu. — É comigo que você está falando. Eu o conheço, lembra? Você passou a vida fugindo dos problemas.

— Ei, isso não é...

— Oi, querido! — Observei, de boca aberta, minha ex-ex parar nossa conversa para atender o celular. — Sim, estou indo ver os fornecedores agora. Estarei lá em cinco minutos. Tudo bem? A gente se vê daqui a pouco. Amo você.

Ela colocou o celular de volta na bolsa e se virou novamente para mim.

— Foi muito legal encontrá-lo. — Jules me abraçou com força, deu um beijo no ar e pousou uma das mãos no meu rosto. — Se cuida. E chega de fugir. Está na hora de crescer, viu, Matt?

Ela se afastou rapidamente, os saltos ecoando pela calçada. Fiquei parado observando-a por um longo tempo, mesmo depois que ela virou a esquina no fim da rua e desapareceu.

No dia seguinte, eu ainda sentia como se tivesse levado um soco na boca do estômago. Não conseguia esquecer o que Jules tinha dito sobre eu sempre fugir dos problemas. Era o que minha mãe havia feito, e eu nunca conseguira perdoá-la por isso. Eu não era assim, de jeito nenhum.

Ou era?

Apertei o passo enquanto seguia para a Lewes Road. Só havia uma pessoa a quem eu podia perguntar.

— Se não é o mais rejeitado dos meus netos — disse meu avô ao abrir a porta. Ele me olhou de cima a baixo e, em seguida, para o velho relógio de pulso Omega que comprara na década de 1960, e no qual dava corda todos os dias, religiosamente. — Um pouco cedo para uma visita, não?

— Eu sei. — Eu me espremi para passar por ele e entrei no vestíbulo, que ainda cheirava a fumaça de cachimbo, mesmo que vovô não fumasse havia mais de dez anos. — Mas precisava falar com você.

Ele franziu o cenho e botou sua enorme pata sobre o meu ombro.

— Você está bem, meu filho?

— Vou ficar. — Forcei um sorriso. — Você disse alguma coisa sobre uma xícara de chá?

EM CASA PARA O NATAL

• • •

— Então — disse meu avô, levantando a tampa da chaleira e inserindo os saquinhos de chá com uma colher de sobremesa. — Qual é a novidade?

Olhei para seu rosto enrugado e sorridente e imaginei se tinha sido uma boa ideia ir até lá. Eu podia contar nos dedos de uma só mão as vezes em que ele havia falado da mamãe no decorrer dos anos. Não que ele não pensasse nela, ou a amasse — na verdade, era o contrário; eu via sua expressão mudar de prazer para tristeza sempre que olhava de relance para o porta-retratos com a foto dela na estante da sala de estar.

— Você... — comecei e parei para molhar a garganta com um gole do chá. — Você acha que eu pareço com a mamãe, vô?

Ele me fitou fixamente e, com gestos lentos, depositou a chaleira de volta na mesa.

— Por que a pergunta, rapaz?

— Eu só... sei lá... Foi algo que uma pessoa me disse ontem.

— O que foi que lhe disseram?

Balancei a cabeça negativamente. Não podia repetir o que Jules tinha dito. Embora o vovô jamais tivesse comentado nada, eu sabia que ele se culpava por mamãe ter me abandonado. Achava que, por ela ser filha única, havia sido permissivo demais na criação dela.

— Nada de mais — respondi. — Foi só um comentário de passagem.

— Hummm... — Ele inclinou a cabeça para o lado. — Bem, você parece um pouco com ela. Tem olhos semelhantes, covinhas nas bochechas quando sorri e parece que esfregou um balão no cabelo.

— A mamãe tinha um cabelo bonito!

Ele deu uma risadinha.

— Então é só você.

— E quanto à personalidade?

— Bem, você é teimoso como uma mula quando quer. Quando era criança, a hora de dormir era sempre uma guerra entre você e sua mãe. Você se recusava a dormir sozinho.

— Algo mais?

— Você é mais delicado do que parece.

— Ei. — Flexionei o braço. — Estou malhando na academia.

Ele fez que não com a cabeça.

— Não foi isso o que eu quis dizer.

— Você... — Olhei de relance para o relógio no outro lado da cozinha. Ele tinha a forma de uma chaleira de plástico, com a palavra *Tetley* impressa em azul bem no meio. Durante uma visita, alguns anos atrás, meu avô me entregara uma sacola de compras cheia de caixas vazias de chá Tetley e me pedira para recortar os selos, a fim de que ele pudesse requisitar seu relógio promocional. Vovô havia brincado dizendo que um dia aquele relógio seria uma herança de família. Olhei de volta para ele e pigarreei para limpar a garganta. Ele tomou um gole do chá e me fitou por cima da borda da xícara.

— Você acha que a razão de eu estar com trinta anos e ainda ser solteiro é porque eu, ahn, fujo de compromissos?

Vovô fez um barulho de alguém engasgando e tossiu violentamente. Pulei da cadeira e dei-lhe um tapa nas costas.

— Você está bem?

— Vou ficar quando você parar de me bater — arquejou ele.

Sentei de novo e o fitei, preocupado.

— Tem certeza de que está bem?

— Claro que sim. — Limpou o rosto com o pano de prato. — Só fiquei um pouco chocado pela pergunta, só isso. No meu tempo, a gente deixava esses assuntos delicados para as mulheres.

— Desculpe. Esqueça o que eu disse.

— Então, como andam os negócios? — perguntou ele, mudando de assunto enquanto atravessava a cozinha e pendurava o pano de prato ao lado da pia.

— O mesmo de sempre. Muito trabalho.

— Isso é bom. — Vovô sentou-se de novo e se serviu outra xícara de chá. — Nada como trabalhar bastante para manter um homem na linha.

— A Apollo está abrindo uma nova filial na London Road. Estamos comprando o Picturebox.

— É mesmo? — Ele ergueu as sobrancelhas brancas, subitamente interessado. — E quanto àquela adorável garota que trabalha lá? Ela vai continuar? Beth, não é isso?

Estranho. Eu devia ter falado o nome de Alice uma centena de vezes, e ele nunca lembrava, mas sabia o nome da cada vendedor e comerciante num raio de um quilômetro e meio.

— Beth é uma garota adorável e gentil — continuou ele. — Bonita também. Não acha?

Se eu achava? A primeira vez que a vira, Beth estava se declarando para um cartaz de papelão do George Clooney, mas havia certamente algo de adorável nela — por exemplo, o modo como cobria o rosto com o cabelo quando ficava nervosa e corava violentamente ao se sentir constrangida. Beth tinha um belo sorriso também, e olhos lindos.

Neguei com a cabeça, irritado comigo mesmo por estar pensando nela. Eu estava fechado para as mulheres, e quem podia me culpar quando garotas que eu nem conhecia me chamavam de babaca num pub e minha ex-ex tinha praticamente me acusado de ser um aleijado emocional?

— Não a conheço muito bem — retruquei com indiferença, enquanto meu avô empurrava outra xícara de chá na minha direção.

— E aquela loureca, ainda lhe dando trabalho?

A Alice? Eu tinha contado a ele... Ah, é, ele havia dormido enquanto eu relatava as últimas loucuras da minha ex.

— A gente terminou.

— De novo?

Olhei para ele de cara feia.

— O que quer dizer com isso? Até parece que sou um Casanova. Na verdade, só saí com umas sete ou oito mulheres.

Vovô me fitou fixamente.

— Não estou querendo dizer nada, meu filho.

— Então por que esse "de novo"?

Ele deu de ombros.

— É que estou envelhecendo e gostaria de ver você feliz com uma boa mulher antes de morrer.

Um calafrio percorreu minha espinha e mudei de posição. Não gostava quando ele falava assim — sobre morrer. Vovô podia ter oitenta e alguma coisa, mas era esperto como alguém com a metade da idade dele. Certo, ele não se movia com a mesma agilidade de antes, mas comparado aos outros aposentados que eu via passeando pela London Road, era forte como um touro. Eu não suportava imaginar minha vida sem ele e definitivamente não gostava de escutá-lo falar sobre isso.

— Estou feliz — declarei, fitando-o nos olhos. — Bem, feliz o bastante.

— Você ficaria muito mais feliz com uma boa mulher ao seu lado.

— É, e uma bala no cérebro.

Vovô fez que não com a cabeça.

— Você pode enganar seus amigos com essa ladainha, rapaz, mas eu o conheço. Você precisa do amor de uma boa mulher. — Parou para tomar um gole do chá em seguida, ergueu os olhos para mim

EM CASA PARA O NATAL

novamente. — O problema com a rapaziada da sua idade é que vocês estão dispostos a se dedicar ao trabalho, mas metem os pés pelas mãos em relação a tudo mais. No meu tempo, não havia esse negócio de morar junto. Você casava e pronto, para o melhor ou para o pior. Fugir não era uma opção.

Fugir? Eu estava sendo paranoico ou ele estava me falando praticamente a mesma coisa que a Jules — que eu fugia dos relacionamentos no primeiro problema?

— Essa loureca — continuou meu avô. — Alice, não é? Ela gosta de você, não gosta?

Fiz que sim.

— Então não entendo por que vocês terminaram... — Abri a boca para responder, mas ele ergueu uma das mãos, me impedindo. — Nem quero entender, mas, mulheres que amam a gente, você não encontra às dúzias. Já devia saber isso.

A expressão dele tornou-se tristonha. Eu sabia que estava pensando na vovó.

— Mas... — comecei.

— Matt. — Ele pousou sua grande mão acinzentada na minha e deu um tapinha. — Minha visão já não é como antes, mas mesmo assim posso ver que você não está feliz. Por que outro motivo você viria aqui perguntar se eu o acho parecido com a sua mãe? Não sou bom em dar conselhos... isso era coisa da sua avó... mas que tal ligar para essa Alice e convidá-la para jantar? Quem sabe, talvez vocês dois consigam resolver suas diferenças.

Olhei para ele, sentindo-me dividido. Era verdade, eu não estava particularmente feliz, mas levar Alice para jantar? Isso não podia ser uma boa ideia, podia? Não havíamos tido uma noite exatamente gloriosa da última vez em que tínhamos nos encontrado.

— Meu filho. — Vovô deu outro tapa na minha mão. — Dê uma chance à garota e prove que você é um homem de fibra que não foge dos problemas. Faça isso por mim. — Ele sorriu de modo travesso. — Ajude os mais velhos, e coisa e tal!

— Se eu fizer isso — repliquei, meus lábios se abrindo num sorriso lento —, se eu levar Alice para jantar, você promete que vai parar com essa chantagem emocional?

— Chantagem emocional? — Meu avô fingiu ficar horrorizado. — Não sei o que você quer dizer com isso. Sou um pobre velho inocente.

CAPÍTULO ONZE

BETH

— Querida, dá só uma olhadinha nesse capítulo...

— Beth, pelo amor de Deus, fique quieta ou vai acabar manchada!

— Beth, se você está falando sério sobre esse novo emprego, devia ler essa página sobre...

— Viu?! Eu falei. Agora você está com creme de bronzeamento artificial na orelha.

Em um movimento que deixaria o time inglês de rúgbi orgulhoso, esquivei-me das mãos enluvadas de Lizzie, mergulhei debaixo do braço esticado da minha mãe e saí correndo para o vestíbulo.

— Parem! Você duas, parem!

— Hã? — disseram ao mesmo tempo, olhando para mim de dentro do banheiro entulhado.

Lizzie fez beicinho.

— Achei que precisasse da minha ajuda.

— E preciso! — Abri as mãos e, em seguida, as cruzei sobre o peito, subitamente consciente do meu estado. Eu não tinha o hábito de perambular pelo apartamento só de calcinha, especialmente na frente da minha mãe. — Preciso da ajuda das duas, mas não aguento vocês falando comigo ao mesmo tempo.

— Honestamente, Beth. — Minha mãe botou as mãos na cintura, quase derrubando Lizzie no processo. — Se você não consegue fazer mais de uma coisa simultaneamente, não devia ter pedido a nós duas para ajudá-la na mesma noite.

— Na verdade — comentou Lizzie, saindo do alcance da mamãe e se jogando no assento fechado do vaso sanitário. — Acho que você está prestes a descobrir que entrou de penetra na festa, Edwina.

Minha mãe lançou um olhar irritado para ela e se virou de volta para mim. Balançou a cabeça em desaprovação.

— Olhe bem para você, querida. Se embonecando toda quando devia estar se preparando para a entrevista. Qualquer um diria que você não está levando essa oportunidade a sério.

— Estou sim! Mas Lizzie está certa, mãe. Você simplesmente pressupôs que podia aparecer aqui hoje. Eu estava prestes a lhe dizer que Liz e eu já tínhamos planos quando você desligou o telefone.

— Tudo bem. — Minha mãe bufou, enfiou o livro debaixo do braço e olhou para a porta da frente. — Sei quando não sou bem-vinda. Vou embora, ok?

— Não! — Fitei-a com olhos suplicantes. — Por favor, fique. Sinto muito, mãe. — Virei para Lizzie. — Que tal Liz fazer o que precisa fazer enquanto você lê o livro em voz alta? Qual é o título mesmo?

— *Visualizando o sucesso.* — Ela fungou. — Eu lhe falei dele antes, mas você não estava interessada.

Abri um sorriso.

— Bem, agora estou.

Saí do banheiro quinze minutos depois e segui para o quarto, tentando desesperadamente não deixar que a tinta dos cílios escorresse para as bochechas. Meu corpo estava besuntado de creme de bronzeamento artificial, o cabelo decorado com papel alumínio

EM CASA PARA O NATAL

para as luzes, o lábio superior vermelho devido à depilação, os dentes enclausurados num molde de plástico com produto para clareamento e os pés quase em carne viva de tanto terem sido ralados. Não havia um único pedacinho do meu corpo que a Lizzie não tivesse esfregado e polido (embora eu tivesse recusado terminantemente a depilação de virilha ao estilo hollywoodiano de "arranca tudo". Minha mãe também ficou aliviada).

— Volte já aqui — Lizzie gritou no exato instante em que eu entrava no quarto. — Esse negócio age rápido e, se você não lavar em cinco minutos, vai ficar tão marrom que irá parecer a versão drag queen do David Dickinson.

— Não se preocupe — respondi, olhando para o relógio sobre a cômoda: oito e quinze. Certo, isso significava que eu tinha de estar de volta no banheiro às oito e vinte no... — Mãe! Que diabos você está fazendo?

Minha mãe tinha tirado os sapatos e estava em cima da minha cama na ponta dos pés, os braços esticados acima da cabeça.

— Ajudando você — retrucou ela, quicando sobre o edredom.

— Não sou uma apresentadora daquele programa de leitura de histórias infantis, *Jackanory*. Não consigo ler tanto assim em voz alta. Percebi que você não estava prestando muita atenção no banheiro, portanto decidi começar por aqui.

Andei até a cama e virei o pescoço para cima. Mamãe não estava fazendo algum tipo de exercício para pessoas da terceira idade sobre o meu colchão. Estava tentando pregar alguma coisa no teto.

— Que negócio é esse?

— Isso, querida — ofegou ela, parando de pular e se sentando com as pernas dobradas debaixo das nádegas —, é uma afirmação positiva.

Apertei os olhos para ver o que estava escrito na folha de papel A4 acima da cama. Oito palavras rabiscadas na caligrafia confusa da minha mãe.

Franzi o cenho e olhei para ela.

— Eu devo ter perdido o episódio de *Changing Rooms* sobre papéis de parede minimalistas de vanguarda. O que isso tem a ver com redigir um plano de estratégias?

Mamãe deu tapinhas no edredom a seu lado, mas neguei com a cabeça. Eu podia nunca ter experimentado creme de bronzeamento artificial antes, mas tinha certeza de que não combinava muito bem com tecidos brancos de algodão.

— Tudo — respondeu ela enquanto eu me empoleirava na beirinha da cadeira de balanço ao lado da cama. — Redigir um plano de estratégias perfeito não vai garantir que você consiga o emprego, Beth. Você precisa *acreditar* que vai conseguir.

— Eu acredito!

— Jura? Acredita cem por cento?

— Bem — repliquei, hesitante —, talvez uns setenta... ou sessenta; melhor dizendo, uns cinquenta e alguma coisa. Aparentemente, a vaga está aberta aos funcionários da Apollo também, e talvez eles tenham mais experiência do que eu.

— Então você precisa de afirmações positivas. — Ela apontou com o polegar para o teto. — Todas as noites, antes de dormir, quero que leia isso.

— Não vai ser um pouco difícil no escuro?

— Engraçadinha. Você está levando isso a sério ou não?

— Desculpe. — Lutei para conter o sorriso. — Estou. Juro. Eu realmente quero o emprego, mãe.

— Certo. Então leia a afirmação todas as noites e novamente ao acordar. Também gostaria que você repetisse em voz alta dez vezes por dia.

— Ceeeerto. — Pela primeira vez em duas semanas eu me sentia quase grata por estar solteira. Aiden não ficaria muito feliz em ser acordado por uma Beth Afirmação Positiva todos os dias. Senti uma fisgada de tristeza ao pensar no rosto dele ao lado do meu no travesseiro. Não fazia ideia de quando veria aquele rosto novamente, se é que veria.

— Beth — chamou minha mãe, séria. — Você está me escutando?

— Estou! — Abandonei meus devaneios e foquei toda a minha atenção nela.

— Agora... — ela esticou o braço para pegar a pasta com ideias que eu deixara na beirada da cama — ... quanto a esse seu plano de estratégias. Puxe a cadeira mais para perto, querida.

Estávamos totalmente absortas na conversa — bem, mamãe falava enquanto eu anotava freneticamente —, quando escutamos uma tosse vinda da porta.

— Beth — falou Lizzie, com uma das mãos no quadril —, você já viu a hora?

Mamãe lançou-lhe um olhar irritado.

— Estamos ocupadas, Elizabeth.

As sobrancelhas de Lizzie quase pularam para fora do rosto.

— Desculpe...

— Desculpas aceitas. — Minha mãe assentiu com um movimento de cabeça rápido. — Não temos tempo para interrupções.

— Ei! — Lizzie correu as mãos pelos cabelos ruivos e olhou para minha mãe como se não acreditasse no que acabara de ouvir. — Na verdade, Edwina, retiro as desculpas. Vim aqui para falar com a Beth, não com você.

— Bem, a Beth está ocupada.

— Está? — Ela me lançou um olhar de esguelha. Sorri ansiosamente de volta. — Ela me parece bastante entediada. Acho que já deve ter escutado a história sobre sua ascensão meteórica ao poder do recrutamento antes.

Foi a vez de a minha mãe parecer chocada. Ela se empertigou na cama, inflando o peito em indignação.

— Não precisa ser grossa.

— Grossa? — Lizzie deixou o queixo cair. — Olha quem fala!

— O que você quer dizer com isso?

— Você é sempre grossa com a Beth. Se não está criticando o trabalho dela, está criticando seu gosto por homens ou sua aparência. Beth me contou o que você disse quando ela era uma adolescente com espinhas no rosto e passou laquê no cabelo a fim de deixá-lo para a frente, cobrindo as bochechas. Você a chamou de John McCririck. Que tipo de mãe diz para a própria filha que seu penteado parece um par de costeletas desgrenhadas?

— Lizzie! — exclamei, totalmente horrorizada. — Eu contei isso a você como uma confidência.

— Ah, tá bom. — Ela deu de ombros. — Mas ela disse isso mesmo.

— Posso ter dito. — Mamãe estava praticamente fumegando de raiva ao meu lado. — Mas fiz isso pensando no que era melhor para Beth. Você a abandona para ir se divertir com qualquer Tom, Dick ou Harry e depois espera que ela largue tudo para resgatá-la quando fica presa num banheiro público.

Agora foi a vez de Lizzie parecer chocada. Ela olhou para mim e balançou a cabeça lentamente de um lado para o outro.

— Diga que você não falou sobre isso para sua mãe, Beth.

— Eu... eu... — gaguejei, desesperada. Ó céus. Eu me sentia como um peão num tabuleiro de xadrez sendo chutado de um lado para o outro por duas rainhas furiosas. — Eu só contei a ela porque a mamãe me perguntou como eu tinha conhecido o Aiden, e, se você não tivesse ficado entalada no banheiro, nunca teríamos nos envolvido do jeito como foi.

EM CASA PARA O NATAL

Lizzie revirou os olhos.

— Tudo bem. Eu fiquei entalada no banheiro de um pub, mas pelo menos não pratico bullying.

— Bullying! — Minha mãe quase pulou da cama. — Como ousa dizer uma coisa dessas!

— Lizzie, pare com isso! — pedi. — Por favor, não diga que a mamãe pratica bullying. Não é justo.

— Mas é verdade. — O rosto de Lizzie estava quase tão vermelho quanto seu cabelo. Fiquei realmente preocupada que ela fosse explodir alguma coisa. — Você está pressionando Beth para ir para a Austrália. Ela não quer ir, e não quero que ela vá. Na verdade, a única pessoa que quer que ela vá é você.

— Ah. — Mamãe abriu um sorrisinho afetado. — Entendi. Esse é o ponto, não é mesmo? Você não quer que a Beth vá para a Austrália. Por que, Lizzie? Está com medo de perder a única pessoa que arruma as suas bagunças?

— Mãe. — Fitei-a com raiva. — Não é justo. Não fale com a Lizzie assim. Ela tem sido uma ótima amiga.

— Exatamente! É por isso que estou ajudando Beth com essa transformação no visual, porque somos ótimas amigas e quero que ela seja feliz.

— E por que você acha que a estou ajudando com esse plano de estratégias? — Devolveu minha mãe. — Concordei em não forçá-la a ir para a Austrália comigo se ela conseguir o emprego. Se eu fosse uma mãe tão horrível e egoísta assim, deixaria que ela se virasse sozinha. Quer você acredite ou não, a única coisa que desejo para a minha filha é que ela seja feliz.

— Bom. — Lizzie bufou, tirando as mãos dos quadris. — Pelo menos a gente concorda em alguma coisa.

Mamãe descruzou os braços.

— Certo.

— Gente — interrompi, franzindo o cenho ao olhar para o despertador do outro lado do quarto. — Tenho uma pergunta.

Minha mãe e Lizzie me fitaram com curiosidade.

— Que foi?

— Quando era mesmo que eu tinha que lavar esse creme de bronzeamento artificial?

Lizzie acompanhou o meu olhar. Ao se virar de volta para mim, seu rosto estava lívido.

— Merda! — disse num sussurro.

CAPÍTULO DOZE

MATT

Alguma coisa, provavelmente um Tic-Tac ou um daqueles pigmeus de *A fantástica fábrica de chocolate*, os Oompa-Loompas, estava sentado atrás do balcão do Picturebox.

— Oi, Matt — disse a coisa enquanto eu atravessava o salão. — Como vai?

— Bem. — Quanto mais eu me dizia para não ficar olhando o rosto tangerina de Beth, mais eu olhava. Ela parecia ter perdido a briga com uma cabine de bronzeamento artificial. Até mesmo seu cabelo castanho estava manchado de laranja. Na verdade, a única coisa branca nela eram os dentes, que brilhavam com uma intensidade estranha. — Você está... bem?

Ela deu de ombros, constrangida.

— Já estive melhor.

Beth definitivamente não parecia feliz. Bem, talvez ela não tivesse roubado o suprimento de cremes de bronzeamento artificial da Katie Price afinal. Talvez houvesse algo realmente errado com ela. Eu tinha visto um documentário sobre um garoto que ficou amarelo praticamente da noite para o dia e precisou ser levado às pressas para o hospital. Ele também tinha dentes muito brancos.

— É algum problema... hum... de fígado? — Arrisquei. Não era muito profissional perguntar a alguém sobre seus problemas físicos de saúde, mas ela dava a impressão de estar precisando de atendimento médico urgente.

— Fígado? — Beth pareceu confusa.

— É. É por isso que você está... hum... dessa cor?

—Ai, meu Deus! — Ela cobriu o rosto com as mãos. — Eu sabia! Eu sabia que a Lizzie estava mentindo. Eu *estou* laranja.

— Então não está doente?

Beth me fitou por entre os dedos.

— Não.

— Ah. — Troquei o peso de um pé para o outro, buscando algo para dizer que a fizesse se sentir melhor, mas não consegui pensar em nada. Ela parecia tão consciente da própria aparência que minha vontade era simplesmente abraçá-la. — Pois bem — falei por fim, batendo com uma fita métrica eletrônica na palma da mão. — Estou aqui para tirar as medidas. Precisamos dar continuidade ao trabalho agora que o contrato foi assinado.

—Tirar as medidas? — Beth descobriu o rosto e franziu o cenho. —Tirar as medidas de quê exatamente?

— Você sabe. — Afastei-me do balcão e apontei com a fita métrica para a parede do outro lado do salão. O facho de luz vermelha pareceu se dividir ao meio. — Dimensões, altura do teto, esse tipo de coisa. Estou apenas fazendo uma estimativa do custo; essa não será uma medição definitiva. Os empreiteiros virão aqui fazer isso.

Beth inspirou com força.

— Empreiteiros?

— Isso mesmo. — Verifiquei a medida na fita métrica e anotei no meu caderninho. Eu já tinha feito avaliações de custo para instalações e acessórios dúzias de vezes antes, e normalmente apreciava

EM CASA PARA O NATAL

o trabalho como uma desculpa para sair do escritório. Hoje, por algum motivo, mal podia esperar para fazer isso logo e ir embora. Sem dúvida o Picturebox estava detonado e dilapidado, mas não era um armazém sem alma nem um imóvel industrial abandonado; era um cinema em funcionamento com anos de história. Eu tinha tanta experiência em decoração de interiores quanto Ozzy Osbourne, mas até mesmo eu podia ver que havia alguns acessórios bastante singulares. Ergui os olhos para o velho lustre empoeirado do teto. Ele seria arrancado num piscar de olhos. Provavelmente acabaria numa lixeira.

— Então é isso? — perguntou Beth. — O contrato foi assinado e firmado?

— Em suma, sim.

O que eu não estava preparado para admitir era que ainda não o havia enviado para a Esmagadora de Bolas. Na verdade, enviá-lo não era o problema — eu mandava meia dúzia de malotes todos os dias, e havia uma bandeja em minha mesa que a Sheila esvaziava regularmente; alguma coisa estava me impedindo de entregar o contrato do Picturebox para a Esmagadora de Bolas. Não sabia ao certo se era por orgulho, vontade de desafiar ou imaturidade. O que quer que fosse era burrice, especialmente porque o aluguel do meu avô dependia do fechamento daquele acordo.

Passei os olhos pelo salão e tomei mais algumas medidas. Não era um salão tão grande assim, e uma vez que as máquinas de venda automática de ingressos fossem instaladas, todo o espaço restante seria tomado por delimitadores de fila. O balcão precisaria ser demolido também. Provavelmente derrubaríamos a parede que separava a sala dos funcionários atrás dele e a transformaríamos num guichê. E quanto à lanchonete? Teríamos que demolir aquela área do andar de cima e...

— Esses empreiteiros... — Eu podia sentir os olhos da Beth ardendo em minhas costas. — O que eles vão fazer exatamente?

A pergunta foi educada o bastante, mas havia um quê de irritação em sua voz. Merda. A última coisa que eu queria era aborrecê-la, principalmente depois de ela ter sido tão bacana em me ajudar a escapar quando vi Alice me espiando através do vidro. Tudo bem, eu a pegara no flagra declarando seu amor para um cartaz de George Clooney, e ela estava com o tom mais vívido de laranja que eu já vira fora de uma fábrica da Fanta, mas vovô estava certo, Beth era uma garota legal. Muito legal.

— Bem, você sabe — respondi, num tom que esperava soar brincalhão, enquanto me virava e a fitava com um sorriso. — Uma empreitada! Não que o Picturebox precise de uma grande empreitada. Nunca vi um cinema tão pequeno. Não dá nem para ninar um bebê aqui. Se você tentasse, provavelmente acabaria batendo com a cabeça dele no lustre!

— O quê? — As sobrancelhas da Beth, que estavam estranhamente escuras em comparação com o cabelo, quase pularam para fora do rosto. Ela parecia horrorizada.

— Não que eu seja a favor de esmagar o cérebro de criancinhas contra objetos de iluminação — balbuciei. — Eu não bateria com a cabeça de uma criança nem mesmo contra uma lâmpada. Você consegue imaginar a confusão?

O queixo dela caiu.

— Não — acrescentei rapidamente —, claro que não. Nem eu. Não é o tipo de coisa na qual eu penso quando deito na cama à noite... que estrago você conseguiria fazer com uma lâmpada de trinta watts...

Cale a boca, Matt! Cale a boca IMEDIATAMENTE!

Que diabos havia de errado comigo? Beth tinha apenas feito uma simples pergunta sobre o que os empreiteiros pretendiam fazer, e eu virara um imbecil gaguejante.

EM CASA PARA O NATAL

— Hum — falei, as bochechas queimando ao vê-la me fitar com uma expressão intrigada. — É melhor eu ir. Acho, ahn... — Bati com a fita métrica na palma da mão. — Acho que já tenho tudo de que preciso. Pelo menos por enquanto. Certo, a gente se vê. Tchau!

Acho que nunca saí de um lugar tão rápido quanto do Picturebox naquele dia. Isso é que era não ser nada profissional! Eu nunca havia feito nada tão estúpido. Por que não tinha simplesmente falado a verdade quando Beth me perguntou o que os empreiteiros pretendiam fazer? Claro que havia uma grande chance de ela ficar irritada se eu lhe dissesse exatamente o que estávamos planejando, mas, e daí? Se ela não conseguisse o emprego de gerente, eu provavelmente jamais a veria de novo.

A verdade, percebi ao chegar em North Laine e me misturar à multidão que percorria lentamente a Trafalgar Street, era que eu me importava. E muito. Não queria que Beth pensasse que eu era um babaca. Não queria que ninguém pensasse isso.

Enfiei a mão no bolso traseiro da calça, pesquei o celular e disquei um número para o qual não ligava havia semanas.

— Alice? — perguntei. — É você?

CAPÍTULO TREZE

BETH

Eu estava parecendo David Dickinson.

Com diminutas sobrancelhas de drag queen.

E dentes que brilhavam no escuro.

E um bigode laranja (depilar o lábio superior tinha feito com que a pele absorvesse ainda mais a loção de bronzeamento do que o resto do corpo).

Meu bronzeado fluorescente não parecera tão ruim na noite anterior, logo depois de lavar — com vinte minutos de atraso —, mas não havia como negar o horror laranja que me fitava de volta do espelho do banheiro na manhã seguinte.

Eram nove horas da manhã e Lizzie, a rainha das transformações, continuava roncando alto em seu quarto. Eu não tinha escolha a não ser tentar resolver a situação por conta própria. Dez minutos debaixo do chuveiro com três tipos diferentes de esfoliante corporal não fizeram diferença alguma. Nem meio tubo de creme hidratante. Nem a bucha vegetal com sabonete líquido. A única coisa que consegui foi ficar ainda mais brilhante do que antes.

Só me restou uma opção: passar uma camada grossa de base que Lizzie tinha e desenhar a sobrancelha com um cotoco de lápis de olho preto que encontrei no fundo da bolsa de maquiagem dela.

EM CASA PARA O NATAL

O resultado não ficou muito bom — o contraste entre o pescoço e o colo bronzeados com o rosto pálido me fez parecer a filha retardada da Katie Price com o Edward Cullen. Frustrada, atrasada para o trabalho e com o corpo dolorido de tanto esfregar, tirei a maquiagem, botei um gorro enfiado até os olhos, enrolei um cachecol em volta da boca e do nariz e saí para o Picturebox. Recebi umas duas olhadelas estranhas enquanto seguia pela London Road, mas nada poderia ter me preparado para a reação do Matt. Ele não poderia ter ficado com o queixo mais caído nem se alguém tivesse amarrado uma lista telefônica nele.

Ainda assim, pensei, ligando o computador e dando uma olhada na lista de coisas a fazer, podia ser pior. Eu podia estar com uma aparência estranha, mas pelo menos não tinha começado a tagarelar sobre balançar bebezinhos pelo cinema. Aquilo foi simplesmente bizarro. A princípio achei que Matt estivesse falando sobre a Mostra de Lágrimas, mas não, ele estava apenas sendo esquisito mesmo. E saiu correndo do cinema logo em seguida.

Enquanto o computador ligava lentamente, apertei os olhos para observar meu reflexo no monitor ainda escuro. Será que era a luz ou o bronzeado estava começando a desbotar? Graças a Deus só Matt havia entrado, e não... olhei de relance para a minha bolsa. Eu não checava o celular havia pelo menos uma hora. E se houvesse uma mensagem do Aiden? Peguei a bolsa e tateei dentro dela até encontrar o telefone.

Droga. Deixei-o cair sobre o balcão com um suspiro. Nada

Será que ele não pensava em mim nem um pouquinho? Até onde ele sabia, eu podia estar deitada numa cama de hospital ou coisa pior. Sem dúvida o Aiden havia escutado os pneus guinchando quando o Audi quase passou por cima de mim naquela noite, certo?

— Ai meu Deus! O que diabos aconteceu com a sua cara?

128 CALLY TAYLOR

Estiquei correndo o braço para pegar o gorro e o cachecol, mas já era tarde. Carl estava parado junto ao balcão, com um sorrisinho maníaco.

— Muito bem — disse ele, balançando lentamente a cabeça de um lado para o outro como se não conseguisse acreditar na própria sorte. — O que *temos* aqui?

— Não — respondi. — Não diga nada, nem uma única palavra.

— Só preciso de uma mesmo. E a palavra é... Hummm... — Abriu um sorriso presunçoso, balançando-se nos calcanhares. — Ah, que palavra devo escolher? Tem tantas que descreveriam perfeitamente o horror da sua aparência, tão...

— Carl! — rosnei. — O que você está fazendo aqui? É seu dia de folga.

— Eu sei. — Ele varreu a mesa com os olhos como se estivesse procurando alguma coisa. — A-há!

Debruçou-se sobre o balcão e agarrou a cópia do cronograma Brecon Beacons que eu havia imprimido para todo mundo.

— Ótimo — falei, virando-me de volta para o computador. — Agora que achou o que veio procurar, pode ir. Estou muito ocupada.

— Só mais um segundo — Carl falou num tom atipicamente leve, mas não dei muita importância ao fato. Estava aliviada por ele ter desistido de me azucrinar por causa do bronzeado. — Preciso pegar uma coisa na sala dos funcionários. Acho que esqueci minhas luvas lá ontem.

— Tudo bem. — Ignorei Carl enquanto ele passava para trás do balcão e desaparecia na sala dos funcionários. — Só não demore.

Cinco minutos depois ele ainda não havia aparecido.

— Ei! — chamei. — O que está fazendo aí dentro?

Ao virar a cadeira, meu ombro bateu na pilha de programas sobre o balcão, derrubando-os no chão.

EM CASA PARA O NATAL

— Idiota. — Levantei da cadeira, ajoelhei no chão para pegá-los e arrumei-os novamente numa pilha. Em seguida, passei os olhos pelo balcão para verificar se estava tudo em ordem.

Estranho...

Mexi nas pilhas de papéis espalhados pela mesa, ajoelhei e olhei o chão. Peguei minha bolsa e verifiquei dentro dela. Não, meu celular definitivamente não estava ali.

Ó céus. De repente, me senti enjoada.

Não era de admirar que o Carl estivesse tão quieto na sala dos funcionários. Ele havia pegado meu celular de cima do balcão enquanto eu estava distraída. Só Deus sabe o que estava fazendo com ele.

— Carl! — gritei e parei de súbito. A porta da sala tinha se aberto e meu colega estava parado ao meu lado, com uma expressão compenetrada.

— Procurando por isso? — perguntou, estendendo o telefone para mim.

Peguei o celular da mão dele e verifiquei rapidamente as funções Continuava em inglês. Ufa! Ele não havia enviado nenhuma mensagem nem ligado para ninguém. Ó céus, as fotos. Chequei os álbuns. Não havia nada de incriminador que ele pudesse usar para implicar comigo. E ele também não havia tirado nenhuma foto nova. Então, o que estava...

— Você devia cuidar melhor do seu telefone, Beth — comentou ele, com um jeito afetado. — Encontrei o celular no chão da sala dos funcionários. Você devia ficar grata por ter sido eu quem o encontrou. Não vou citar nomes, mas tem gente aqui que não ganharia o troféu mundial de honestidade.

Ergui os olhos para ele.

— Não deixei meu telefone na sala dos funcionários. Ele estava em cima do balcão e você sabe disso.

— Do balcão? — A expressão dele era de pura inocência. — Não, não. Você se confundiu, obviamente. Encontrei o celular debaixo do banco da sala dos funcionários. Não mereço nem um obrigado?

— Não. — Meti o telefone de volta na bolsa e a abracei de encontro ao peito, sentando novamente. — Você não disse que ia a algum lugar?

— Disse? — Ele ergueu uma sobrancelha. — Acho que não. Mas já que você mencionou, vou a um lugar muito especial no sábado à noite.

—Vai é?

— Vou. E acho que você vai ficar interessada quando eu disser onde.

— Ah, jura?

Eu não dava a mínima para onde o Carl ia. Desde que ele ficasse o mais longe possível de mim.

— A-hã. Especialmente quanto eu te disser que o Aiden vai estar lá.

— Aiden! — Minha voz subiu uma oitava, e Carl abriu um sorrisinho afetado, deliciado com a situação. Agora eu estava interessada, e ele sabia. O que será que ele pretendia fazer que contaria com a presença de Aiden? As reuniões do clube do vinho eram às segundas, e eles nunca se encontravam em outro lugar.

— Isso mesmo, mas você está ocupada, então talvez seja melhor eu ir. Você não quer escutar as novidades. — Ele se virou para ir embora.

— Espere!

Fiquei com raiva de mim mesma por fazer o jogo dele, mas não consegui evitar. Desde que Aiden havia terminado comigo, eu ficava me torturando, imaginando o que ele estaria fazendo. Essa era a minha única chance de saber um pouco sobre a vida dele pós-Beth.

EM CASA PARA O NATAL

Carl virou-se de novo para mim, o programa de entrevistas apertado de encontro ao peito.

— Diga: por favor, Carl, me conte o que você vai fazer no sábado à noite.

— Apenas me conte!

— Não se você não disser. — Ele se virou novamente para ir embora.

— Por favor, Carl — murmurei por entre os dentes. — Quero saber o que você vai fazer no sábado à noite.

— Muito bem. — Ele me agraciou com o que eu imaginava ser supostamente um sorriso estonteante. — Eu conto. Às oito da noite estarei no Grand Hotel para participar...

Diga logo, incitei mentalmente. Diga logo, merda!

— ... da festa de noivado do Aiden.

O salão ondulou diante dos meus olhos enquanto eu tentava processar o que ele havia acabado de dizer. O quê?

O QUÊ?

— Uma garota adorável, a Fi — continuou Carl enquanto eu me agarrava à beirada da mesa. Sentia como se estivesse cortando o ar a cento e sessenta quilômetros por hora. Minha visão estava embaçada e eu mal conseguia respirar. — Encontrei por acaso com ela e o Aiden no pub Western Front alguma noites atrás. Loura, bonita, usando um anel com o maior diamante que eu já vi. Belos peitos, também. — Riu consigo mesmo. — Não entendo o que o Aiden viu nela! Todo mundo que é importante foi convidado. Bem, você não, é claro. Todo mundo. Que importa. Vai. Oh! — Ele me olhou de cima a baixo. —Você está parecendo meio adoentada hoje, Beth. Por acaso cenouras ficam doentes? De qualquer forma, estou sem tempo para brincadeirinhas. Realmente preciso ir. Tenho que comprar um presente de casamento. Certo, fui!

Abri a boca para chamá-lo assim que ele alcançou a porta, mas tudo o que saiu foi um guincho estranho e estrangulado.

CAPÍTULO CATORZE

MATT

Ao me sentar num movimentado restaurante em Lanes num sábado à noite e rearrumar os talheres pela quinta vez em dez minutos, percebi que aceitar o desafio do meu avô de "prove que você é um homem de fibra" era provavelmente a coisa mais assustadora que eu já tinha feito na vida (e, acredite em mim, eu já havia feito algumas coisas *realmente* assustadoras).

Vovô não dissera isso ao pé da letra, mas basicamente concordara com Jules quanto ao fato de eu ser um aleijado emocional no que dizia respeito a relacionamentos. E, gostando ou não, eu *era* parecido com a minha mãe. Fugia sempre que os relacionamentos ficavam difíceis. Embora, ao contrário dela, não fizesse isso para ficar com outra pessoa. Em vez disso, eu simplesmente desistia, me fechava e ia embora. Nunca encontrara algo ou alguém pelo qual valesse a pena lutar — era muito melhor ir embora do que o risco de acabar magoado.

Hum. Talvez *fosse* a hora de crescer e enfrentar meus problemas. Vamos ser honestos, eu não estava me reconhecendo ultimamente. Primeiro foi aquela merda estranha com Beth no cinema — em que me tornei um perfeito idiota gaguejante —, e depois havia o fato de estar evitando enviar o contrato do Picturebox para a Esmagadora

EM CASA PARA O NATAL

de Bolas e ficando rapidamente sem desculpas. Sheila se recusara a continuar filtrando as ligações dela, e eu sabia que era apenas uma questão de tempo antes que Isabel decidisse me fazer outra intempestiva — e provavelmente desagradável — visita. Por que eu estava fazendo isso? Segurando o contrato quando sabia o quão terríveis podiam ser as consequências? Será que eu estava deliberadamente tentando ferrar com a minha vida? Não queria admitir para ninguém, especialmente para mim mesmo, mas talvez Alice e eu tivéssemos um negócio inacabado e precisássemos resolvê-lo de uma vez por todas.

Pesquei o celular no bolso traseiro da calça e verifiquei a hora, nove e quinze da noite.

Minha ex-namorada estava quinze minutos atrasada. Hum... talvez ela tivesse mudado de ideia quanto a me encontrar. Ela havia reagido com nítida frieza ao atender o telefone, embora houvesse abrandado rapidamente quando a convidei para jantar.

— Tudo bem — concordou, após uma longa pausa. — Desde que a gente vá ao La Dolce Vita.

Minha boca ficou imediatamente seca — o La Dolce Vita era o restaurante italiano mais exclusivo (e caro) de Brighton —, mas concordei com entusiasmo. Se eu tivesse agido mal com ela, queria tentar dar o melhor de mim para endireitar as coisas.

Rearrumei os talheres mais uma vez. Havia muitos objetos afiados na mesa. E se Alice... não, não... descartei a ideia imediatamente. Tudo bem, era verdade que ela havia jogado uma caneca de café fervendo em cima de mim naquele dia em que eu chegara tarde em casa, mas uma caneca não era um objeto pontiagudo, e isso já fazia muito tempo. Bem, seis meses...

Peguei o celular. Talvez eu devesse mandar uma pequena mensagem, só para me certificar de que ela vinha mesmo.

— Oi, Matt — disse uma voz do outro lado do restaurante.

Alice, vestida com um casaco preto comprido e sapatos de saltos altos, passou rebolando por entre as mesas. Enfiei o celular de volta no bolso da calça jeans e levantei.

— Você veio — ela comentou ao se aproximar, uma nuvem de perfume exótico preenchendo o ar. Pousou uma das mãos sobre o meu braço e ergueu o rosto para mim.

Depositei um leve beijo em sua face.

— Fico feliz que tenha podido vir.

Ela inclinou a cabeça de lado e me fitou com curiosidade.

— Por que eu não viria?

Concordei com um movimento de cabeça, mas senti o estômago revirar. Podia imaginar uma centena de outras formas mais agradáveis de passar a noite — como arrancar as unhas com um alicate ou brincar de bater a porta com toda a força sobre o pênis —, mas estava na hora de crescer. Alice não era *assustadora* (tudo bem, talvez um pouquinho) e por um tempo eu tinha sido apaixonado por ela. Talvez o vovô e Jules tivessem razão. Talvez eu tivesse desistido do nosso relacionamento rápido demais.

Posicionei-me atrás dela e pousei as mãos sobre seus ombros.

— Posso tirar isso para você?

Ela olhou para mim por cima do ombro, confusa, mas deixou que eu lhe tirasse o casaco. Não pude evitar erguer uma sobrancelha ao ver o que ela estava usando por baixo. Era o vestido mais ridiculamente decotado que eu já vira. Os seios pulavam por cima do decote como um par de bolas infláveis.

— Por que não se senta? — sugeri, entregando o casaco a um garçom que passava por ali. Esperei que ela se sentasse, dei a volta na mesa, me sentei também e peguei o cardápio, tentando desesperadamente ignorar o fato de que ela me fitava em expectativa.

— Certo. — Abri o menu. — Já pedi uma garrafa de vinho tinto. O que você gostaria de comer? Acho que vou querer um bife.

EM CASA PARA O NATAL   135

— Barriga de porco como prato principal e ostras de entrada — respondeu ela, lançando um rápido olhar para o cardápio. — Para dividirmos.

Fiz uma careta. O porquê de alguém afirmar que apreciava pedaços arenosos de cartilagem numa concha estava além da minha compreensão.

— Acho que não — repliquei. — Não sou muito fã de frutos do mar.

— Matt. — Ela me lançou um olhar duro. — Seria tão romântico!

Romântico? Isso não seria apressar demais as coisas? A gente nem tinha conversado sobre reatar o namoro. Diabos, não tínhamos conversado sobre nada ainda. Além disso, havia o episódio memorável de Intoxicação Alimentar por Mariscos que acontecera quando eu tinha uns vinte e cinco anos e que me deixara cirurgicamente atracado ao vaso sanitário por quarenta e oito horas. Eu não comia frutos do mar desde então. Só de pensar na possibilidade me fazia ter violentas ânsias de vômito.

— Não dá. Eu realmente... ah, o vinho chegou — acrescentei depressa enquanto a Alice me fitava. Peguei meu cálice e o segurei diante do garçom que tinha aparecido ao meu lado. Ele serviu um dedinho do Rioja. Tomei um gole e assenti com um gesto. O garçom terminou de encher meu cálice e olhou para Alice. Ela empurrou o dela um milímetro na direção dele. O garçom serviu novamente; em seguida, colocou a garrafa no centro da mesa e se afastou.

—Você está me ignorando? — O tom ríspido de Alice me trouxe de volta ao presente. — Talvez você preferisse estar em outro lugar ou com *outra pessoa*?

Neguei com a cabeça.

— Claro que não. Só estava pensando... deixa pra lá. O que você vai querer?

— Já falei. Vou querer barriga de porco como prato principal e nós... — ergueu as sobrancelhas para enfatizar a palavra — ... vamos dividir um prato de ostras de entrada.

Vinte torturantes minutos depois, durante os quais Alice listou todos os meus defeitos — um após o outro —, e permaneci encolhido sem dizer nada, o garçom voltou com nossa entrada.

— Ostras para dois — informou ele, botando um enorme prato branco cheio de montinhos de catarro em conchas entre nós.

Torci o nariz. Aquilo tinha uma aparência nojenta.

— Humm — murmurou ela, pegando uma das conchas. Observei, horrorizado, enquanto ela inclinava a cabeça para trás e deixava que a ostra escorregasse para dentro da boca. Engoliu-a de uma vez só e olhou para mim. — Que foi?

— Nada — respondi, forçando um sorriso. — Apenas contemplando a exótica iguaria que estou prestes a provar.

— Então prove — ordenou, apontando para o prato entre a gente. — Sua vez!

Peguei uma sem muita firmeza.

— Humm — falei, levando a concha aos lábios e fechando os olhos com força. — Nham, nham. — Dei ordens rigorosas à minha boca para que se abrisse e inclinei a cabeça para trás, do modo como ela havia feito. A ostra escorregou da concha e caiu sobre a minha língua. Fiz uma careta. Era como lamber o leito do mar e encontrar uma meleca.

Inclinei a cabeça ainda mais, ciente de que Alice continuava me encarando, e rezei para que a gravidade fizesse a coisa descer pelo esôfago. Contudo, minha garganta parecia ter vontade própria, e se fechou assim que a ostra a atingiu.

— Eca. — Fiz um barulho semelhante ao de uma gaivota demente. — Eca, eca, eca!

Meu rosto começou a esquentar e meu estômago revirou violentamente.

— Pelo amor de Deus, engula logo — Alice sibilou.

Fiz que não. Minha garganta estava definitivamente lacrada. A ostra não iria a lugar algum, sem chances. Estiquei o braço para pegar o guardanapo.

— Pelo amor de Deus! — exclamou ela. — As pessoas estão começando a olhar.

Não sei bem o que aconteceu em seguida. Talvez tenha sido o tom dela que me fez pular, talvez a ostra tivesse feito cócegas no fundo da minha garganta, me levando a tossir, ou talvez fosse apenas uma ânsia de vômito incontrolável. De qualquer maneira, me lancei à frente com a boca aberta. Para meu alívio e horror, a ostra se soltou da garganta, rolou pela língua, bateu nos dentes e saiu voando da minha boca como a bala disparada por um revólver. Tudo pareceu ocorrer em câmera lenta, a ostra fez uma curva no ar, passou por cima da garrafa de vinho, roçou a chama da vela posicionada no centro da mesa e aterrissou com um *plop* molhado no meio do exagerado decote da Alice.

O tempo parou enquanto eu olhava da ostra para o rosto da minha ex-namorada e de volta para a ostra.

Ela piscou e baixou os olhos para o peito. Eles se arregalaram em horror, a boca se abriu e ela emitiu um grito esganiçado capaz de perfurar o tímpano.

— Aaargh! — gritou, os olhos fixos na bolota catarrenta entre os seios. — Aaargh!

Eu podia sentir uma dúzia de pares de olhos pousados em mim, mas não consegui me mover. Não consegui nem falar. A sensação era de que o restaurante inteiro estava em silêncio.

— Madame — falou uma voz masculina grave. — Se me permite.

Tal como o vendedor dos desenhos infantis do Mr. Benn, o garçom havia reaparecido ao lado da mesa. Ele pegou o guardanapo da Alice, passou-o de leve sobre o peito dela e, num piscar de olhos, a ostra desapareceu em meio ao linho branco. Corri os olhos desesperadamente pelo restaurante, assustado demais para encará-la. O que eu devia fazer? Meus olhos cruzaram com os de uma senhora de meia-idade sentada à mesa atrás da Alice. Ela devia ter visto o desespero estampado em meu rosto, porque sorriu com gentileza.

— Diga alguma coisa — murmurou ela enquanto o garçom recolhia o prato de ostras, se virava e desaparecia em direção à cozinha.

— Obrigado — gritei para as costas dele.

— Não para o garçom! — A mulher riu. — Para a sua namorada!

Fitei minha ex-namorada, sentindo como se todo o meu sangue tivesse escorrido do cérebro e se acumulado numa poça ao redor dos pés.

— Sinto muito, Alice.

Ela me fitou de volta com uma expressão que eu conhecia bem demais. Repulsa.

— Eu realmente sinto muito, muito mesmo — falei de modo desesperado. — Acho que foi uma reação alérgica. Na verdade... — apontei para minha garganta — ... talvez tenha sido um choque anafilático.

Ela estreitou os olhos.

— Me dê um bom motivo para eu não sair por aquela porta agora mesmo.

Eu estava pensando basicamente a mesma coisa.

— Porque a chamei aqui para conversarmos — repliquei com uma voz fraca. — Sobre a gente.

O rosto da Alice abrandou por alguns instantes, mas logo adquiriu uma expressão desconfiada.

EM CASA PARA O NATAL — 139

— Jura?

— Juro. Estava tentando me esforçar. Por que você acha que concordei em experimentar as ostras se não suporto frutos do mar?

Ela pegou o vinho e me olhou por cima da borda do cálice enquanto tomava um gole.

— E cuspi-la no meu decote faz parte de algum jogo de sedução idiota?

— Jesus, não. Isso foi apenas um terrível acidente.

— Bem... — Ela baixou o cálice vazio. Ainda não parecia muito convencida. — Tudo bem, então. Mas, se algo semelhante acontecer de novo, juro que não me responsabilizo pela minha reação.

— Vou me comportar, prometo — repliquei, esticando o braço para pegar a garrafa de vinho. Era um tinto rico, com um toque de cassis, que custava mais do que eu ganhava em uma semana, mas sabia que era o favorito dela. — Mais vinho?

Alice fez que sim e empurrou o cálice em minha direção. Com um sorriso que esperava transmitir segurança, enchi a taça dela. Ao empurrá-la de volta, percebi que a mulher de meia-idade estava tentando chamar a minha atenção.

— Fiu! — murmurou ela, fingindo limpar o suor da testa e erguendo o polegar para mim. — Crise contornada!

Acenei com a cabeça em resposta e abri um sorriso acanhado. Era óbvio que ela só queria ajudar, mas eu não precisava ser lembrado de que tinha acabado de agir como um completo babaca em público. O que eu precisava fazer era colocar as coisas de volta nos trilhos, ter uma conversa civilizada com Alice sobre o que tinha dado errado no nosso relacionamento, decidir se valia a pena tentar de novo e...

— Está olhando pra quem, Matt?

— O quê?

Do outro lado da mesa, Alice me olhava fixamente, o cálice pendurado entre os dedos, o vinho balançando em seu interior em decorrência dos movimentos circulares que ela fazia com o pulso.

— Você estava falando com alguém de outra mesa.

— Eu não estava falando com ninguém! — retruquei, desesperado. — Bem, com ninguém em particular. A senhora de meia-idade ali atrás pareceu um tanto preocupada com meu acesso de tosse.

Alice girou na cadeira para olhar. Ao se virar de volta, seu rosto estava vermelho como um pimentão.

— Senhora de meia-idade, é?

— É, ela... — Trinquei os dentes. A cadeira da mulher de meia-idade estava vazia. Estiquei o pescoço para olhar por cima do ombro da Alice. A única outra pessoa à mesa era uma morena estonteante com cerca de vinte anos... provavelmente a filha da tal senhora. Pelo jeito como se distraía com o celular, imaginei que estava esperando a mãe voltar do banheiro ou de onde quer que tivesse ido.

— Ah, não — falei, encarando o olhar furioso da Alice. — Ah, não, não, não. Você entendeu tudo errado.

Ela ergueu uma sobrancelha.

— É mesmo?

— É! — Levantei as mãos. — Juro. Ela estava bem ali... cabelos castanhos cacheados na altura dos ombros, usando óculos e uma blusa branca. Espere só uns minutos que ela já vai voltar.

Por favor, rezei em silêncio aos deuses dos banheiros do restaurante. Por favor, não permitam que ela esteja passando mal.

Alice estreitou os olhos.

— Você tem resposta para tudo, não é mesmo, Matt?

— Não! Eu juro!

EM CASA PARA O NATAL

— Você é mesmo um projeto mal-acabado de ser humano. — Os movimentos giratórios do pulso aumentaram, fazendo com que o vinho girasse perigosamente dentro do cálice enquanto ela me fitava do outro lado da mesa. — Você me convida para jantar e aí fica trocando olhares com outra mulher. Tem ideia do quanto isso é desrespeitoso?

— Sim. Não! Eu não estava trocando olhares com ninguém. Eu lhe disse. Uma mulher de meia...

— Eu sei o que você me disse. — Ela se inclinou para a frente, os cotovelos apoiados sobre a toalha, os olhos fixos nos meus. — Você me disse um monte de coisas no decorrer do último ano, e nenhuma delas era verdade. As noites trabalhando até tarde, as consultas médicas do seu avô, as mulheres do Facebook que você dizia serem só amigas...

— Elas são amigas! Bem, eram, até você deletá-las.

— É tudo mentira, Matt. Tudo! Deus do céu... — Balançou a cabeça com violência. — E pensar que acreditei quando você disse que queria aceitar as coisas. Não posso acreditar que caí nessa.

— Você não caiu em nada. Alice! — Ergui os olhos, horrorizado, ao vê-la se levantar abruptamente. — Sente-se. Por favor.

— Por quê? — Alice correu os olhos em volta, encarando qualquer um que ousasse fitá-la. — Estou fazendo uma cena, é isso? Está preocupado que sua nova amiguinha ali escute a verdade a seu respeito? Ah, vá se foder, Matt! Não vou ficar aqui para ser humilhada.

Observei, perplexo, enquanto ela pegava a bolsa pendurada nas costas da cadeira e se virava para a porta com o cálice de vinho ainda na mão.

— Ah — continuou ela, virando-se de volta e abrindo um sorriso. — Bebi todo esse vinho delicioso e não lhe dei nada em troca, não é mesmo? Bem, tome isso!

142 CALLY TAYLOR

• • •

Uns dois minutos depois, minha amiga de meia-idade atravessou o restaurante e puxou sua cadeira, fazendo uma pausa ao me ver.

— Oh, querido — comentou ela, me olhando de cima a baixo enquanto eu secava o vinho que escorria pelas minhas bochechas.

—Você estava indo tão bem!

CAPÍTULO QUINZE

BETH

Lizzie não parecia feliz. Na verdade, ela parecia nitidamente preocupada.

— Beth — disse, empoleirando-se na beirada da minha cama e me olhando de cima a baixo —, tem certeza de que isso é uma boa ideia?

Puxei o zíper que havia nas costas e fechei meu novo vestido.

— Tenho.

— Mas... — Ela torceu as mãos. — O que a faz pensar que vai conseguir entrar?

Dei de ombros.

— Alguma falha na segurança?

— E o que pretende fazer depois?

— Não sei bem ainda.

— Pois bem. — Deitou-se na cama e se apoiou num dos cotovelos. — Vamos ver se entendi direito. Você pretende entrar de penetra na festa do Aiden... na festa de *noivado* dele... mas não sabe como vai fazer para entrar nem o que pretende fazer depois disso?

— Basicamente. — Virei para olhar meu reflexo no espelho e ajeitei o vestido em volta dos quadris. Eu tinha acatado à risca o conselho da Lizzie de dar uma renovada no meu guarda-roupa, substituindo as peças por outras mais aderentes ao corpo. Mal conseguia respirar, que dirá me mover.

— Mas por quê? Por que não aceitar que o cara é um perfeito imbecil e seguir com a sua vida?

— Você aceitaria? — Virei de novo e a encarei. — Seguir em frente com a sua vida, quero dizer, se tivesse acabado de descobrir que seu ex pediu outra mulher em casamento duas semanas depois de terminar com você?

— Provavelmente não. Eu ia querer arrancar as bolas dele.

— Pois então!

— Isso significa que devo levar o kit de facas da cozinha? — Ela sorriu com malícia.

— Não. — Neguei com um gesto de cabeça. — Não vou fazer nada com ele. Nem sei o que vou dizer quando o vir, mas não posso deixá-lo escapar impune de uma coisa dessas. Homens demais já me trataram como lixo e eu nunca fiz nada.

— Uau! Finalmente Beth decidiu levantar a cabeça! — Lizzie mudou de posição na cama e ergueu uma das mãos para mim. — Toca aqui!

Bati minha palma na dela e forcei um sorriso. Para ser honesta, eu estava tremendo de tão nervosa. Após a revelação que Carl me fizera no Picturebox, foi tudo o que consegui fazer para permanecer sentada e terminar meu turno. Eu tinha sentido todo tipo de emoção — desde raiva até mágoa e novamente raiva —, mas, depois de uma pequena crise de choro na sala dos funcionários, decidi que não ia ficar sentada e fingir que não me importava com a maneira como Aiden havia me tratado. Depois de todos aqueles meses juntos e de todas as coisas legais que tínhamos feito, o mínimo que ele podia fazer era me ligar para dizer que havia conhecido outra pessoa. Só que ele não havia apenas "conhecido outra pessoa", não é mesmo? Era óbvio que o Aiden vinha se encontrando com ela fazia

EM CASA PARA O NATAL

um tempo — só de pensar nisso fiquei enjoada —, e que isso devia ter começado quando ainda estávamos juntos. Eu tinha sido traída mais uma vez. Esperar até sábado para finalmente dar o troco me parecera uma eternidade.

— Beth? — Lizzie falou baixinho. — Tem certeza de que está bem?

Fiz que sim, peguei o cálice de vinho pela metade que deixara sobre a cômoda e virei o restante num gole só. Eu não ia mais ser a "Beth mosca morta". Ia confrontar o Aiden e ver o que ele tinha a dizer. Se a noiva estivesse ao lado dele, talvez ela quisesse escutar a explicação também. Então por que eu estava tremendo tanto?

Olhei de novo para meu reflexo e puxei a barra do vestido para baixo. Ele era mais curto do que qualquer coisa que eu já usara antes, embora não estivesse quebrando a regra de "não mostre seus seios e pernas ao mesmo tempo" que aquele consultor de moda, Gok Wan, sempre citava em seu programa. Era um vestido frente única de gola alta que disfarçava minha falta de seios, e com um grande decote nas costas que deixava à mostra os ombros e a curva da coluna. A peça inteira era coberta por diminutas lantejoulas pretas e prata que brilhavam quando eu me movia — ou melhor, requebrava. O movimento chamou a atenção de Lizzie.

— Então, o que acha?

Ela inclinou a cabeça de lado e apertou os olhos como que tentando escolher as palavras certas.

— Você está parecendo aquela cantora, Shirley Bassey. Mas no bom sentido — acrescentou rapidamente.

Olhei para ela horrorizada.

— Em que sentido parecer uma vovó britânica de setenta anos pode ser bom?

— Não, não, nãããão. — Ela ergueu as mãos. — Não estou dizendo que você se parece com ela. São as lantejoulas. Elas fazem você ficar mais ofuscante, diferente e... você sabe... — O entusiasmo evidente na voz dela vacilou. — Coisas do tipo.

— Coisas do tipo? Quero que o Aiden me veja e pense: "Merda, não acredito que deixei essa mulher escapar", e não "Quem deixou a Beth sair de casa parecendo uma salsicha coberta de lantejoulas?"

— Você não parece uma salsicha! — Lizzie revirou os olhos. — Você está linda. Pelo menos, a gente consegue ver a sua silhueta para variar.

Olhei para meu reflexo novamente. O vestido não era feio. Era? Certo, ele era um pouquinho apertado — ok, muito apertado —, mas pelo menos dava para ver que eu tinha cintura. E pernas. E uma barriguinha avantajada. E...

Virei de costas para o espelho.

— Vou tomar outro cálice de vinho — declarei. Segui trotando para a cozinha, agarrando-me desesperadamente à pouca autoconfiança que ainda me restava. — Talvez dois. E depois podemos ir.

— Você está bem, Beth? — perguntou Lizzie enquanto eu seguia cambaleando pela orla em direção ao Grand Hotel, tremendo sob o frio congelante do final de novembro.

Para ser franca, eu me sentia a milhões de quilômetros de distância. Pretendia tomar somente uns dois cálices de vinho para acalmar os nervos, mas acabara bebendo quase duas garrafas inteiras antes de sair de casa. Minha cabeça estava totalmente fora do lugar, e não apenas por causa do álcool.

Recostei contra a mureta e observei o mar. O vento o açoitava com fúria, as ondas crescendo e quebrando contra as pedras. Como eu conseguira virar minha vida de ponta cabeça? Ali estava eu, com vinte e quatro anos, trabalhando num negócio sem o menor futuro, vivendo minha vida como se ela fosse uma comédia romântica, sonhando em encontrar um homem que me amaria pelo que eu era, e correndo atrás de caras que me usavam como tapa-buraco até se acertarem com outra mulher. Não era apenas hilário, era ridículo. Eu era ridícula. E isso tinha que acabar.

— Estou bem — respondi, devolvendo o olhar preocupado de Lizzie com uma expressão determinada. — Estou cansada de ser a doce e compreensiva Beth. Vou entrar nessa festa e dizer ao Aiden exatamente o que penso dele.

A entrada do Grand Hotel estava fervilhando de gente. De cada lado da gigantesca porta giratória de vidro havia um porteiro uniformizado, seus olhos perscrutando a multidão que entrava e saía.

— Tem certeza de que está bem? — Lizzie sussurrou ao passarmos pela porta e entramos no saguão.

— Tenho — menti. Para ser franca, eu estava tendo dificuldades em me manter ereta. Também enxergava dobrado. Aos meus olhos, havia dois pianistas tocando as teclas de marfim no bar à esquerda, e duas escadas em curva de ferro forjado à nossa frente.

— Com lixenxa — pedi com voz pastosa aos dois porteiros idênticos à minha direita. Qual deles era o verdadeiro? — Extou procurando a fexta dos Dowles.

Ele me olhou de cima a baixo e franziu a sobrancelha esquerda.

— Claro, madame — respondeu. — Siga até a Albert Suite.

O porteiro me passou as direções sem o menor interesse e, em seguida, virou-se e sorriu para uma mulher grisalha usando um terninho Jaeger pêssego e verde-petróleo, com um fio de pérolas aparentemente verdadeiras em torno do pescoço.

— Seja bem-vinda, madame. Como posso ajudá-la?

Não demoramos muito para encontrar a sala certa. Vários amigos de Aiden encontravam-se reunidos ao lado da porta, conversando animadamente, todos com uma taça de champanhe nas mãos. Um deles, Pete, olhou de relance para a gente, mas não pareceu me reconhecer. Atrás deles estendia-se uma bela sala, decorada em tons de creme e dourado, com um belíssimo lustre pendendo do teto e uma janela gigantesca tomando toda uma parede.

—Vamox — chamei, dando uma olhada em Lizzie por cima do ombro ao entrar na sala. — Vamox encontrá-lo.

Ela me respondeu com um sorriso, mas mesmo em meu estado de total embriaguez dava para ver que já estava arrependida de ter topado invadir a festa. Não dei a mínima. Abri caminho pela multidão, parando apenas para pegar uma taça de champanhe de um garçom que passava com uma bandeja de prata, e vasculhei a sala em busca do meu ex-namorado.

— Beth — sibilou minha amiga. — O que você vai fazer agora?

Olhei por cima do ombro de novo.

— Não xe preocupe com ixo. Xei o que extou fazendo.

— Claro que sabe. — Ela não parecia nada convencida.

— Eu xó quero...

Fui interrompida pelo som de um garfo batendo num cálice.

— Senhoras e senhores. Silêncio, por favor.

Virei para o palco e imediatamente vi Aiden. Ele vestia um terno cinza escuro, com camisa branca e gravata vinho. Havia um microfone em sua mão. Estava barbeado, com o cabelo perfeitamente arrumado e parecia inacreditavelmente feliz. Seus pais estavam à sua esquerda, os dois radiantes — reconheci-os devido à foto que ele mantinha sobre a mesa do escritório. Ao lado deles havia duas mulheres louras que deviam ser as irmãs e um homem mais alto e careca que devia ser seu irmão mais velho, Adam. À direita de Aiden havia um casal idoso que presumi serem seus avós. A mulher usava um vestido florido com confortáveis sapatilhas cinza, e o homem um paletó marrom esportivo e uma bengala. Todos sorriam. O retrato de uma família perfeita.

— Senhoras e senhores — Aiden falou ao microfone. — Fico muito feliz que tantos tenham podido comparecer aqui hoje para compartilhar esse momento tão glorioso.

— Bravo, bravo! — gritou um homem ao meu lado.

— Como muitos de vocês sabem — continuou Aiden, adorando ser o centro das atenções —, esta noite estava sendo esperada com muita expectativa e mantida em segredo por motivos óbvios...

— Não brinca — sussurrei para Lizzie, que fez uma careta.

— Mas antes do pronunciamento principal, gostaria que todos vocês conhecessem uma pessoa.

Era agora, o momento em que eu colocaria os olhos na mulher pela qual ele havia me trocado.

— Mãe, pai, vó, vô. Tenho grande prazer em apresentá-los a alguém que vocês jamais imaginavam que um dia chegariam a conhecer. Pessoal, esta é Fi!

Meus olhos se voltaram para o lado do palco no exato instante em que uma mulher loura começou a subir os degraus, o vestido comprido prata cintilando sob as luzes. Quando os olhos dela encontraram os de Aiden e eles sorriram um para o outro, senti como se tivesse levado um soco no estômago. Contudo, em vez de me curvar ao meio em choque, meus pés me lançaram à frente.

— Xai da frente — mandei, abrindo caminho entre a multidão. — Com lixenxa. Xai da minha frente.

Quando finalmente alcancei o palco, Fi já estava ao lado do Aiden. Observei, chocada, enquanto ele a envolvia nos braços e lhe dava um abraço apertado. Ao ver isso, ergui a saia no meio das coxas e subi no palco aos tropeções. Pelo canto do olho, vi uma das irmãs de Aiden apontando para mim com uma expressão boquiaberta de puro horror.

— Com lixenxa — falei, empurrando o pai do Aiden para fora do caminho. — Por favor — acrescentei ao vê-lo erguer as sobrancelhas. Os braços de Aiden estavam fechados em volta dela, o rosto enterrado naquele glorioso cabelo louro.

— Pode deixar ixo comigo — declarei, agarrando o microfone que ele segurava sem muita firmeza. Segui até o outro lado do palco e parei ao lado da vovó. — Eu goxtaria de dizer algumas palavras — berrei ao microfone.

Os alto-falantes guincharam em protesto e várias pessoas na audiência taparam os ouvidos. Seus rostos oscilavam diante de mim como um gigantesco monstro de várias cabeças.

— Hoje é um dia muito feliz — continuei, vagamente ciente do silêncio que tinha recaído sobre a sala. — Um dia muito, muito feliz. Um dia tão feliz que provavelmente todos voxês extão achando que moram no Mundo da Felixidade... mas a verdade é... — Dei um soco no ar como um pastor evangélico pregando para uma igreja lotada. — A verdade é que hoje não é um dia nada feliz. De jeito nenhum. Hoje é um dia muito trixte, minha gente. Um dia muito trixte, porque todos voxês foram enganados. — Senti uma onda de encorajamento ao captar o olhar de uma das mulheres na primeira fila, apesar do fato de que sua boca estava tão aberta que o queixo quase tocava o fio de pérolas em torno do pescoço. — E agora eu, Beth Prinxe, vou lhes contar a verdade.

— Beth. — De repente, percebi que Aiden estava ao meu lado, o rosto pálido, os dedos tateando em busca do microfone. — Beth, por favor, pare.

Afastei-o com um safanão.

— Pare voxê — respondi no microfone. — Pare de mentir para todo mundo. Pare de fingir que voxê é um cara legal.

— Beth — protestou Aiden. — Eu posso explicar. Estamos aqui para...

— Ssssh. — Levei um dedo aos lábios dele. — Ssssh, ssssh, ssssh voxê.

EM CASA PARA O NATAL

Tirando vantagem da expressão de perplexidade no rosto dele, levei o microfone à boca mais uma vez.

— Exe homem. — Dei um cutucão no peito de Aiden. — É um mentirojo traidor. Ele fazia amor comigo... não... trepava comigo até me deixar vexga... — uma criança pequena na primeira fila soltou um assobio e começou a rir — ... e durante todo exe tempo declarava xeu amor para... — atravessei o palco e apontei para Fi — ... exa mulher. E agora ele vai...

— Beth — sussurrou alguém. — BETH! Você entendeu tudo errado.

Baixei os olhos para a multidão, os rostos fundiram-se num só para em seguida separarem-se novamente. O de Lizzie entrou lentamente em foco. Ela estava fazendo sinal para mim, passando o dedo indicador da mão direita na frente da garganta como se fosse cortá-la.

—Ah, ixo, tem razão, eu devia cortar a cabexa dela — retruquei. — E talvez a de Aiden também, mas não vou fazer ixo. Poxo xer muitas coisas, mas não xou uma axaxina. De qualquer forma, onde extávamos? Ah, xim. — Apontei para Aiden. — Agora, exe homem vai xe casar com aquela mulher, e acho que é minha obrigaxão moxtrar a voxês o mentirojo traidor que ele realmente é. Ixo, xenhoras e xenhores, Aiden Dowles é um completo e verdadeiro...

Um cutucão no meu ombro me obrigou a parar.

— Xim? — O avô de Aiden estava parado ao meu lado com um sorriso no rosto enrugado.

— Com licença, minha jovem. — Fez sinal com o indicador para que eu me aproximasse. — Preciso lhe contar uma coisa.

Convencida de que ele estava prestes a me agradecer por revelar a verdade a respeito de seu neto odioso, inclinei-me na direção dele.

— Ninguém vai se casar — sussurrou ele no meu ouvido. — Aiden e Fi jamais poderiam se casar.

— Ixo mexmo. — Concordei com um movimento de cabeça entusiasmado. — Fico feliz que o xenhor concorde comigo.

— Acredito que a maioria das pessoas aqui concordaria com você, minha jovem.

— É mexmo? Ixo é uma grande xurpre...

Ele pousou uma das mãos no meu ombro e ergueu os olhos para mim.

— Eles são primos.

— Argh! — Desvencilhei-me dele. — Ahn?

O velhinho piscou os olhos aquosos.

— O tio de Aiden engravidou uma moça durante o período em que trabalhou na Austrália, na década de 1970, e voltou para a Inglaterra antes que a neném nascesse. A coisa toda foi abafada pela família, entende? Uma filha ilegítima.

Fiz que sim, espantada demais para dizer qualquer coisa.

— Quando o nosso Aiden descobriu sobre Fi há uns dois anos, ficou curioso; você sabe como ele é. Aiden decidiu rastreá-la pela internet e encontrou-se com ela pela primeira vez durante uma de suas viagens.

— Primos — repeti.

O vovô fez que sim.

— Isso mesmo, querida. Fi veio para cá por causa do meu aniversário, e também para conhecer o resto da família. Infelizmente, o noivo dela, Steve, não pôde vir.

— Xeu aniverxário... — Meus olhos percorreram a sala, notando, pela primeira vez, o enorme bolo com o número 90 decorado em cima, os cartões de cores vibrantes arrumados em volta e a grande quantidade de pessoas grisalhas presentes. Virei. A família inteira de Aiden me observava. Olhei de novo para a multidão. Eles estavam sussurrando entre si e apontando para mim. Lizzie estava debruçada na frente do palco, a cabeça entre as mãos. Enquanto olhava para

EM CASA PARA O NATAL

ela, confusa, percebi subitamente que a pessoa ao seu lado estava dobrada ao meio, com as mãos no estômago. Havia algo de familiar naquele cabelo preto ensebado. E na jaqueta cinza desbotada. Tinha certeza que já a vira antes. Mas onde?

Meu cérebro embriagado continuava tentando resolver o mistério quando o sujeito empertigou-se novamente e seus olhos encontraram os meus; lágrimas de riso escorriam por suas bochechas.

Carl!

— Eu... — falei ao microfone enquanto a multidão me fitava em expectativa. — Eu... Feliz Aniverxário, vovô! — gritei. Dito isso, tirei os sapatos e saí correndo.

CAPÍTULO DEZESSEIS

MATT

A orla do mar estava escura, fria e atipicamente silenciosa. Um pequeno grupo de estudantes estrangeiros encontrava-se reunido em volta da única barraquinha de peixe e batatas fritas que havia na entrada do píer, e um casal trocava beijos e carícias encostados à mureta, mas, salvo isso, as ruas estavam vazias. Os táxis amarelos aglomeravam-se pela King's Road, suas plaquinhas de neon brilhando através da escuridão. Tirei a mão do bolso, fechei a jaqueta em volta do corpo, cruzei os braços sobre o peito e comecei a caminhar em direção à longa fileira de pubs, restaurantes e galerias de arte que se estendiam ao longo da praia.

A noite não poderia ter sido mais desastrosa. Quem mandou tentar endireitar as coisas com Alice! Tudo o que consegui foi fazer com que ela passasse a me odiar.

Bem, vovô, pensei ao contornar um grupo de bêbados do lado de fora do pub Fortune of War, você não pode dizer que não tentei.

Continuei andando, observando o dilapidado West Pier. Estava a cerca de duzentos metros dele quando meu olho captou uma figura pequena, sentada toda encolhida num dos bancos de frente para o mar.

EM CASA PARA O NATAL

— Beth? — falei ao me aproximar. — É você?

Ela estava sentada no meio do banco, as pernas encolhidas junto ao peito, a cabeça enterrada entre os joelhos. Ergueu os olhos ao escutar a minha voz e tive a impressão de ouvi-la soltar um "Ah, não" antes de esconder o rosto novamente.

— Beth? — Agachei-me ao lado dela, reparando na pele arrepiada de seus braços desnudos, no par de escarpins prata jogado no chão de qualquer jeito e na garrafa de champanhe ao seu lado no banco. — O que está fazendo aqui? Você deve estar congelando!

O vento bagunçou-lhe o cabelo enquanto ela concordava com um movimento de cabeça.

— Aqui. — Tirei a jaqueta e a coloquei sobre os ombros dela. — Vista isso.

Ficamos sentados lado a lado por uns dois minutos, eu olhando para Beth e ela quieta, sem se mexer, até que finalmente fechou a jaqueta em volta do corpo e ergueu os olhos para mim. Mesmo sob o brilho fraco das luzes dos postes, dava para ver que eles estavam vermelhos.

— O que aconteceu? — perguntei. — Você está bem?

Ela fez que não e murmurou algo que não consegui entender.

— Como?

— Vá embora, Matt.

— Por quê?

— Porque sou uma fracassada.

A palavra saiu arrastada e tentei não sorrir diante de sua óbvia embriaguez.

— Não é, não.

— Sou sim.

— Por quê?

Ela abraçou os joelhos com mais força.

— Porque entrei de penetra na festa de aniversário de um senhor de noventa anos e banquei a idiota.

Sorri com pesar. Obviamente era uma boa noite para as pessoas se envergonharem em Brighton.

— Sei que isso não é verdade.

— É sim. — Ela anuiu com violência, os lábios se contorceram num biquinho e uma lágrima solitária escorreu por sua bochecha. — É verdade, Matt.

— Ei. — Dei-lhe um tapinha no ombro. — Tenho certeza de que não foi tão tuim quanto você está pensando.

— Foi pior.

— Ah, é? Aposto que você não cuspiu acidentalmente uma ostra por cima da mesa de um restaurante, fazendo-a aterrissar no decote de alguém.

Beth franziu o cenho como se tentasse processar o que eu tinha acabado de dizer.

— Você só está dizendo isso para fazer eu me sentir melhor.

— Quem me dera!

Ela deu uma risadinha.

— Esse é um truque e tanto. As pessoas pagariam um bom dinheiro para ver uma coisa dessas.

— Em vez disso, elas pagam por um vinho caro. — Apontei para minha camisa encharcada. — Veja.

— Ei! — Os olhos dela se acenderam. — Vestido desse jeito você parece o Mr. Orange de *Cães de aluguel*. Está planejando ir a alguma festa de gala hoje?

— Infelizmente não. — Coloquei o braço em volta dela e a apertei de leve, aliviado ao ver que ela havia parado de chorar.

— Sabe de uma coisa, Matt? — perguntou ela, recostando-se em mim.

— Não.

EM CASA PARA O NATAL 157

— A primeira coisa que vou fazer amanhã é ir a um salão fazer meu cabelo voltar à cor natural, e depois vou es... esfol... esfregar meu corpo violentamente.

— Você está um pouco laranja. — Dei uma risadinha. — Fico surpreso que aquele decorador, Laurence Llewelyn-Bowen, não tenha usado você como rolo de tinta para pintar uma parede.

— Me usar como rolo de tinta? — Beth bufou. — Você é tão década de 1990 assim, é? Aposto que usou estênceis para decorar seu banheiro com estrelinhas do mar.

— Ei, não desmereça os estênceis. Eu costumava ter golfinhos também, mas ficava tendo que soltá-los das redes de peixe que tinha penduradas no teto.

Beth soltou um gemido, embora estivesse sorrindo de orelha a orelha. Meu braço continuava em volta dela, e eu não sentia a menor vontade de tirá-lo dali. Quando ela apoiou a cabeça no meu ombro, nenhum dos dois disse nada por alguns segundos. No céu, uma gaivota guinchou, deu umas duas voltas acima de nossas cabeças e seguiu para o píer.

— Já sentiu vontade de rebobinar sua vida, Matt? — murmurou ela.

— Muitas vezes. Especialmente hoje.

— O que aconteceu... — ela cobriu a boca para abafar um bocejo — ... com você? Por que cuspiu uma ostra em cima de alguém?

— Ah, caramba. Resumindo, saí para jantar com a minha ex-namorada para ver se valia a pena tentar reatar. Só que as coisas não saíram como planejado. Na verdade, saíram tão fora do planejado que foi como se tivessem feito seu próprio plano, e antes que eu percebesse o que estava acontecendo... Beth?

Os olhos dela estavam fechados, seus cílios inacreditavelmente longos roçavam as maçãs do rosto. Beth respirava devagar e profundamente, o corpo relaxado contra o meu.

— Pode dormir — murmurei, apoiando o rosto sobre a cabeça dela enquanto observava o mar. — Durma um pouco, depois eu chamo um táxi para você. Tenha belos sonhos, Beth.

CAPÍTULO DEZESSETE

BETH

Enquanto Lizzie se empoleirava na beirada da minha cama e me entregava uma xícara fumegante de café, tudo o que eu consegui me lembrar da noite anterior foi:

1) Passar pelas portas do Grand Hotel;

2) As pessoas com os olhos fixos em mim quando subi no palco;

3) O toque suave da mão de Matt sobre a minha ao me acompanhar até a porta de casa.

— Ó céus! — exclamei, sentando-me num pulo e puxando o edredom para cobrir o peito. — Diga que não dei uns beijos no meu chefe em potencial ontem à noite.

Lizzie fez que não.

— Você não estava em condições de beijar a própria mão, que dirá ele. Nunca tinha visto você tão bêbada. — Ela ergueu uma sobrancelha. — O vaso sanitário também não.

Encolhi-me, a cabeça martelando com tanta força que dava a sensação de que o cérebro ia escapar pelos ouvidos.

— Pelo menos acertei o vaso. Acertei o vaso, não é mesmo?

— No fim. Depois de ter vomitado na banheira e no chão. Ah, sim, e antes de ir para o banheiro, você vomitou na pia da cozinha.

Acho que seria uma boa ideia pescar os restos do café da manhã de ontem antes de limpá-la.

Senti uma nova onda de enjoo e peguei a lixeira que minha prestativa amiga tinha colocado ao lado da cama.

— Uau. — Ela segurou minha xícara quando o café começou a respingar sobre o edredom. — Você está deliberadamente tentando destruir a casa inteira? Adoro ter você aqui, Beth, mas, por favor, me prometa que não vai fazer da bebedeira um hábito.

Limpei a boca com um pedaço de pano preto brilhante que encontrei ao lado da lixeira, caí deitada de novo e cobri o rosto com o travesseiro.

— Nunca, nunca mais vou beber tanto. Vou cortar o álcool definitivamente, entrar para um convento e passar o resto da vida sem dizer uma só palavra. — Fiz uma pausa. A imagem de um homem idoso pipocou na minha mente. Afastei o travesseiro e olhei para Lizzie. — O que diabos eu fiz na noite passada?

— Acho que você não vai querer saber.

Fiz uma careta.

— Tão ruim assim, é?

— Pior.

— Vamos lá. Desembucha. Eu aguento.

— Tem certeza? — Minha amiga tomou um gole do café e inspirou fundo. — Bem... fomos até o Grand Hotel e descobrimos onde estava rolando a festa. Uns trinta segundos depois que entramos, você subiu no palco, agarrou o microfone da mão de Aiden e descascou ele na frente de todos os amigos e familiares. Se não me engano, o que você disse foi: "Exe homem é um mentiroxo traidor", e depois falou alguma coisa sobre ele trepar com você até deixá-la vesga.

— Ai, meu Deus, não. — Cobri novamente a cabeça com o travesseiro e o pressionei contra o rosto.

EM CASA PARA O NATAL

— Foi mais ou menos nesse momento — continuou Lizzie, num tom divertido — que o avô do Aiden resolveu tomar a palavra. Ao que parece, a festa de ontem era para celebrar os noventa anos dele e a tal Fi é uma prima distante do Aiden que ninguém conhecia, e não a noiva dele.

— Arrrrgh — gemi sob o travesseiro. — Não!

— Argh, sim! E foi então que você arrancou os sapatos, pegou uma garrafa de champanhe com um dos garçons e saiu correndo noite adentro. Fui atrás, é claro, mas você simplesmente desapareceu. Procurei em todos os pubs das redondezas, mas não a encontrei em lugar nenhum. No fim, voltei para cá, para o caso de você ter vindo direto para casa, mas você também não estava aqui. Quase liguei para a polícia.

— Desculpe — murmurei. — Dei uma paradinha na praia.

— Eu sei. Quando você finalmente apareceu num táxi, me disse que tinha ido até a praia para se afogar, que nem a Virginia Woolf.

Ó Deus, eu era uma bêbada pretensiosa.

— Aparentemente estava frio demais para uma morte tão dramática, portanto, em vez disso, você se sentou no banco e ficou sentindo pena de si mesma. Foi quando o seu novo chefe a encontrou, colocou-a num táxi e trouxe para casa. — Ela respirou fundo. — E foi isso.

Puxei o travesseiro para baixo de modo a poder olhar por cima da borda.

— E eu não o beijei, mesmo?

Lizzie soltou uma risadinha.

— Acho que você teria me contado. Você me contou praticamente tudo o que aconteceu ontem à noite. Eu não conseguia fazer você calar a matraca.

— Desculpe.

— Tudo bem. Parei de escutar e fui preparar uma xícara de chá na quinta vez que você começou a me contar como havia conhecido o Aiden. E ainda estava falando sobre ele quando voltei dez minutos depois.

Suspirei.

— Desculpe. De novo. Sou uma bêbada muito chata. Talvez entrar para um convento não seja uma má ideia, afinal.

— Essa é uma cura meio drástica para uma simples ressaca, não? A maioria das pessoas optaria por comer um sanduíche de bacon e depois deitar no sofá, gemendo.

— Não estou falando sobre ficar bêbada, embora eu jure que nunca mais farei isso de novo. Estou falando dos homens. Não quero mais saber deles. Pra mim, chega.

— Tá bom! — Lizzie não parecia convencida. — Você é a pessoa mais passional que já conheci. Em pouco tempo vai estar de quatro por algum outro cara.

Balancei a cabeça negativamente.

— Não vou. Juro que não. Estou farta de conhecer alguém, ficar toda animada, depois tomar um chute e cair do precipício. Romance, homens que não traem, almas gêmeas... — Enumerei cada um nos dedos. — Não acredito em mais nada disso.

— Bom pra você! — A expressão de Lizzie, antes preocupada, assumiu um ar alegre. — Venho lhe dizendo há anos para não levar os relacionamentos tão a sério. Os homens são como os ônibus noturnos, Beth, você nunca sabe se pegou o certo. E você ainda é jovem. Precisa se divertir um pouco e bancar a...

— Quando eu era pequena — interrompi, virando de lado para tomar outro gole do café —, meus contos de fadas prediletos eram *Cinderela* e *A Bela Adormecida*. Sabe o que eu notei sobre essas histórias?

Lizzie fez que não, perplexa.

EM CASA PARA O NATAL

— Que elas falam de garotas... quero dizer, mulheres... totalmente infelizes porque a vida delas é uma merda. Muitas personagens de contos de fadas são assim. O que todas elas têm em comum é o fato de que nada muda até que um príncipe... um homem... aparece e as salva. Depois disso temos o "felizes para sempre".

— Ao inferno com isso! Salve a si mesma.

— Eu sei! Sempre soube, mesmo quando era uma adolescente assistindo a comédias românticas, mas o problema é...

— Que você ainda assiste a comédias românticas!

— Shh. Estou chegando lá. — Botei o café de lado e me apoiei num cotovelo. — Gosto de comédias românticas porque, ao contrário dos contos de fadas, elas não tratam apenas do homem salvando a mulher. Às vezes é a mulher quem salva o homem. Lembra do filme *Uma linda mulher*?

Lizzie concordou com a cabeça.

— É claro.

— Então você sabe que, no fim, a Julia Roberts diz para o Richard Gere que irá salvá-lo. E em *Jerry Maguire — A Grande Virada*, Tom Cruise diz para Renée Zellweger que ela o completa.

Lizzie abriu a boca para dizer alguma coisa, mas a silenciei com um aceno de mão.

— Até mesmo aquele velho esquisito e excêntrico do Jack Nicholson diz para a personagem da Helen Hunt no filme *Melhor é impossível* que ela faz com que ele deseje ser um homem melhor.

— Mas isso são filmes, Beth. Esses relacionamentos não são reais.

— Eu sei, mas coisas desse tipo acontecem na vida real. As mulheres se apaixonam pelos homens e eles se apaixonam de volta. Ou vice-versa. As pessoas não precisam ser tão dramáticas nem salvar ou completar umas às outras, mas o sentimento precisa ser recíproco. Elas precisam umas das outras, desejam umas às outras, amam umas às outras. Isso acontece o tempo todo. O que eu não entendo... — abracei o travesseiro e senti meus olhos ficarem subitamente marejados — ... é porque isso nunca aconteceu comigo.

— Ah, querida. — Lizzie esticou o braço e apertou minha mão.

Mexi a cabeça negativamente.

— Não faça isso.

— Vai acontecer — ela disse baixinho.

— Vai? — Sequei os olhos. — Às vezes sinto como se houvesse algo errado comigo. Se não, por que os homens tomam tudo o que ofereço e depois me dão um pé na bunda? É como se eu não fosse boa o suficiente ou algo do gênero.

— Não diga uma coisa dessas! — Lizzie pareceu chocada. — Não tem nada de errado com você, Beth. Nada. Você é doce, inteligente, engraçada e gentil. Também é linda, e o homem que não perceber isso é um completo idiota. Honestamente, querida, tudo o que falta para você é um pouco de sorte.

— Sorte? Às vezes tenho a sensação de quanto mais eu corro atrás do amor, mais rápido ele foge de mim, e estou cansada de tudo isso, Lizzie. Estou simplesmente cansada.

— Eu sei. — Ela acariciou suavemente as costas da minha mão com o polegar. — Eu sei.

Nós duas ficamos em silêncio, Lizzie olhando para mim com um ar preocupado e eu observando o horrendo padrão de flores do edredom que minha mãe me dera de Natal.

— Sabe o que vou fazer? — falei por fim, erguendo os olhos.

— Contratar um assassino profissional para eliminar todos os seus ex-namorados?

— Não, vou me concentrar nas coisas que posso mudar.

— Como o quê?

— Bem — respondi, subitamente entusiasmada —, em primeiro lugar vou comprar aqueles paninhos removedores de loção

EM CASA PARA O NATAL

bronzeadora que você falou para tirar essa minha cor laranja. Depois vou repintar meu cabelo. Mas o principal é que vou me certificar de conseguir esse novo cargo de gerente. O fim de semana de entrevistas em Gales é daqui a duas semanas, e vou conseguir esse emprego.

— Você vai conseguir! Ninguém conhece ou ama aquele cinema mais do que você — Lizzie retrucou animada. — Assim é que se fala, Beth. Você finalmente está assumindo a responsabilidade pelo seu próprio final feliz. — Ergueu a xícara de café. — À Beth Prince e todas as suas conquistas!

Bati minha xícara na dela e forcei um sorriso.

— A mim.

CAPÍTULO DEZOITO

MATT

Enquanto seguia ao encontro de Neil num pub para um drinque de *happy hour*, eu me sentia ao mesmo tempo relaxado e estressado. Depois de deixar Beth em casa, fui direto para a cama e dormi como uma rocha até o alarme disparar às sete da manhã. O trabalho foi tranquilo, e me mantive ocupado organizando o fim de semana de entrevistas em Gales. Considerando tudo, a vida até que estava se ajeitando. Mais ou menos. Ao acordar, havia sete mensagens de Alice no meu celular, cada uma mais irritada do que a outra. Quando respondi, me desculpando pelo que havia acontecido no restaurante, ela mandou outra mensagem me chamando de "escória humana", dizendo que esperava que eu "apodrecesse no inferno" pelo que havia feito e que "se carma existisse eu seria infeliz pelo resto da vida".

— Credo — comentou Neil, ao me ver atravessar o pub e me aproximar da mesa. — Você está com uma aparência horrível.

Ótimo, mais insultos.

— Saúde, meu amigo! — Tomei um gole da cerveja e coloquei o copo de volta sobre a mesa. — Por que diabos você está parecendo tão satisfeito consigo mesmo?

Ele deu uma risadinha.

EM CASA PARA O NATAL

— Acabei de arrumar um novo emprego.

— Que emprego?

Neil trabalhava como contador para uma empresa de jogos de computador, uma escolha de profissão um tanto irônica para alguém que até ser contratado nunca havia jogado um só jogo de computador na vida. Ele ainda afirmava ser o único na companhia inteira que não era um geek.

— Na GameThing — respondeu ele.

Balancei a cabeça em negativa.

— Nunca ouvi falar neles. Onde fica, em Hove?

— Tente de novo. — Neil parecia cheio de si. — Experimente Califórnia.

Meu queixo caiu.

— Como?

— Isso mesmo. — Ele fez que sim com a cabeça e abriu os braços como se estivesse surfando. — Califórnia, brother!

— Uau! E quando você vai?

— Mês que vem.

Olhei para ele fixamente. Meu melhor amigo estava deixando o país. Será que havia alguém na minha vida que não quisesse partir e me deixar para trás?

— Que ótima notícia! — exclamei, tentando disfarçar meu incômodo. — Fico muito feliz por você.

— Não fica, não. — Neil pegou a cerveja e a segurou no alto. — Você está é morrendo de inveja.

— Talvez um pouco. — Bati meu copo no dele para brindar e percebi o livro sobre a mesa à sua frente. — O que é isso?

— Isso, meu amigo — respondeu Neil, pegando o livro e me mostrando a capa —, é o segredo por trás do meu novo emprego.

— *Visualizando o sucesso?* — Bufei ao ler o título. — Ah, dá um tempo! Parece uma dessas porcarias de Nova Era.

— Não desmereça o livro. — Neil ficou sério. — Eu achava o mesmo até escutar o autor falar sobre ele no rádio. Seu negócio estava indo à falência, o banco lhe mandava cartas ameaçadoras... ele estava prestes a perder a casa e tudo o mais... mas, quando começou a visualizar um futuro melhor, você sabe, um futuro mais lucrativo, sua sorte começou a mudar. Ele recebeu um pedido gigantesco, os acessos ao site aumentaram, e o dinheiro começou a entrar. O sujeito agora é um multimilionário.

— Sei. — Olhei para o livro com desprezo. — Provavelmente graças a idiotas crédulos como você que compram esse troço!

— Pode falar o que quiser. — Ele me fitou no fundo dos olhos, nem um pouco ofendido. — Mas quem está preso em Brighton num emprego que odeia e quem está pegando um jatinho para os Estados Unidos para assumir um salário de seis dígitos?

— Seis dígitos? — Meu queixo caiu de novo. — está brincando?!

— Não. — Ele negou com a cabeça.

— Uau! — Olhei para Neil, pasmo. Não estava muito convencido de que o livro era o responsável pela sorte dele, mas sem dúvida ele tinha se dado bem.

— Leia. — Empurrou o livro em minha direção, mas balancei a cabeça, negando.

— Não quero, não. Estou bem. Isso não faz o meu estilo. Além do mais... — Fitei-o de cara feia. — Quem disse que eu odeio o meu emprego?

— E não odeia? — Neil ergueu uma sobrancelha.

— Outra cerveja? — perguntei, pegando seu copo vazio.

Neil soltou uma risadinha. Palhaço pretensioso.

CAPÍTULO DEZENOVE

BETH

Eu estava de olhos fechados, repetindo mentalmente a afirmação positiva que minha mãe havia pregado no teto do quarto, quando Jade, uma das funcionárias de meio-período do Picturebox, me deu uma cutucada no ombro.

— Acorda, Beth — murmurou ela. — Acho que o Matt está prestes a dizer alguma coisa.

Era um sábado, dia 6 de dezembro, e estávamos todos sentados no bar do Royal Albert Hotel, em algum lugar de Breacon Beacons. Tínhamos levado cinco horas de trem para chegar a Abergavenny e mais cinquenta minutos de ônibus até o hotel, e ainda era uma da tarde. Estava um frio dos infernos. O meteorologista do telejornal tinha previsto neve, e eu já estava arrependida de ter escolhido uma blusa de seda (que peguei emprestada no armário da Lizzie), com saia lápis de algodão e meia-calça escura.

Abri os olhos.

— Obrigada, Jade.

Matt estava parado na frente do grupo, vestindo um terno cinza escuro, gravata azul-clara e tinha as mãos cruzadas atrás das costas. Estava barbeado e com o cabelo perfeitamente arrumado — não conseguiria parecer mais profissional nem se tentasse. Eu não podia acreditar que era o mesmo homem que havia se juntado a mim num banco de praia com uma aparência cansada e desgrenhada.

Ele não era o único que usava terno. Na outra ponta da fila de cadeiras, inclinado para a frente e com a cabeça meio de lado num esforço para fazer contato visual comigo, estava Carl. Eu o vira ao entrar no hotel, conversando na recepção com Raj, outro de nossos colegas. Fazia exatamente quinze dias desde que eu havia me humilhado na festa de aniversário do avô de Aiden e, de alguma forma (através de algumas prudentes alterações na rota para o trabalho e de rápidas saídas estratégicas pelos fundos do Picturebox), tinha conseguido evitar o Carl e sua cara presunçosa idiota durante todo esse tempo.

— Olha quem está ali! — exclamou ele, interrompendo a conversa a fim de acenar para mim. — Nossa DJ Prince. — Virou-se de volta para Raj. — Você sabia que a Beth é uma especialista com os microfones?

Raj me fitou, surpreso.

— Você nunca me disse que gostava de subir no palco, Beth!

— Gosta, sim. Ela é um talento e tanto. Beth faz de tudo... casamentos, bar mitzvahs, festas de aniversários de noventa anos... você não pode colocá-la ao lado de um palco que ela pula nele num piscar de olhos.

Todos os músculos do meu corpo se contraíram enquanto eu lutava contra um desejo atroz de atravessar o salão e esbofetear aquela cara presunçosa do Carl. Em vez disso, apertei os lábios, segurei com força minha pasta e segui para o banheiro feminino. Uma vez lá dentro, recostei-me contra a parede de azulejos e tentei controlar a respiração. Estava tão furiosa que tinha a sensação de que meu coração ia pular para fora do peito, mas de jeito nenhum, DE JEITO NENHUM, eu ia revidar os comentários patéticos dele. Especialmente quando havia chance de Matt aparecer e me ver

EM CASA PARA O NATAL

agindo de forma nada profissional. Esse era o dia mais importante da minha vida e eu ia fazer de tudo ao meu alcance para conseguir o emprego de gerente. E, se isso significava fingir que Carl não tinha feito com que eu bancasse a idiota na festa do Aiden, que fosse.

— Ei — disse Jade, me cutucando de novo —, você está bem? Parece um pouco estressada.

— Estou. — Forcei um sorriso e foquei minha atenção em Matt, que esperava pacientemente todos pararem de falar e se acalmarem.

— Oi, pessoal — cumprimentou ele, com um aceno de cabeça. — Em primeiro lugar, gostaria de agradecer a todos vocês por virem...

— O prazer é nosso — murmurou Carl.

Canalha hipócrita.

— ... especialmente àqueles que não são fãs de exercícios de liderança. — Soltei uma risadinha quando os olhos de Matt cruzaram com os meus. — Se Deus quiser, não será tão ruim quanto vocês pensam.

Meu estômago deu um pequeno salto e me repreendi mentalmente.

Pare com isso, Beth.

— Sei que temos apenas um cargo de gerente disponível — continuou ele —, mas espero que todos vocês consigam tirar proveito deste fim de semana mesmo assim.

— Principalmente dos ácaros, se minha cama estiver tão suja quanto parece — Jade sussurrou no meu ouvido.

— Como alguns de vocês já sabem — Matt franziu o cenho ao ver Jade coçando os braços freneticamente —, este fim de semana será um misto de exercícios de liderança e entrevistas individuais. Após o almoço, o ônibus irá nos levar até o local do primeiro desses exercícios... rapel.

Jade fez um barulho semelhante ao de um gato vomitando uma bola de pelo enquanto Raj, sentado do meu outro lado, deu um soco no ar. Olhei para Matt, profundamente horrorizada. Rapel! O livro *Visualizando o sucesso* não falava nada sobre a gente se jogar de um precipício. Eu estava esperando uma sala de conferência e algum tipo de tarefa que envolvesse vendas para os olhos, obstaculos e exercícios de confiança.

— Vamos comer alguma coisa — continuou Matt, lançando-me um olhar intrigado. — Em seguida, vocês todos podem voltar para seus quartos e vestir suas roupas de escalada.

Roupas de escalada! Que roupas de escalada? Eu não tinha levado nenhuma calça comprida. Nem mesmo calças de pijama — apenas uma camiseta gigantesca com os dizeres "I ♥ New York" que mamãe havia trazido para mim de uma de suas viagens de negócios.

— Jade. — Agarrei a manga da blusa da minha colega enquanto Matt fazia sinal para que o seguíssemos até o restaurante. — Você não tem nenhuma calça sobrando, tem?

— Não posso usar isso — comentei, horrorizada, ao ver Jade pegar um par de calças corsário na mala. — Essa calça é mínima!

— Não é não. — Ela a segurou na frente dos quadris inacreditavelmente estreitos. — Na verdade, ela é meio larga.

— Isso se você vestir trinta e seis! Que tamanho é isso, 38?

Ela negou com a cabeça.

— Tamanho 40. Vai dar em você, Beth. Sem problema.

— Só se o hotel oferecer lipoaspirações de emergência. — Agarrei um punhado dos meus generosos quadris. Eu normalmente vestia 40 ou 42... e isso se estivesse num dia bom, tipo não-andei-enchendo-a-cara-de-chocolate-desde-que-tomei-um-pé-na-bunda.

— Experimente. — Jade jogou a calça para mim. — Vai dar tudo certo.

EM CASA PARA O NATAL

Dez minutos depois, saí do banheiro da suíte e me aproximei dela.

— Viu?! — exclamou Jade, batendo palmas. — Eu disse que daria. Você ficou ótima.

— Hum — repliquei. A calça estava tão apertada que eu mal conseguia respirar, e minha barriga pulava por cima da cintura como se fosse banha de porco. — Você ainda não viu como ficou meu traseiro.

— Então vamos lá, vire-se.

Girei devagar.

Houve uma pausa, seguida por uma forte inspiração.

— Que foi? — perguntei, virando-me de volta. — Ficou tão ruim assim?

— Nãããão... — Jade assumiu um ar inocente. — Só um pouquinho apertada na bunda. Tirar a calcinha já resolve.

— Não vou tirar a calcinha!

— Tudo bem. — Ela deu de ombros, os olhos focando mais uma vez na minha bunda. — Então não tire.

Fitei-a fixamente. Ficar sem calcinha durante um exercício de liderança definitivamente não fazia parte da minha visualização.

— Você realmente acha que eu preciso tirar a calcinha?

— A-hã. — Ela fez que sim. — A menos que queira dar a impressão de que tem seis bundas.

Seis bundas? Que imagem adorável.

— Tudo bem. — Voltei para o banheiro. — Vou tirar.

— Certo — disse Matt, observando nós seis juntos agachados no topo do penhasco, o vento congelante do inverno fazendo nossos cabelos chicotearem o rosto. Estava tão frio que eu não conseguia sentir meus lábios. — Vou dividir vocês em três duplas.

— Beth — continuou ele —, você fica com...

O Carl não, rezei. Por favor, o Carl não. Qualquer um menos ele. Preferia mil vezes os arrotos, peidos e piadinhas do tipo sua-mãe-é-tão-gorda do Seth ao Carl. Por favor...

— O Carl — completou Matt.

Ergui os olhos para o céu. Muito obrigada, Deus!

— Cara ou coroa?

— Como?

— Cara ou coroa, Beth? — Matt estava parado ao meu lado, com uma moeda de dez centavos sobre o polegar da mão direita. Sorriu.

— Vou jogar para ver quem vai primeiro.

— Cara, por favor.

Observei a moeda ser lançada no ar e girar algumas vezes antes de Matt agarrá-la e batê-la nas costas da mão. Prendi a respiração enquanto ele mostrava o resultado.

— Coroa. Sinto muito, Beth. — Ele se virou para Carl, parado atrás dele. — Quer ir primeiro ou depois?

Carl abriu um sorrisinho afetado.

— Beth pode ir primeiro.

Fitei Matt, alarmada.

— Vai dar tudo certo. — Ele esfregou a lateral do meu braço e meu corpo inteiro se arrepiou. — Bob, nosso instrutor, vai prender o equipamento e lhe dizer o que fazer. Não se preocupe. É totalmente seguro. — Olhou de relance para os dedos, ainda sobre meu braço, e pareceu surpreso. Puxou a mão rapidamente. — Certo, pessoal. — Ele se virou para o resto do grupo. — O objetivo do exercício é trabalhar em equipe para pegar todas as bandeirinhas colocadas em intervalos regulares na face da rocha. Um dos membros vai descer pela corda... — Tremi violentamente. — ... enquanto o outro grita as instruções dizendo para que lado o parceiro precisa se mover a fim de alcançar as bandeiras. Todo mundo entendeu?

EM CASA PARA O NATAL

James, Seth e Raj fizeram que sim. Jade parecia tão horrorizada quanto eu. Carl apenas soltou uma risadinha.

—Vou assistir lá de baixo — acrescentou Matt, virando-se para ir. — Boa sorte.

— Não posso fazer isso — guinchei enquanto Bob prendia a cadeirinha em volta da minha cintura e coxas e mostrava como eu deveria posicionar minhas mãos trêmulas... uma na corda da frente e a outra na de trás.

— Vai dar tudo certo. Passar pela beirada é a parte mais difícil. Depois é tranquilo como uma brisa.

— Para a Cara de Pinha, vai ser como encarar um tornado — comentou o Carl, mostrando a língua e fazendo um barulho repugnante de peido. — Vocês oferecem máscaras de gás?

Olhei para ele de cara feia.

— A gente devia estar trabalhando em dupla, Carl.

Ele revirou os olhos.

—Tudo certo, Beth — interveio Bob, dando um puxão na corda à minha frente. — Você está pronta. Pode dar dois passos para trás, por favor?

Já de costas, dei um passo hesitante em direção à beira do penhasco. Minhas pernas tremiam tanto que precisei me concentrar para obrigá-las a se mover.

— Ótimo — incentivou Bob. — Agora mais um.

Dei mais um diminuto passo para trás.

— Mais um.

Jade, com o cabelo enfiado num gorro de lã e os braços cruzados sob as axilas, arquejou ao me var dar outro passo.

— Que foi? — perguntei, apavorada, fitando-a.

— Nada. — Ela moveu a cabeça negativamente. — Só que é um longo caminho até lá embaixo.

— Que bom! — Olhei de novo para Bob. Ele era o único que não estava me encarando com uma expressão preocupada, ou, no caso de Carl, satisfeita. — E agora?

— Só mais um passo que você chega à beira. Quando alcançá-la, incline o corpo para trás. A sensação é estranha, mas não se preocupe, a corda está bem presa. Não tem perigo algum.

Meu estômago revirou violentamente e minhas pernas recusaram-se a se mover.

— Você consegue, Beth — disse Bob, com uma expressão estranhamente reconfortante no rosto envelhecido. — Só mais um passo e o pior vai passar.

Recuei mais um pouquinho e congelei ao sentir que meus calcanhares estavam no ar.

— Isso mesmo — continuou o instrutor. — Agora incline-se para trás... um pouco mais. Você precisa ficar praticamente perpendicular à rocha.

Meu corpo inteiro ficou tenso. Eu estava agarrada à corda de forma tão desesperada que podia sentir as fibras sob minhas palmas. Quando me inclinei para trás, senti o traseiro da calça de Jade esticar. Graças a Deus eu não estava de calcinha, pensei, inclinando-me ainda mais, caso contrário Matt estaria olhando para cima e imaginando se uma garota com doze nádegas seria adequada ao cargo de gerente.

— Isso — incitou o Bob, animado. — Agora não esqueça de soltar a corda com a sua mão esquerda para poder se mover. Solte um pouquinho e dê um passo.

Fiz como ele mandou e desci quinze centímetros. A corda que suportava meu delicado (coff!) peso estava totalmente esticada.

EM CASA PARA O NATAL

— Certo, Carl — Matt gritou lá de baixo com um megafone. — Agora é com você. Dê as orientações para Beth pegar as bandeiras.

A cara presunçosa de Carl apareceu na borda do penhasco. Estava sorrindo, os dentes pontiagudos brilhando sob a luz fraca do sol de dezembro.

— Desça trinta centímetros e vá para a esquerda — berrou ele.

Soltei a corda atrás de mim e desci o pé alguns centímetros com cuidado.

— Seu tempo está correndo — Matt falou no megafone. — Desculpe, eu me esqueci de mencionar esse detalhe.

— Mais rápido, Cara de Pinha — gritou Carl.

Ergui a cabeça para olhá-lo.

— Meu nome é Beth.

— Tanto faz. — Ele deu de ombros. — Anda! Você quer esse emprego ou não?

A raiva, aliada ao fato de que eu realmente *queria* o emprego, me motivou a tentar ir mais rápido. Soltei a corda um pouco mais e desci outros dois passos.

— Agora esquerda — gritou Carl. — Mais um pouco.

Olhei de relance para a esquerda e vi uma bandeirinha vermelha amarrada num anel de metal preso à parede. Estiquei o braço, porém meus dedos roçaram o ar. Droga, longe demais.

— A bandeira não vai parar na sua mão por força da mente — berrou ele. — Mexa essa bunda gorda!

Seth, parado ao lado dele, caiu na gargalhada, e eu trinquei os dentes. Esperava que Matt estivesse escutando os comentários "prestativos" de Carl. Dei um passo à esquerda e, em seguida, outro. Alguma coisa acima de mim estalou de forma agourenta.

— Peguei! — Agarrei a bandeira e a meti dentro do casaco.

— A-le-lui-a — gritou Carl. — Meu Deus, Cara de Pinha, será que a gente vai terminar a tempo de jantar? Achava você meio lerdinha na escola, mas isso aqui é ridículo.

— Onde está a próxima? — gritei de volta. Ele podia tentar me azucrinar o quanto quisesse, mas um de nós tinha que manter o profissionalismo.

— Um pouco mais embaixo. Cerca de um metro e vinte e então à direita.

Assenti com um movimento de cabeça, soltei a corda e desci mais dois passos.

— Você sabe que não é para descer de passo em passo, não sabe? — berrou Carl. — O certo é usar os dois pés e descer pulando.

— Um minuto — anunciou Matt. — Você só tem um minuto.

Olhei de relance por cima do ombro. Matt estava uns nove metros abaixo, olhando para cima. Tentei imaginar o que ele conseguia ver — minha bunda gorda apertada numa calça pequena demais e amarrada a uma espécie de cadeirinha. Que horror!

— A gente vai perder — berrou Carl, do alto do penhasco. — O que você está fazendo? Parando para admirar a vista?

— Ei! — Olhei para ele de cara feia. — Venha você tentar!

— Eu não poderia me sair pior. Mexa a droga dessa bunda! Dê um pulo para descer os próximos metros.

— Tudo bem — concordei com teimosia. — Vou pular.

Inclinei o corpo ainda mais, soltei a corda atrás de mim e dei impulso, caindo alguns metros. Quando a corda balançou de volta, estiquei as pernas, preparando-me para o impacto contra a rocha, e então...

Zzzzzzzzzzzzzzzzzzzzzzzzzzzzzzzzzzzzzzzzzzzzzzzzt.

Era o som de tecido se rasgando.

EM CASA PARA O NATAL

Olhei para a corda em pânico, convencida de que estava prestes a despencar ao encontro da morte, mas então fui açoitada por uma forte e gélida lufada de vento, e *realmente* quis morrer...

Com umas das mãos, apalpei meu traseiro congelado.

Meu traseiro *nu*.

A calça da Jade tinha rasgado na costura, e minha bunda estava totalmente de fora, nove metros acima de um pasmo Matt.

Arggggggggggggggggggggghhhhhhhh!

— Mexa-se, bunda mole! — Carl gritou lá do alto.

— Me deixa descer! — berrei de volta.

— Segure as cordas com as duas mãos! — gritou Bob.

— Não dá! — Eu não podia tirar a mão da bunda. Não que ela estivesse fazendo um grande trabalho em obstruir a visão de Matt. — Me deixa descer!

— Fracassada! — berrou Carl. — Quem nasceu para perder morre perdendo.

— Me deixa descer, Bob — guinchei. — Por favor!

Matt tossiu no megafone e, então, falou numa voz trêmula que eu esperava desesperadamente não ser devido ao riso.

— Deixe Beth descer, Bob.

Os dois segundos seguintes foram os mais longos da minha vida. Bob me desceu lentamente, enquanto Carl me insultava. Quando meus pés finalmente tocaram o chão, eu estava com os olhos fechados. Por favor, meu Deus, faça com que Matt tenha tido um surto repentino de conjuntivite, rezei. Por favor, por favor, por favor...

— Beth. — Mantive os olhos fechados ao sentir a mão dele tocando meu ombro. — Pegue isso. — Abri os olhos um milímetro. Matt estava oferecendo seu paletó. — Amarre-o em volta da cintura.

Agarrei o paletó num gesto desesperado e o amarrei em volta de mim, enquanto Matt soltava a cadeirinha e gritava alguma coisa para o resto do grupo. Não conseguia olhar para ele. Estava com os olhos fixos no chão, esperando que ele se abrisse e me engolisse inteira, com minhas bochechas em brasa.

— Pelo amor de Deus, Cara de Pinha — falou uma voz à minha direita. — Você é o monte de merda mais inútil que já caminhou pela Terra. Não conseguiria nem lidar com um ménage à trois num bordel.

Carl parou ao meu lado. Deu uma rápida olhada no meu rosto corado de vergonha e caiu na gargalhada.

— Jesus, você parece uma...

Não ouvi o resto da frase. Já estava a meio caminho do ônibus.

CAPÍTULO VINTE

MATT

Ó céus. Folheei a pilha de currículos na minha frente e olhei para o próximo nome da lista.

Beth Prince.

Movi a cabeça, negando. Pobre garota. Pobre, pobre garota. Era domingo, o dia das entrevistas individuais, e ninguém a tinha visto desde que o ônibus nos levou de volta ao hotel depois que a última dupla, James e Seth, completou o exercício de rapel. Não que ela tivesse ficado por perto para assistir à tentativa dos outros.

Beth correu de volta para o ônibus no segundo em que virei de costas. Encontrei-a encolhida numa das cadeiras do fundo, o rosto entre as mãos, meu paletó amarrado em volta da cintura.

Ela se recusou a falar comigo. Não que eu pudesse culpá-la. Não sabia para onde olhar quando a calça dela arrebentou a meio caminho da descida. Fiquei tão mortificado quanto ela e quis cobri-la antes que algum dos outros rapazes percebesse o que tinha acontecido. Especialmente Carl. Filho da puta maquiavélico.

A porta para o salão de conferências que eu estava usando como sala de entrevistas rangeu ao ser aberta e ergui os olhos.

— Oi, Beth. — Ofereci-lhe meu sorriso mais caloroso.

— Matt. — Com os olhos fixos no carpete, ela se aproximou da mesa e se sentou.

—Você trouxe seu plano de estratégias?

— Trouxe. — Beth assentiu com um movimento de cabeça tímido e colocou uma pasta de plástico sobre a mesa.

— Excelente. —Abri a pasta e tirei o documento. Era uma espécie de caderno em espiral com pelo menos doze páginas. Nenhum dos entrevistados anteriores havia se dado tanto trabalho. O plano do James era profissional, embora não chegasse nem à metade daquele, enquanto Seth me entregara algo que parecia um guardanapo de papel com alguns rabiscos.

— Está tudo bem? — Olhei de relance para ela. Beth brincava com a bainha da saia. — Sentimos sua falta no jantar ontem.

— Está. — Ela ergueu os olhos e me fitou por um milésimo de segundo antes de desviá-los novamente. — Pedi a comida ao serviço de quarto.

— Que bom! — Anuí com entusiasmo, desesperado para quebrar aquela atmosfera terrivelmente constrangedora. — Algum prato especial?

— Linguiça com purê de batata e molho de cebola. Eu queria a pasta all'arrabiata, mas estava em falta.

Ergui as sobrancelhas em solidariedade.

— Bundões.

Beth me fitou por baixo dos cílios entrecerrados e franziu o cenho.

—Você está tentando fazer piada?

Piada? Como assim? Ó céus. *Bundões!* Coloquei meu cérebro para funcionar direito. Ela provavelmente achava que eu a estava zoando pelo que havia acontecido na véspera. Isso não é legal, Matt, não é nada legal.

— Não — respondi. — Claro que não.

EM CASA PARA O NATAL   183

— Certo. — Beth sorriu com nervosismo.

— Então... — Passei os olhos pelo currículo à minha frente. — Diz aqui que você trabalha no Picturebox há seis anos.

Ela assentiu com um movimento de cabeça.

— Isso mesmo.

— E você assumiu a responsabilidade pelo marketing, pelo cadastro de clientes e por várias promoções. Pode me falar um pouco sobre essas promoções que você organizou e o sucesso que elas obtiveram?

— Claro. A primeira foi...

— Espere um pouco.

— Perdeu alguma coisa? — Beth perguntou ao me ver vasculhando os papéis sobre a mesa.

— Que cu!

— Desculpe, o que foi que você disse?

— Nada. Eu não disse nada. Ahn... — Fiz uma careta, como se pedisse desculpas. — James deve ter levado a minha caneta.

— Certo. — Ela estreitou os olhos, desconfiada; então, meteu a mão na bolsa e me entregou uma caneta esferográfica. — Pode usar essa.

Peguei a caneta, pensando desesperadamente em algo para dizer que não soasse ofensivo. O que havia de errado comigo? Eu não conseguia esquecer a imagem do traseiro nu da Beth pendurado no precipício. Mas também era um belo traseiro, redondinho e...

Ah, não. Agora ela estava me olhando de cara feia.

— Você falou aveludado como pêssego, Matt?

Ah, merda. Será que eu tinha dito isso em voz alta?

— Não. Eu disse... ahn... não importa. Vamos voltar à entrevista, chega de bundear, quero dizer, chega de enrolar...

— Bundear! Bundear? — Os olhos de Beth cintilaram de raiva enquanto ela afastava a cadeira e se levantava. — O que está acontecendo? Alguma espécie de desafio para ver de quantas formas diferentes vocês podem se referir ao meu traseiro? Porque eu não estou achando muito engraçado, Matt. Não vejo graça nenhuma.

— Desculpe. — Levei as mãos à cabeça, em pânico. — Sente-se, Beth, por favor. Juro que não...

— Nem tente! — Ela brandiu a mão, descartando minha desculpa. — Porque não vou acreditar. E você está surpreso por eu não ter aparecido no jantar? Sinto muito se não quis ficar com vocês para que pudessem tirar sarro da minha cara, mas estou farta de sempre colocarem meu rabo na reta como alvo das piadas. Rabo, viu? Mais um termo para a sua coleção. Pode acrescentar mais outro também. Pegue esse emprego e enfie no cu, Matt Jones!

Observei, mudo, enquanto Beth saía da sala pisando duro e batia a porta atrás de si e, então, desabei sobre a mesa e cobri a cabeça com as mãos. O certo seria ir atrás dela. No entanto, eu estava sofrendo um caso crônico de boca-rota e provavelmente só pioraria as coisas. Além disso, ela estava furiosa e, se fosse um pouquinho parecida com a Alice, não aceitaria desculpa nenhuma até ter esfriado a cabeça.

Olhei de relance para o relógio. A entrevista do Raj estava marcada para dali a dez minutos. De qualquer forma, eu não tinha tempo para ir atrás da Beth. Peguei o plano de estratégias dela e passei os olhos distraidamente pela primeira página. Parei ao final e reli, dessa vez com mais atenção. Uau!

Virei a folha e li a seguinte, meu queixo caindo mais e mais à medida que ia absorvendo cada um dos planos que ela havia detalhado. Eles eram fantásticos. Mais do que fantásticos: inspirados. Beth apresentava ideias — brilhantemente criativas e lucrativas — que eu não teria pensado nem em um milhão de anos. Se o plano desse certo — e eu tinha certeza de que daria —, isso significaria um aumento de duzentos por cento no lucro do Picturebox só no primeiro ano. E pensar que ela trabalhava lá há seis anos, com todas

EM CASA PARA O NATAL

aquelas ideias fervilhando dentro de si, sem que nenhuma tivesse sido implantada. A sra. Blacksotck devia ser louca.

Olhei para a porta fechada. Beth era perfeita para o emprego, absolutamente perfeita, mas tinha deixado muito claro onde eu deveria enfiá-lo. Não conseguia imaginá-la mudando de ideia quanto a isso, mesmo que eu me desculpasse.

Peguei o plano de estratégias do James. Nenhuma das ideias dele eram inovadoras ou inspiradas — não se comparavam às da Beth —, embora fossem sólidas. Assim como ele. James trabalhava na filial da Apollo em Hove havia uns dois anos, mas estava doido por um desafio e, portanto, agarrara com unhas e dentes a oportunidade de vir a se tornar gerente do Picturebox. A Esmagadora de Bolas o conhecia — e gostava dele. Na verdade, ela havia me mandado analisar a proposta dele "com todo o carinho". James era o candidato mais óbvio.

— Matt? — A porta foi aberta e Raj colocou a cabeça através do vão. — Pode me receber agora?

Olhei mais uma vez para o plano de estratégias da Beth e pousei a mão sobre ele, pesando minhas opções. Balancei a cabeça negativamente e o coloquei debaixo do restante da pilha. Uma pena. Uma tremenda pena!

— Posso. — Ergui os olhos para Raj e abri um sorriso. — Entre.

CAPÍTULO VINTE E UM

BETH

Saí correndo da sala de entrevistas com as bochechas queimando e segui direto para o bar.

— Pinot Noir — pedi, agarrando o balcão de mogno resplandecente como se minha vida dependesse disso. — Pode colocar na conta do quarto 102?

O barman fez que sim.

— Taça grande ou pequena?

— A garrafa.

— Tudo bem, madame. Temos um excelente Volnay Premier Cru que eu recomendo. É um vinho elegante e aveludado com um toque final rascante.

— Ótimo.

O barman pegou uma garrafa da fileira às suas costas e se virou de volta com um floreio.

— Quantas taças a senhora deseja?

— Só uma.

— Muito bem, madame. — Ele nem sequer levantou uma sobrancelha ao abrir a garrafa e puxar a rolha com um estouro satisfatório; em seguida, despejou uma dose generosa num cálice que brilhava de tão limpo.

EM CASA PARA O NATAL

— Obrigada. — Segurei a garrafa junto ao peito e atravessei o bar, balançando o cálice de vinho à minha frente enquanto seguia até uma cadeira ao lado da janela. Caí sentada e tomei um bom gole.

Estava tudo acabado. Sem volta. Eu tinha destruído completamente qualquer chance de conseguir o emprego de gerente. Todo aquele trabalho para elaborar um plano de estratégias, as horas debruçadas sobre o livro da mamãe, as incontáveis repetições do exercício de visualização — tudo por nada.

Movi a cabeça em negativa. Não podia acreditar que havia mandado Matt enfiar o emprego no rabo. O que diabos eu estava pensando?

Tomei o restante da taça num gole só e a enchi de novo. Na verdade, eu sabia exatamente por que tinha mandado Matt enfiar o emprego naquele lugar.

Quando Aiden terminou comigo, acatei o conselho de Lizzie e o ignorei e não tentei buscar respostas. Depois disso, em vez de esculachar Carl pela história da festa, optei por evitá-lo. E, quando aconteceu a maior de todas as humilhações — minha calça rasgar durante um exercício de rapel —, eu simplesmente fugi correndo! As referências indiretas ao meu traseiro que Matt fez durante a entrevista foram a gota d'água. Eu vinha mordendo a língua havia tempo demais, e alguma coisa dentro de mim se rompeu. Estava cansada de ser um capacho profissional, a Beth "aguenta calada". Só que eu não tinha descontado a minha raiva nas pessoas que mereciam, tinha? Não, eu havia gritado com a única que não merecia.

Soltei um profundo suspiro, levei o segundo cálice de vinho aos lábios e passei os olhos pelo bar. Uma árvore de Natal muito bem-decorada com bolas de vidro vermelhas e douradas e pequeninas figuras de madeira pintadas à mão, e coroada por um delicado anjo dourado, emitia um brilho aconchegante de um dos cantos do salão.

Arranjos elegantes de azevinho, hera e algum tipo de fruta vermelha decoravam as molduras dos quadros e portas, enquanto uma tigela de vinho quente na ponta do balcão do bar exalava uma mistura deliciosamente aromática de canela e laranja. O Natal estava próximo e eu continuava solteira, desempregada e sem sorte. Enchi o copo até quase transbordar e olhei para fora pela janela. Talvez eu devesse ir embora logo para não ter que encontrar ninguém no ônibus. Do hotel até a estação deviam ser, no máximo, dezesseis quilômetros. Nãão. Apoiei a cabeça no vidro e tomei outro gole. Era melhor terminar o vinho primeiro. O contrário seria falta de educação. E, de qualquer forma, estava nevando um pouco. Era tão bonito ver os flocos caindo, tão...

— Ei, dorminhoca! Está planejando passar a noite inteira aí nessa cadeira?

Abri os olhos e percorri o entorno. Lá fora estava escuro e o bar estava praticamente vazio, todas as mesas brilhando de tão limpas, com exceção da minha.

— Que horas são? -- Esfreguei os olhos, afastei os fiapos de cabelo que haviam grudado no batom e fitei Raj. — O ônibus já chegou?

— Esse é o problema. — Ele sorriu, as mãos nos bolsos. — Não tem ônibus nenhum.

— Como assim?

— Já deu uma olhada lá fora?

Virei na poltrona, encostei a cara na janela e fechei as mãos em volta dos olhos para ver.

— Meu Deus! — Perdi o fôlego, olhando através do vidro. A neve fofa e fraquinha estava bem mais forte agora. As árvores sucumbiam sob seu peso, a fonte ornamental parecia uma pista de skate e a entrada de carros tinha praticamente desaparecido.

Raj sentou na cadeira à minha frente e olhou para o relógio.

EM CASA PARA O NATAL   189

— Espero que não tenha feito nenhum plano para hoje à noite, porque a estrada daqui até a cidade está totalmente bloqueada.

— Estamos presos aqui?

— Parece que sim.

Olhei em volta novamente. O barman que me servira o vinho estava atrás do balcão, secando os copos com uma expressão de tédio.

— Onde estão os outros?

Raj apontou com a cabeça para a recepção.

— Matt está falando com a recepcionista para ver se consegue manter nossos quartos por mais uma noite. Os outros subiram.

— Uau. — Olhei para fora de novo. Era como se eu tivesse acordado no País das Maravilhas em pleno inverno. — Então, qual é o plano, Raj?

Ele riu.

— Jantar e ficar bêbado?

Enquanto Raj seguia para a recepção, tomei o último gole que restava no cálice, fiz sinal para o barman me trazer outra garrafa e peguei o celular. Oh! Eu havia perdido quatro mensagens enquanto dormia.

A primeira era da mamãe.

Oi querida! Como foi a entrevista? Eu adoraria que você conseguisse o emprego, mas sabe como quero que vá comigo para a Austrália. Me ligue para contar.

O momento não podia ser pior — era como se ela soubesse que eu estava um passo mais próximo de me tornar sua secretária. Suspirei, apertei o botão de apagar e verifiquei as mensagens seguintes.

Precisamos conversar sobre o que aconteceu no Grand Hotel, dizia a primeira.

Passei na sua casa, mas Lizzie disse que você viajou. Onde você está?, indagava a segunda.

Abri a terceira. *Você está me ignorando? Por favor, me ligue. É importante. Beijos, Aiden.*

Tão importante que você esperou duas semanas antes de entrar em contato comigo! Certo, entendi! O que você quer com isso? Lembrar-me da humilhação que passei na festa do seu avô?

Corri o polegar rapidamente sobre o teclado.

Deletar.

Deletar.

Deletar.

Ao sentarmos para jantar, eu estava tão irritada que não dei a mínima quando escutei James falando para Seth que tinha o emprego no bolso. Também não fiquei nervosa pelo fato de que a única cadeira vaga era em frente a Matt. Percebi que ele me observava de canto de olho, mas o ignorei e conversei com Jade. O vinho havia abrandado meu constrangimento, mas não queria correr o risco de ele mencionar na frente dos outros o que havia acontecido durante nossa entrevista.

Carl estava sentado na outra ponta da mesa. Olhava para mim também, porém, para variar, manteve a boca fechada.

— O que você vai fazer se não conseguir o emprego? — perguntou Raj, inclinando-se para sussurrar ao meu ouvido.

Dei de ombros.

— Provavelmente irei para a Austrália.

— Sério? — Ele riu como se eu tivesse acabado de contar uma piada. — Vai tentar algo semelhante, certo? Se não for esse, não vai ter problema algum em arrumar outro emprego. Você é uma das maiores aficionadas por filmes que já conheci.

— Hum. — O Picturebox era o único cinema independente em Brighton. Se eu quisesse um emprego semelhante, teria que trabalhar em Londres ou Hastings, e isso significaria encarar os transportes

EM CASA PARA O NATAL

públicos nas piores horas do dia. Além disso, custaria uma fortuna. E minha vida social, que já era ruim, ficaria ainda pior. O único lugar onde eu queria trabalhar era o Picturebox, o que não ia acontecer. De qualquer forma, eu tinha feito uma promessa à minha mãe.

Peguei o vinho. Assim que levei o cálice aos lábios, um telefone tocou.

— Merda, deve ser ela — falei, esticando o braço para baixo, a fim de pegar a bolsa. Metade da taça de vinho branco escorreu pela frente da minha blusa quando mergulhei para debaixo da mesa.

— Alô, Matt Jones falando.

Ergui os olhos e vi Matt com o celular pressionado contra a orelha. Ele sorriu ao dizer o próprio nome, mas à medida que os segundos foram passando, seu rosto foi ficando lívido.

— Onde ele está? — perguntou, numa voz tensa. — Posso falar com ele?

Todos se calaram quando Matt afastou a cadeira e saiu apressado do restaurante. James e Jade trocaram um olhar intrigado. Até mesmo Carl pareceu surpreso.

Por fim, Raj me cutucou.

— Você sabe o que aconteceu com ele?

— Matt? — Bati com certa hesitação na porta do quarto. — Está tudo bem?

O jantar havia terminado fazia uma hora e ninguém tinha visto ou ouvido falar em Matt desde que ele saíra da mesa enquanto ainda estávamos nos aperitivos. A princípio, os outros haviam especulado sobre a ligação — James achava que ele tinha sido demitido, e Raj levantou a hipótese de que poderia ter havido um incêndio na casa dele —, mas depois a conversa se voltou para os filmes, e Carl e Seth começaram a discutir se M. Night Shyamalan era um diretor de merda ou se ele simplesmente tinha caído numa maré de azar desde O *sexto sentido*. Não entrei na discussão. Não conseguia esquecer a expressão de Matt ao sair correndo do restaurante. Ele parecia profundamente devastado, como se alguém tivesse morrido.

Após minha pequena explosão durante a entrevista, eu provavelmente era a última pessoa com quem Matt gostaria de conversar, mas não achava certo que ninguém tivesse ido verificar como ele estava. Enquanto o restante do pessoal levantava as vozes e brandia os dedos indicadores na cara uns dos outros, saí de mansinho da mesa e segui para o elevador.

— Matt? — Bati de novo e pressionei o ouvido contra a porta. — É Beth. Está tudo bem? Posso entrar?

Esperei uns dois segundos e me virei para ir embora. O que eu estava pensando, indo atrás dele? Eu estava bêbada e essa era uma péssima ideia. Ele provavelmente tinha discutido com a namorada ou algo do gênero.

— Beth? — A porta se entreabriu e Matt me olhou através da fresta. Seus olhos estavam vermelhos e injetados.

— Você está bem?

Ele abriu a porta e deu um passo para trás.

— Entre.

Entrei no quarto atrás dele, reparando na cama de casal, nas pesadas cortinas vermelhas, nos quadros na parede exibindo tranquilos cenários da vida no campo e no gasto carpete bege. Era uma cópia carbono do meu próprio quarto. A única diferença era uma pilha de garrafinhas vazias sobre a mesinha de cabeceira. Segui cambaleando até a poltrona de couro ao lado da escrivaninha e me concentrei com todas as forças para que meu traseiro acertasse o assento, e não o chão.

— Pode pegar um uísque pra mim no frigobar? — pediu Matt. Estava deitado na cama de jeans e camiseta azul-marinho. O terno

EM CASA PARA O NATAL

encontrava-se amontoado numa pilha no chão. Pulei por cima da roupa para chegar ao frigobar.

— Pegue o que quiser para você — acrescentou ele.

Agachei, segurando na beirada da escrivaninha para manter o equilíbrio, e abri a geladeira. Já não havia mais vinho nem cerveja, mas encontrei uma boa quantidade de uísque e gim. Peguei uma garrafinha de cada.

— Aqui. — Cambaleei de volta até a cama, estendi o braço para entregar-lhe a garrafa e perdi o equilíbrio. — Oops! — gritei ao cair de cara sobre o edredom.

— Obrigado. — Senti Matt pegar uma das garrafas da minha mão. — Acho melhor você se ajeitar, Beth. Vai ser meio difícil beber nessa posição.

Virei de lado e balancei a garrafa no ar.

— Tem razão. Saúde!

— Feliz Natal — declarou ele, sem muito entusiasmo, batendo a garrafa de encontro à minha.

Abri o gim, tomei um gole e coloquei a garrafinha sobre o criado-mudo. Afora o zumbido baixo do frigobar, o quarto estava silencioso. Ao meu lado, Matt continuava deitado, totalmente imóvel.

Apoiei o corpo num dos cotovelos.

— Sentimos sua falta no jantar. Está tudo bem?

Ele ergueu o corpo um pouco para tomar um gole direto da garrafa; em seguida, caiu de volta sobre o travesseiro e fitou o teto.

— Meu avô teve um ataque cardíaco — disse baixinho.

— Ah, não. Ele está bem?

— O quadro é estável, mas, ao que parece, ele está sob forte sedação. — Soltou um profundo suspiro. — Está me matando o fato de eu estar preso aqui enquanto ele fica sozinho no hospital.

— Ele vai ficar bem — falei, procurando desesperadamente algo mais tranquilizador para dizer. — Os médicos e as enfermeiras vão cuidar dele.

— Vão. — Matt fez que sim. — Eles estão fazendo tudo o que podem.

O quarto estava começando a girar, portanto desisti de tentar me manter ereta e deitei, apoiando a cabeça no travesseiro. Ele era macio e confortável, e me senti estranhamente relaxada.

— Obrigado, Beth. — Matt virou de lado e me encarou. — Por vir verificar se eu estava bem.

— Sem problema. Eu... nós ficamos preocupados com você.

— Sei não. — Ele deu uma risadinha. — Imagino que os rapazes não estejam tendo nenhum problema em se embebedar sem a minha presença.

Sorri.

— É verdade.

Matt recaiu no silêncio e mudei de posição na cama, subitamente consciente de que eu não estava confabulando com um amigo.

— Eu devia... eu devia sentar na poltrona. Você é meu... pode vir a ser... — Quase falei chefe, mas mudei de ideia. — Bem, não é muito profissional ficarmos assim, é?

— Pode ficar aí. — Ele esticou o braço como se quisesse me tranquilizar, mas pareceu pensar duas vezes.

— Tem certeza?

— Tenho. É bom conversar com alguém.

Caí de volta sobre o travesseiro.

— É?

— É.

Ficamos deitados em silêncio por alguns segundos, olhando timidamente um para o outro. Eu não saberia dizer o que Matt estava pensando, mas seus olhos amendoados transmitiam uma profunda preocupação. Estava prestes a perguntar em qual hospital seu avô fora internado quando ele falou:

EM CASA PARA O NATAL

— Só quando alguma coisa acontece com a única pessoa no mundo que você ama — disse, deitando de costas de novo e olhando para o teto —, é que você percebe o quão sozinho realmente está.

Ele parecia tão perdido que senti vontade de abraçá-lo.

— Você não está sozinho — repliquei.

— Não estou? — Matt não pareceu muito convencido.

— Não. Claro que não. Você tem... bem, não sei quem você tem, mas tenho certeza que um monte de gente se preocupa com você.

— Sabe de uma coisa? — Ele se virou de lado de novo, acariciou minha mão e se ergueu num cotovelo. — Meu avô disse que você era gentil, e ele estava certo. Você é muito especial, Beth. Nenhum dos outros sequer pensaria em vir checar como eu estava.

Olhei para ele, surpresa. Minha mão formigava como se eu tivesse recebido um leve choque. O coração martelava como um louco também. Não éramos mais dois simples bêbados deitados numa cama, conversando. Matt me olhava de forma intensa, e o ar entre a gente mudou. Tornou-se carregado de expectativa.

— Por que ele acha que sou gentil? — Minha boca formulou a pergunta, embora meu cérebro continuasse tentando entender o que estava acontecendo. Queria desviar os olhos, quebrar aquele estranho feitiço que tinha sido lançado sobre nós, mas não consegui. — Ele já esteve no Picturebox?

— Já. — Matt sorriu. — Pelo visto, você causou uma boa impressão nele. Vovô também disse que você era bonita.

— Ah. — Cobri o rosto, subitamente envergonhada.

— Que foi? — Acariciou minhas mãos. — Qual é o problema?

Eu podia sentir o perfume cálido e intoxicante de sua loção pós-barba e escutar o som de passos reverberando pelo corredor lá fora.

— Olhe para mim, Beth — pediu ele baixinho.

Abri os dedos um milímetro.

—Você é bonita. — Seus olhos não se desviaram do meu rosto. — Não acredita em mim?

Neguei com a cabeça, calada. Meu coração batia com tanta força que eu mal conseguia respirar.

— Gosto de você, Beth — murmurou ele, segurando minhas mãos com gentileza e afastando-as do meu rosto.

— Eu... — Comecei, mas os lábios dele cobriram os meus antes que eu conseguisse dizer qualquer coisa.

Matt me beijou de forma tão carinhosa, tão delicada, que nossos lábios mal se tocaram. Em seguida, afastou-se e me olhou, a mão ainda no meu rosto.

— Gosto muito de você.

A mão dele desceu para minha cintura enquanto ele se virava e pressionava novamente os lábios contra os meus — a princípio com suavidade, roçando-os levemente, e então de um jeito mais intenso, desesperado, como se algo terrível fosse acontecer caso parasse. Retribuí o beijo, no começo de forma hesitante, mas então, quando ele entrelaçou as mãos no meu cabelo e soltou o peso do corpo em cima de mim, alguma coisa no meu interior se dissolveu. Todos os meus medos e preocupações desapareceram ao pressionarmos nossos corpos um contra o outro, puxando as roupas e metendo as mãos por baixo delas. A sensação era tão boa, tão certa. O cheiro dele, sua constituição, o modo como nossos corpos se encaixavam.

-— Beth — murmurou, mudando de posição de modo a ficar por cima de mim. Matt pressionou o corpo contra o meu e me beijou profundamente, correndo uma das mãos pela minha coxa, subindo até a cintura e roçando a lateral do seio antes de entrelaçar os dedos no meu cabelo. Puxei a camiseta dele em direção aos ombros, meus dedos percorreram aquelas costas lisas até não conseguirem avançar mais. Ele se sentou, arrancou a camiseta, deitou-se novamente sobre

EM CASA PARA O NATAL

197

mim e continuou me beijando, a língua procurando a minha, os dedos desabotoando minha blusa e descendo-a pelos braços. Matt desceu a boca para o meu pescoço e começou a roçar a língua pela minha pele de um jeito tão delicado e excitante que achei que fosse gritar. Em vez disso, passei os braços em volta dele e corri as mãos por suas costas, para cima e para baixo, enquanto ele desabotoava meu sutiã. Em seguida, senti suas mãos e boca em meus seios, a língua acariciando meu mamilo, as coxas me prendendo sob seu peso.

— Hum — murmurei, sentindo a língua descer do seio para a barriga, atiçando, brincando, atormentando. Matt parou ao chegar na cintura da saia, mas logo em seguida abriu o zíper e, num segundo, minha saia se foi, com a calcinha.

Ai, meu Deus! Pensei ao vê-lo baixar a cabeça. Ai, meu Deus! Será que ele vai fazer o que estou pensando que vai? *Ai... meu... Deus...*

— Isso — gemi, incapaz de ficar quieta por mais um segundo que fosse. — Isso, assim. Não pare. Não pare. Oh, meu Deus. Ohhhhh...

— GAROTÃO CHAMANDO! ATENDA O TELEFONE, PEITINHO DE MEL!

Meus olhos se abriram e Matt ergueu a cabeça das minhas coxas tão rápido que achei que ela fosse se desprender do pescoço e se lançar pelo quarto.

— GAROTÃO CHAMANDO! ATENDA O TELEFONE, PEITINHO DE MEL!

Eu conhecia aquela voz. Ai, meu Deus, era...

Cobri os seios com as mãos e me encolhi numa bola, dando uma joelhada no queixo de Matt ao puxar as pernas para junto do peito. O golpe o lançou para trás; ele escorregou da cama e caiu no chão com um baque surdo. Dois segundos depois, sua cabeça surgiu ao pé da cama.

— Que diabos foi isso?

— Eu... — Enrolei-me no edredom e corri os olhos pelo quarto. Era a voz de Carl. O que diabos ele estava fazendo no quarto de Matt?

— Beth. BETH! — Matt estava parado ao lado da cama, esfregando o queixo com uma das mãos e estendendo a outra para me entregar alguma coisa. — Acho que é para você.

— Como? — Olhei, surpresa, para o telefone na mão dele. O aparelho continuava a gritar:

— GAROTÃO CHAMANDO! ATENDA O TELEFONE, PEITINHO DE MEL!

Espere um segundo...

Agarrei o aparelho e o virei.

Era o meu telefone. E era Aiden ligando.

Carl!

Meu cérebro desanuviou e tudo se encaixou.

Carl havia roubado meu celular naquela tarde, lá no Picturebox, se escondido na sala dos funcionários e gravado um alerta de voz para o número de Aiden. Não era de admirar que eu não tivesse descoberto nada. Desde que terminamos, Aiden não tinha me ligado. Ele me mandara uma mensagem hoje de tarde, mas ligar...

— Beth. — Matt agora estava ao lado da porta do banheiro, com uma toalha em volta da cintura. — Ahn... quem é esse Garotão?

— GAROTÃO CHAMANDO! — Insistiu meu telefone, como que aproveitando a deixa. — ATENDA O TELEFONE, PEITINHO DE MEL!

Apertei o botão de ignorar a chamada.

— Ninguém.

— Sério? — Ele me lançou um olhar intrigado.

— Não... honestamente... é... é complicado!

Analisou meu rosto.

— Algum ex?

EM CASA PARA O NATAL

— Não. Eu só... eu... — Pulei da cama, o edredom enrolado em volta de mim como uma gigantesca toga florida, e segui para a porta. — Preciso ir. Realmente preciso!

Ainda podia escutar Matt me chamando ao atravessar apressada o corredor, arrastando o edredom comigo

CAPÍTULO VINTE E DOIS

MATT

Vomitei duas vezes antes de sair do quarto do hotel. Levantar-me da cama, me vestir e descer para o café às oito da manhã exigiu até meu último grama de determinação, mas precisava voltar para Brighton e ver meu avô.

Carl ergueu uma sobrancelha quando me aproximei da mesa.

— Você parece um pouco indisposto, Matt. Noite difícil, foi?

Ignorei-o.

— Bom-dia, pessoal — cumprimentei, percebendo imediatamente que um dos membros do grupo estava faltando... uma mulher baixa, de cabelos castanhos e enormes olhos acinzentados. Desde que Beth fugira do meu quarto na noite anterior como se o hotel estivesse em chamas, eu não a tinha visto nem falado com ela.

— Estou indo. A neve diminuiu um pouco e um táxi irá me levar até a estação em cinco minutos. O ônibus deve chegar daqui a umas duas horas.

— E quanto ao cargo? — perguntou Seth, brandindo o garfo. Havia um pedaço de linguiça e ovo espetados nele, o que fez meu estômago revirar. — Quando saberemos quem conseguiu o emprego?

EM CASA PARA O NATAL

— Vou ligar para vocês durante a semana. Tudo bem? Preciso ir.
Vomitei de novo assim que o táxi subiu a entrada de cascalho e
parou diante do hotel.

Seis horas após ter deixado o Royal Albert Hotel, em Gales, passei
pelas pesadas portas de vidro do hospital Royal Sussex County. Eu
estava suado, fedendo a uísque e, quando finalmente alcancei a mesa
de recepção, precisei repetir o nome do vovô três vezes antes que
a enfermeira entendesse o que eu estava dizendo e me informasse
onde ficava a ala para tratamento cardiovascular.

Atravessei os corredores a passos rápidos, tentando desesperadamente não respirar. O cheiro do ambiente me remetia a um terrível
ataque de asma que eu tivera aos oito anos. A experiência — ser
levado às pressas para o hospital na traseira de uma ambulância, ter
a mão espetada para receber soro intravenoso e um termômetro
enfiado no traseiro — me deixara apavorado (para não falar da
forte fobia de termômetros que desenvolvi desde então), e o fedor
do desinfetante trouxe tudo de volta. Subi correndo dois lances de
escada, me meti em dois becos sem saída e entrei num armário de
limpeza antes de finalmente encontrar a ala certa. Fui recebido por
doze homens grisalhos e esqueléticos em pijamas listrados — havia
seis camas à esquerda e seis à direita, umas em frente às outras. Corri
os olhos pelos rostos cansados, procurando pelo vovô. Descartei
imediatamente seis pacientes dormindo e um gemendo baixinho
na cama mais próxima a mim e concentrei minha atenção num
sujeito de cabelos brancos que verificava o traseiro de uma enfermeira enquanto ela se abaixava para pegar alguma coisa em um
carrinho no canto do quarto.

— Vô! — Dei uma risadinha e acenei.

— Matt! — Seu rosto enrugado se iluminou quando me aproximei da cama. — Se não é o mais rejeitado dos meus netos. Achei
que tivesse se esquecido de mim.

— Até parece!

A enfermeira, uma mulher corpulenta de quarenta e muitos anos, com cabelos castanhos levemente grisalhos e cacheados, parou o que estava fazendo e me olhou de cima a baixo.

— Ah, então você é o famoso neto — disse ela, com um forte sotaque irlandês. — Ele fala muito de você.

Fingi nervosismo.

— Ele contou todos os meus segredos de novo, não contou?

A enfermeira e meu avô trocaram olhares cúmplices e ela riu. Sua risada era calorosa.

— Ah, não sei nada quanto a isso, embora eu tenha escutado algumas poucas histórias cuidadosamente selecionadas. — Piscou para o vovô. — Voltarei para examiná-lo em meia hora, sr. Ballard.

— A menos que eu consiga botar minhas mãos em você primeiro — replicou ele, piscando de volta para ela.

— Promessas, promessas. — A enfermeira deu-lhe um leve aperto no pé por cima do lençol, se virou e saiu empurrando o carrinho de volta para o corredor.

Olhei para meu avô. Ele continuava sorrindo, mas havia profundas olheiras sob seus olhos e a pele parecia translúcida de tão fina.

— Então — falei. — Como tem passado?

O sorriso murchou pela primeira vez desde que eu entrara no quarto.

— Já estive melhor, rapazinho, mas eles estão cuidando bem de mim.

— Estão? Não quer que eu arrume algo para você comer ou alguma outra coisa?

— Não. — Negou com a cabeça. — A comida aqui é melhor do que qualquer coisa que você já tenha preparado para mim, meu filho.

— Isso não é difícil.

EM CASA PARA O NATAL

— É verdade. Eu nem sabia que um micro-ondas podia explodir até você tentar esquentar um bife com torta de fígado ainda embrulhados em papel alumínio.

Eu ri, mas não conseguia desviar os olhos do corpo magro sob o lençol. Vovô estava no hospital havia pouco mais de vinte e quatro horas, mas parecia ter encolhido. Quando eu era criança, ele era um sujeito grande com músculos destacados. Agora parecia pequeno e frágil.

— Não estou morto — comentou ele, sentando-se na cama e flexionando os braços como um halterofilista da década de 1950. Parecia ter lido meu pensamento. Ver aqueles dois gravetos finos quase partiu meu coração. — Ainda tenho muita disposição para lutar, Matt.

— Claro que sim. Como está se sentindo?

Ele se recostou nos travesseiros.

— Como se tivesse levado um soco no coração. Nunca senti uma dor tão forte.

Apesar de toda a bravata, ele parecia extremamente cansado. E muito, muito velho.

— Sinto muito, vovô. Eu devia estar aqui com você. Se não estivesse em Gales... se estivesse em Brighton, então talvez...

— Não, não. — Ele me fitou com uma expressão séria e me deu um tapinha na mão. — Não quero que se culpe. Você tem um emprego a manter, meu filho. De qualquer forma, não poderia ter feito nada.

Com a mão livre, puxei a cadeira mais para perto da cama e me sentei.

— Bem, de agora em diante, você não vai mais ficar sozinho. Vou me mudar para a sua casa e tomar conta de você.

— Se mudar para a minha casa? — Vovô recuou o corpo, horrorizado. — Acho que prefiro ter outro ataque cardíaco.

Nós dois rimos, mas ele não tirou a mão de cima da minha.

— A princípio, achei que estivesse tendo uma indigestão — disse, sério —, mas aí meu braço esquerdo começou a formigar, e me lembrei do que o Paul O'Grady falou quando teve um ataque cardíaco. Achei melhor ligar para a vizinha, a sra. Harris. Ela veio imediatamente, mas de repente tudo ficou preto e a próxima coisa de que me lembro é de estar dentro de uma ambulância.

— O que os médicos disseram?

— Que tenho que parar com minha dose noturna de álcool. Ah, e preciso começar a tomar algumas drogas.

— Drogas?

— Isso mesmo. Comecei o tratamento com ecstasy e LSD ontem.

— O quê?!

Ele caiu na gargalhada ao ver minha expressão; riu tanto que achei que fosse ter outro ataque cardíaco ali mesmo. Quando finalmente recuperou o fôlego, esticou o braço para pegar o copo d'água sobre o criado-mudo.

— Então, rapaz — disse, após tomar um gole da água. — E você, como está? Posso perceber um brilho no rosto. Andou rolando no feno em Gales, foi?

— Rolando no feno? Vô! Que é isso? Estamos de volta aos anos 1940?

— Caso não tenha notado, está meio silencioso aqui, todo mundo pode escutar nossa conversa. — Ele correu os olhos pela ala. — E aí, quem é ela? A loureca?

— Não, não é a Alice.

— Então quem é?

Enquanto observava o rosto sorridente do meu avô, fui assaltado pelas lembranças da noite anterior. O que aconteceu com Beth foi totalmente inesperado. Mas, para ser franco, isso não é bem verdade.

EM CASA PARA O NATAL

Desde a noite no píer, eu tinha imaginado algumas vezes como seria beijá-la, mas afastara o pensamento dizendo a mim mesmo que:

a) não era apropriado fantasiar com uma funcionária em potencial; e

b) ela era mais perturbada do que uma participante desafinada num show de talentos musicais.

Só que as fantasias tinham retornado com força total durante o fim de semana em Gales, não é mesmo? Enquanto entrevistava Raj no domingo à tarde, não conseguia parar de pensar em Beth, ficava me lembrando da pequena ruga entre suas sobrancelhas quando se concentrava e do jeito como seu rosto se iluminava quando ria. No momento em que a calça dela arrebentou durante o exercício de rapel, senti um súbito e insano desejo de protegê-la. Tudo o que eu queria era cobrir os olhos de todo mundo para impedi-los de rir. Certo, sei que ela me mandou enfiar o emprego no rabo, mas quem poderia culpá-la depois de tudo o que havia passado no dia anterior? Além disso, mencionei mais sinônimos de "traseiro" do que um maldito dicionário. Se fosse comigo, também teria perdido a cabeça.

Não fiquei surpreso quando ela apareceu no meu quarto no domingo à noite. Não porque achasse que Beth tinha uma queda por mim ou algo do tipo. Por Deus, de jeito nenhum! Mas porque era o tipo de consideração e gentileza que se podia esperar dela. Fiquei tão feliz em vê-la que a princípio agi como uma espécie de babaca — pedindo-lhe que pegasse drinques para mim e coisas assim —, mas não consegui manter a pose por muito tempo. Tudo o que eu queria era beijá-la, e quando ela se acomodou na cama ao meu lado e me disse que tinha certeza de que muita gente se importava comigo, não consegui me controlar.

Tudo pareceu tão certo — o modo como o corpo dela se encaixava no meu, seu perfume, a forma como o cabelo roçava em meu rosto ao me beijar, a textura dos lábios. Tudo. *Nós dois juntos* pareceu certo — como se de alguma forma estivéssemos destinados um ao outro.

Quando o telefone dela tocou com a voz de um sujeito se intitulando Garotão, senti como se tivesse levado um chute no saco. A intensidade, a paixão, a mágica — tudo desapareceu num segundo. Beth desapareceu logo em seguida e não falou mais comigo desde então. Não ligou para o meu quarto para explicar nem deixou um bilhete na recepção; nada.

— E aí? — perguntou meu avô. — Não me diga que não sabe o nome dela!

— Beth — respondi. — Beth Prince.

— A moça bonita do cinema? — Ele deu uma piscadinha. — Meus parabéns. Ela é do tipo "para casar".

Eu estava prestes a dizer que moças do tipo "para casar" não recebiam ligações de um sujeito chamado Garotão no meio da noite, mas o estômago do vovô roncou violentamente e me interrompeu.

— Eu estava certo! — exclamei, triunfante. — Você *está* com fome. Vou dar um pulo na cantina e arrumar alguma coisa para você comer. Que tal um sanduíche de ovos com bacon?

Ele sorriu.

— Acrescente uma xícara de chá e você se tornará um anjo.

Perguntei a três enfermeiras e duas faxineiras diferentes onde ficava a cantina, e, mesmo assim, levei vinte minutos para encontrá-la. Eu me sentia como um rato num labirinto, cheirando o ar para ver em que direção estava a comida. Por fim, detectei um aroma de comida de refeitório requentada, abri um par de portas brancas e bati de frente numa mulher baixa carregando um balão gigantesco.

— Matt! — exclamou ela, dando uma espiada por cima do balão.

— Oi!

EM CASA PARA O NATAL

Olhei para ela em choque.

— Beth! O que está fazendo aqui?

O sorriso radiante murchou, e ela deu de ombros, um tanto constrangida.

— Não sei muito bem.

— Certo... bem... hum... vim pegar algo para o vovô comer. Ele está na ala lá em cima. — Virei para entrar na fila dos sanduíches, mas ela agarrou meu braço.

— Podemos conversar? — perguntou, baixinho. — Por favor.

Conversar? Sobre a entrevista ou aquele negócio do Garotão? Eu estava curioso demais para dizer não.

— Tudo bem. — Peguei uma bandeja marrom na pilha ao final da fila e apontei para os sanduíches. — Vou pegar alguns desses. Por que não arruma uma mesa? Encontro você num minuto.

— Claro. — Ela pareceu hesitar.

— Quer alguma coisa?

— Não, estou bem. Obrigada.

Observei-a se afastar e seguir em direção a duas mesas vazias do outro lado da cantina. Ela hesitou, como se tentasse decidir qual escolher; optou pela que ficava mais no canto, sentou-se e abraçou o balão. A fila andou; peguei um sanduíche desmilinguido de ovos com bacon e uma bisnaga de salmão defumado no balcão refrigerado, servi dois copinhos de chá e paguei o funcionário.

— Oi — falou ela novamente quando me sentei à sua frente e botei a bandeja com os sanduíches e os copinhos de chá na mesa.

— Oi. — Acenei com a cabeça.

Ela me fitou de maneira hesitante e baixou os olhos para o balão. Tirei a tampa plástica do copinho e tomei um gole do chá, queimando o céu da boca. Coloquei o copo de volta sobre a mesa e tentei não me encolher. Beth continuava com os olhos fixos no balão.

— Hum — murmurou ela.

— O que você disse?

Ela ergueu os olhos, surpresa.

— Eu não disse nada.

— Ah. Tudo bem.

Peguei o chá de novo e tomei outro gole, queimando o céu da boca pela segunda vez. Ao colocá-lo de volta sobre a mesa, Beth continuava me olhando.

— Como vai? — dissemos ao mesmo tempo e rimos.

— Para quem é o balão? — perguntei, antes que recaíssemos novamente em silêncio. — Não sabia que você tinha algum parente internado.

— Não tenho. — Ela negou com a cabeça, os lábios esboçando um sorriso ansioso. — É para o seu avô.

— Um balão de Feliz Natal?

— Não sabia que os hospitais haviam parado de vender flores, e eles não tinham mais nenhum balão de Recupere-se Rápido.

— Como assim? Por que você comprou algo para o meu avô? Não entendo.

Beth baixou o queixo e me fitou com uma expressão constrangida.

— Você vai achar que eu sou esquisita.

— *Mais?* — repliquei, e ela deu uma risadinha.

— Ontem à noite você me falou que seu avô estava aqui sozinho — continuou ela, falando baixo, a nuca e o colo vermelhos de vergonha. — E... bem, não consegui tirar isso da cabeça. Achei muito triste. Sei que não o conheço, mas achei que algumas flores... ou um balão... pudessem ajudar a animá-lo.

— Uou. — Olhei fixamente para ela.

— Mas, quando cheguei aqui, me dei conta de que eu não sabia o nome dele, portanto perguntei se havia algum sr. Jones internado devido a um recente ataque cardíaco e...

EM CASA PARA O NATAL

— O nome do vovô é Jack Ballard. Ele é pai da minha mãe.

— E agora você me diz isso! — Beth riu. — Só percebi que estava diante do homem errado quando perguntei a ele se seu neto, Matt, tinha vindo visitá-lo e ele respondeu: "Se alguém disse que eu tenho um neto, estava tirando sarro da sua cara, querida. Não chego perto de uma pererera desde que saí do útero da minha mãe, em 1932."

Dei uma risadinha.

— E o que você falou depois disso?

— Nada. Ri tanto que expeli Coca Zero pelo nariz. George não pareceu se importar. Disse que era a primeira vez que alguém ejaculava nele desde...

— Eei! — Ri e levantei uma das mãos. — Não quero saber.

— De qualquer forma, ele era um homem adorável, mas não era seu avô. Decidi descer aqui para tomar um café antes de ir para casa.

— Uou — repeti.

Eu não podia acreditar que depois de tudo o que ela havia passado, Beth tivesse voltado de Gales e vindo direto até o hospital trazer flores para o meu avô. Ou ela era uma santa ou tinha um motivo secreto. E eu não sabia ao certo qual das duas opções.

Analisei seu rosto enquanto ela corria os olhos pela cantina, o ridículo balão com o Papai Noel e suas renas ainda pressionado contra o peito. Doze horas antes ela fugira correndo do meu quarto enrolada num edredom, e agora entrava de novo na minha vida como se nada tivesse acontecido. Não conseguia entender. Tudo o que eu sabia era que não queria que ela fosse embora, ainda não.

— Beth — chamei, tampando o copinho de chá e pegando os sanduíches —, se não estiver com pressa, pode conhecer meu avô. Preciso levar isso para ele.

— Sério? — Ela abriu um sorriso radiante. — Isso seria ótimo.

— Matt — disse ela, ao virarmos no corredor que ia dar na ala. — Vim aqui por outro motivo também. Eu estava... hum... esperando esbarrar com você. Precisamos conversar sobre... hum... ontem à noite.

Ah, certo. Parei e me virei para ela. Então ela não tinha vindo por pura generosidade. Mas viera atrás de mim para esclarecer as coisas. Isso só podia ser bom. O mínimo que eu podia fazer era escutá-la.

— Tudo bem...

— Aquele negócio, a ligação... — Baixou os olhos para os pés e corou violentamente. — Eu não fazia ideia. Sobre o alerta de voz, quero dizer. — Olhou para mim novamente por entre os cílios semicerrados. — Alguém... Ó céus, isso vai soar ridículo...

— O quê?

— Alguém roubou meu telefone e gravou aquele alerta de voz. Imagino que a pessoa tenha pensado que seria... engraçado... — Sua voz falhou na última palavra e algo dentro de mim se contraiu. Era óbvio que Beth não tinha achado nem um pouco divertido, e fui surpreendido por uma súbita vontade de esmurrar o responsável. — A gente estava indo tão bem, e isso... a... a ligação foi um choque. — Ela brincou com o laço de fita que decorava o balão. — Eu não devia ter fugido. Sinto muito.

Beth parecia tão infeliz que precisei de toda minha força de vontade para não jogar os braços em volta dela e puxá-la para um forte abraço. Em vez disso, pousei a mão em seu ombro e sorri.

— Não se preocupe. Honestamente. A gente ainda vai rir disso um dia. Vamos falar de coisas boas: meu queixo enfim parou de doer depois daquela joelhada que você me deu.

— Ai, meu Deus! — Beth cobriu a boca com as mãos, horrorizada. — Tinha me esquecido disso.

EM CASA PARA O NATAL

Ri.

— Não tem problema. Sério. Até os melhores se machucam durante o sexo de vez em quando. Diabos, uma vez tive que levar uma garota direto para a emergência depois da transa.

— Não acredito! — Beth ergueu as sobrancelhas, surpresa.

— Sério! — Dei uma risadinha. — Estávamos transando e ela começou a gritar meu nome, alto, muito alto "Matt! Matt! MATT!", e imaginei que estivesse adorando. Mas parece que não. A garota tinha prendido o pé numa das barras da cama.

— Não!

— Sim.

— Você a viu depois disso?

— Não. Tomei um pé na bunda antes do gesso terminar de secar.

— Oh. — Beth baixou os olhos para o chão, deprimida.

— Olhe só. — Dei-lhe um apertão no ombro. — Ao contrário daquela garota, eu tenho senso de humor; portanto, não fique assim. Essas coisas acontecem. Não foi nada.

Ela ergueu os olhos novamente.

— Jura? Tem certeza?

— Claro. Não foi culpa sua. Mas eu adoraria ter uma palavrinha com quem quer que tenha gravado aquele alerta de voz.

Beth franziu o cenho.

— Eu também.

— Você não vai me dizer quem foi, vai?

Ela fez que não com a cabeça.

— Tudo bem. Não vou forçar a barra. — Peguei-a pela mão e sorri. — Vamos lá, quero apresentar uma pessoa para você.

CAPÍTULO VINTE E TRÊS

BETH

No que diz respeito a ideias idiotas, aparecer no hospital com um balão para o avô de Matt foi equivalente a Jordan participar do concurso de música Eurovision vestida de Teletubby, mas foi a única ideia que me ocorreu. Minha primeira reação ao acordar sozinha no meu quarto no hotel e lembrar o que havia acontecido na noite anterior foi puxar as cobertas para cima da cabeça e rezar por uma morte rápida. A segunda foi ligar para a sra. Blackstock e dizer a ela que eu estava com uma doença incurável e não poderia mais trabalhar. Desse jeito eu jamais teria que olhar para Matt e ver o horror em seus olhos novamente.

Embora ambas as opções fossem interessantes, elas não passavam de um desejo inviável. O melhor e o mais certo a fazer era conversar com Matt e explicar o que tinha acontecido; porém, quanto mais eu pensava nisso, mais enjoada me sentia. A única coisa que me deixava ainda pior era pensar em ver a cara presunçosa do Carl na mesa do café. Ele não fazia ideia do que acontecera na véspera, mas eu sabia que não conseguiria ficar de bico fechado, de jeito nenhum. Já tinha gritado com ele uma vez, durante o exercício de rapel; será que era sensato deixar que todo mundo, inclusive Matt, me visse perder as estribeiras em público de novo?

EM CASA PARA O NATAL

Já eram oito horas da manhã quando finalmente acabei de tomar banho, me vestir e pentear o cabelo. Atravessei o corredor até o quarto de Matt, na esperança de encontrá-lo antes do café. A porta estava entreaberta; empurrei um pouco mais.

— Matt? — chamei, colocando a cabeça pelo vão. — Matt, você está aqui?

O quarto estava vazio. A calça jeans, o terno e até mesmo as miniaturas ao lado da cama tinham desaparecido.

— Matt? — chamei de novo.

— Madame? — Dei um pulo quando a arrumadeira saiu do banheiro com os braços carregados de toalhas. — Posso ajudá-la?

— Hum... — Franzi o cenho. — Matt Jones... o homem que estava nesse quarto... ele, ele já foi embora?

A arrumadeira fez que sim.

— Já, madame. Cerca de vinte minutos atrás se não me engano.

— Ah. — Virei e comecei a me afastar.

O ônibus só viria nos pegar às dez. Por que Matt tinha partido mais cedo? É claro! Dei um tapa na minha testa e voltei correndo para o quarto. Ele tinha ido embora para se certificar de que o avô estava bem. Olhei de relance para o relógio do celular. Oito e cinco. Com sorte, o resto do pessoal ainda estaria tomando o café. Se conseguisse que a recepção me arrumasse um táxi, poderia escapar sem ver Carl, e talvez conseguisse pegar Matt no hospital antes que ele fosse embora.

Senti os nervos tensos durante todo o caminho de Abergavenny até Brighton, mas, quando o trem parou na estação, em vez de ir para casa o mais rápido possível, me peguei pulando num táxi e dizendo:

— Hospital Royal Sussex County, por favor.

Discuti comigo mesma durante todo o trajeto, um dos lados do meu cérebro dizendo: *Você jurou que não queria mais saber de homens, então por que está preocupada com a possibilidade de ter ferido os sentimentos de Matt ao fugir na noite passada? Vá para casa!* E o outro lado argumentava: *Se fosse o contrário, você ia querer que o cara explicasse o que aconteceu. É a coisa certa a fazer.* Quando, por fim, o táxi parou diante do hospital, eu já estava cansada de discutir comigo mesma. Saltei do carro, atravessei as portas de vidro e segui para a lojinha de lembranças.

De certa forma, fiquei aliviada por não encontrar o avô de Matt. A adrenalina que me levara a sair desesperada tentando encontrá-lo havia abrandado e, de repente, aparecer inesperadamente no hospital me pareceu uma ideia realmente idiota, típica de um cérebro de ressaca. Qualquer pessoa normal esperaria até a segunda de manhã e ligaria para o trabalho dele.

Ah, bem, pelo menos eu tentei, disse a mim mesma ao entrar na cantina para tomar uma xícara de café antes de voltar para casa. Tinha acabado de abrir a porta para sair, e tentava decidir a qual filme assistir assim que chegasse em casa, quando dei de cara com Matt! Eu me senti uma idiota, parada ali com um gigantesco balão infantil enquanto ele me olhava como se eu fosse uma alienígena.

Sentar de frente para ele àquela mesa de fórmica branca foi um dos momentos mais esquisitos da minha vida. Ficamos olhando um para o outro como se fôssemos estranhos, com um silêncio terrível pesando no ar entre a gente. Quando Matt me perguntou para quem era o balão e eu disse que era para seu avô, ele ficou tão comovido que imediatamente me senti culpada. Acabei confessando tudo enquanto atravessávamos a ala. Simplesmente não conseguia mais guardar aquilo para mim mesma. Achei que Matt fosse explodir comigo, se mostrar distante ou algo do gênero, porém ele reagiu com muita tranquilidade. Conseguiu até me fazer rir. As coisas ficaram fáceis e naturais entre a gente de novo, como tinham sido na noite anterior. Não podia acreditar que estivera

EM CASA PARA O NATAL

me torturando a manhã inteira em relação a conversar com ele sobre o que havia acontecido.

O avô dele era um doce. Abriu um sorriso de orelha a orelha no segundo em que entrei na ala com Matt, deu um tapinha na cadeira ao lado da cama e disse:

— Se não é aquela adorável mocinha do cinema. — Como se eu aparecer para visitá-lo fosse a coisa mais natural no mundo.

Matt entregou-lhe o sanduíche e o copinho de chá que comprara na cantina e ficou em silêncio pelos vinte minutos seguintes. Seu avô me fez uma pergunta atrás da outra — de onde eu era, o que minha família fazia, há quanto tempo eu morava em Brighton —, e depois me contou tudo sobre sua falecida esposa, parando apenas para "molhar a garganta" com um gole de chá. Eu havia perdido todos os meus avós antes dos treze anos e me esquecera de como era legal conversar sobre a vida com alguém que não se importava com carreiras, moda ou plásticas e que me fazia rir com um simples erguer de sobrancelha ao final de uma frase. Ele também ria com facilidade, jogando a cabeça para trás numa sonora gargalhada, tal como o neto. Dava para entender perfeitamente por que Matt adorava tanto o avô.

Fiquei tão encantada com ele que nem vi Matt vestir o casaco.

— Já vai, filho? — perguntou o sr. Ballard, erguendo os olhos.

— Já. — Ele apertou o pé do avô através do lençol e acenou com a cabeça para mim. — Eu ligo para você, Beth.

O quê? Ele ia me ligar? Meu Deus, será que ele estava realmente interessado em mim? Depois de tudo o que tinha acontecido — meus lamentos embriagados diante do mar, o traseiro nu durante o exercício de rapel, a joelhada no queixo...

— Você vai me ligar? — Fitei-o, incrédula.

— Vou. Amanhã.

Uau. Sem joguinhos, sem esperas ansiosas pelo toque do telefone, nada daquela baboseira de "três dias antes de ligar para uma mulher". Amanhã.

— Maravilha — repliquei, abrindo um sorriso radiante. — Vou esperar *ansiosamente*.

Matt coçou a cabeça.

— Vai?

— Vou, sim.

— Tudo bem, mas não acalente muitas esperanças, Beth. A competição pelo cargo de gerente está acirrada.

— Cargo de gerente? — Corei de vergonha e desviei os olhos, subitamente interessada no penico de metal sob o criado-mudo. — É claro. Eu sempre... hum... espero ansiosamente pela resposta das entrevistas.

— É mesmo?

— Você vem amanhã, rapaz? — interrompeu o sr. Ballard, olhando para Matt e, em seguida, para mim. — Ou será que já terá me esquecido até lá?

Matt sorriu.

— Até parece, velho.

Observei-o pegar o iPod no bolso e ajeitar os fones de ouvido. Nossos olhos se cruzaram rapidamente e ele se virou.

— Certo — disse ele. — Fui. Tchau.

— Seja feliz, meu filho! — gritou o avô ao vê-lo se afastar.

Matt parou e olhou para trás com uma expressão de perplexidade.

— Tudo bem — respondeu. E foi embora, as mãos enfiadas nos bolsos, a cabeça balançando ao ritmo de qualquer que fosse a música que estivesse ouvindo.

— Então — falou o sr. Ballard, virando-se para mim —, há quanto tempo vocês estão apaixonados um pelo outro?

EM CASA PARA O NATAL

• • •

Atravessei as portas duplas da entrada do hospital e segui para o banco mais próximo, matutando sobre a pergunta. O horário de visitas havia terminado e estava tarde. Fechei o casaco em torno do corpo e me sentei. Uma ambulância se aproximou do hospital e observei um médico e duas enfermeiras saírem correndo ao encontro dela.

"Há quanto tempo vocês estão apaixonados um pelo outro?"

O avô de Matt podia estar doente, mas definitivamente não estava senil. Então, por que diria uma coisa dessas? Apesar da reação tranquila de Matt em relação ao que acontecera na véspera, era óbvio que ele não estava interessado em nada além de uma simples transa sem consequências. E, além disso, eu estava fechada para os homens.

Não estava?

Fechei o casaco ainda mais e meti as mãos debaixo das axilas. Embora ainda não estivesse nevando em Brighton, já estava frio o suficiente. Não faça isso, Beth, disse a mim mesma de modo firme. Não comece a analisar um chamego decorrente do álcool para ver se há mais alguma coisa além disso. Você tem cinco excelentes razões para esquecer Matt o mais rápido possível:

1) ele não está interessado;

2) ele é muita areia para o seu caminhão;

3) você não gosta dele;

4) ele pode vir a se tornar o seu chefe;

5) embora ainda não tenha sido diagnosticado, o avô dele provavelmente sofre de Alzheimer.

Seja honesta, risque o três, é uma mentira deslavada.

Observei a ambulância se afastar e virar na Eastern Road, as lanternas brilhando na escuridão. Embora já fosse noite, o hospital continuava fervilhando de gente. Encostados contra o muro, um casal se beijava apaixonadamente, alheios aos dois homens que soltavam baforadas ansiosas na área destinada aos fumantes a alguns metros dali. Olhei de volta para o casal. Eles haviam parado de se beijar e fitavam os olhos um do outro. Observei o homem dizer alguma coisa, tomar o rosto da mulher entre as mãos e levar seus lábios aos dela. Eu havia derretido quando Matt segurara meu rosto daquele jeito e me beijara com delicadeza, parando para olhar no fundo dos meus olhos antes de me beijar de novo. Era como a cena de um romance da década de 1940, em que o casal atravessa uma série de obstáculos e desentendimentos, até que por fim se apaixonam e...

Pare com isso, Beth! Balancei a cabeça, irritada. Lá vai você de novo, vendo coisas que não existem e romantizando a situação. Foi uma simples trepada inconsequente que deu errado, e isso é tudo.

CAPÍTULO VINTE E QUATRO

MATT

"Seja feliz, meu filho!", gritou meu avô quando fui embora do hospital.

Por que ele disse isso?

Fiquei remoendo a frase enquanto fazia sinal para um táxi e informava ao motorista o endereço de casa.

Tudo o que acontecera — a venda do Picturebox, o jantar desastroso com Alice, o encontro com Beth na orla, a notícia da partida de Neil, o ataque cardíaco do vovô, a noite no quarto de hotel com Beth, o modo como ela e meu avô tinham se entrosado bem — era coisa de mais para digerir. Foi por isso que eu os deixara conversando no hospital. Assim que percebi que ele estava bem, tive que sair de lá. Minha cabeça estava uma confusão. Tudo o que eu queria era ir para casa e pensar direito. Minha vida se tornara uma espécie de programa televisivo esquisito que ficava indo e voltando do maravilhoso ao terrível. Como uma combinação entre *O milionário secreto* e *Tente sair da fossa*.

Enquanto o táxi seguia pela Edward Street e entrava na cidade, virei para a janela e fiquei observando o mundo passar.

Eu já fora feliz. Na verdade, havia pelo menos quatro momentos na minha vida em que eu tinha sido extremamente feliz:

1) Quando ganhei, aos sete anos, a lendária nave estelar Millennium Falcon de Natal. Fiquei tão feliz que me debulhei em lágrimas e só parei de chorar quando o papai meteu um pedaço de bolo de carne na minha boca e disse que se eu não ficasse quieto o Papai Noel viria confiscar o presente.

2) Quando o Portsmouth venceu a Copa da Inglaterra em 2008 — a primeira vez que eles venciam desde 1939. Eu nem torço por esse time, mas os rapazes não foram os únicos a ficar com lágrimas nos olhos ao erguer a taça.

3) Hum...

4) Ahn...

Cocei a cabeça. Será que eram tão poucos os momentos na minha vida em que eu fora realmente feliz?

O taxista olhou de relance para mim pelo espelho retrovisor.

—Vai assistir ao jogo de hoje à noite num pub?

— Não. — Neguei com a cabeça, satisfeito com a oportunidade de parar de pensar sobre felicidade. — Tive um dia exaustivo. Acho que vou comprar uma cerveja e assistir em casa mesmo.

— Parece bom.

É verdade. Uma ótima ideia.

Parei na entrada da sala de estar e olhei.

E olhei.

E olhei.

Ao sair de casa no sábado de manhã, a sala parecia uma zona de guerra, repleta de embalagens descartáveis, latas de cerveja vazias, revistas, meias, papéis e poeira. Agora parecia o apartamento de outra pessoa. Estava tudo limpo, brilhando, como uma espécie de showroom. Minhas revistas Q estavam perfeitamente empilhadas ao lado do sofá, as xícaras sobre a mesinha de centro tinham sido substituídas por um vaso de flores, as almofadas imundas agora

EM CASA PARA O NATAL

limpinhas e afofadas. Até mesmo a mancha de molho curry no tapete havia desaparecido.

Passei os olhos pela sala, perplexo, tentando entender o que diabos havia acontecido.

Minha televisão continuava no canto, assim como o Xbox. Então eu não fora roubado pelo ladrão mais arrumado do mundo.

Merda. Será que minha locatária havia me feito uma visita inesperada? Já fazia um tempo que ela não aparecia para uma inspeção. Uns dois anos pelo menos.

Atravessei a sala, corri o dedo pelo consolo da lareira e balancei a cabeça, incrédulo. Nenhuma poeirinha. Não, não podia ter sido a sra. Aston. Ela teria mandado uma mensagem me esculachando, e não arrumado o lugar.

Então, quem diabos... girei e inspirei fundo. Que cheiro era esse? Os aromas de desinfetante e cera de polimento foram substituídos por um novo cheiro, bem familiar. Rico e suculento, como alguma espécie de ensopado. Franzi o cenho, confuso. Não podia ser na porta ao lado. Eu jamais sentira o cheiro da comida do meu vizinho. E eu não tinha deixado o forno ligado; tudo o que havia comido fora uma pizza na sexta à noite. O que diabos estava acontecendo?

— Oi? — chamei, saindo da sala e seguindo pelo corredor em direção à cozinha, o cheiro ficando mais forte a cada passo. — Tem alguém aqui?

Com uma das mãos, empurrei a porta um centímetro.

— Olá... MERDA!

— Oi, Matt.

Alice estava parada na frente da pia com o cabelo louro enrolado no alto da cabeça e um avental manchado amarrado em volta da cintura. Seus braços estavam mergulhados na cuba de água e sabão, a louça limpa e reluzente arrumada com perfeição no escorredor ao lado.

— O que... — Fitei-a fixamente enquanto meu cérebro tentava entender o que os olhos viam. — O que está acontecendo aqui?

— O que você acha? — Alice virou o pescoço e me olhou por cima do ombro, um sorriso radiante estampado no rosto. — Pensei em fazer uma surpresa.

— Com certeza conseguiu!

— Sua secretária me falou que você ia passar o fim de semana em Gales entrevistando os candidatos — continuou ela, enxaguando um punhado de talheres e arrumando-os no escorredor —, então pensei em surpreendê-lo limpando sua casa para quando você chegasse. Preparei um delicioso ensopado de carne com cerveja para o caso de estar com fome. Deixei no forno.

— Você ligou para Sheila?

— Liguei — respondeu Alice, ainda sorrindo. Era surpreendente que as bochechas dela não estivessem doendo. — Como você não respondeu a nenhuma das minhas mensagens, resolvi verificar se estava bem.

— Alice, você me mandou algumas mensagens dizendo que eu era um canalha filho da mãe!

— Ah, isso! Fiquei um pouco aborrecida com o que aconteceu no restaurante. Mas já passou.

— Você disse que esperava que eu apodrecesse no inferno!

O sorriso desapareceu.

— Fiquei chateada, Matt, entende? E, a meu ver, por uma boa razão. Mas não vamos falar sobre isso — acrescentou, jogando a cabeça para trás e rindo de um jeito muito estranho, forçado. — Encontrei sua camisa, aquela na qual derramei vinho acidentalmente, no fundo do cesto de roupas sujas. Não posso acreditar que você deixou o vinho entranhar no tecido, Matt! De qualquer forma, consegui tirar a mancha. Ela parece nova.

— Derramou acidentalmente...

EM CASA PARA O NATAL

— Foi. De qualquer forma, o que aconteceu, aconteceu. Precisamos passar uma borracha no passado se quisermos ter a chance de recomeçar.

— Recomeçar? Alice...

— Que foi?

— Você não pode simplesmente entrar aqui, arrumar a casa, preparar uma refeição e presumir que reatamos o namoro.

— Se você acha que isso ficou bom — continuou ela, ignorando a última parte da frase —, espere só até ver seu armário. Rearrumei tudo. Agora suas camisas estão ordenadas por cor.

— Como?

— Isso mesmo. Ficou ótimo. O seu banheiro também. Você tinha tralhas demais, portanto fiz uma pequena limpa. Também troquei sua loção pós-barba. Nunca suportei o cheiro daquela loção Gucci que você costumava usar.

— Você jogou minha loção fora? Alice, é a minha favorita!

— Gosto não se discute.

Fitei-a, perplexo, sem conseguir dizer nada. Ela havia sido exatamente assim durante todo o relacionamento. Passional e explosiva num segundo, doce e calma no segundo seguinte.

— Eu... eu... — gaguejei. — Não acredito que isso esteja acontecendo. Alice, essa é a minha casa. — Abri os braços. — Essas são as minhas coisas. Você não pode fazer isso.

— Bem, mas fiz — replicou ela, virando-se de costas para mim e puxando o tampão de ralo da pia. — Por que não se senta na sala? Já levo o jantar.

— Alice.

— Sim, querido?

— Alice, olhe para mim.

Ela se virou devagar, secando as mãos no avental.

— Quero que você vá embora — pedi, calmamente. — E quero que devolva minha chave extra.

— Ela não está comigo.

— Então como você entrou?

Alice deu de ombros.

— A porta estava aberta.

— Não, não estava. Alice, por favor. — Descruzei os braços. — Não quero brigar, juro. Tive um dia terrível. Por favor, devolva a minha chave e vá embora.

Ela negou com a cabeça.

— Não vou a lugar algum.

Encarei-a, sério. Eu tinha duas opções. Ficar e discutir. Ou...

— Então eu vou...

— Neil — falei, entrando no Pull and Pump e seguindo direto até o balcão. — Você precisa me encontrar no pub. Agora.

Houve uma pausa.

— Infelizmente não vai dar. Estou em Birmingham. Achei que seria uma boa ideia visitar meus velhos antes de partir para a Ca-li-fór-ni-a!

— Ah, tá. Certo. Tinha me esquecido disso.

— Está tudo bem? Você me parece um pouco estressado, meu amigo.

Suspirei.

— Acho que você tem razão.

— Gostaria de perguntar o motivo... — gritou ele. Escutei o som de sirenes, buzinas e pessoas berrando ao fundo — ... mas a gente saiu para jantar e o táxi acabou de parar diante do restaurante. Posso ligar para você amanhã?

— Claro. — Concordei com um aceno. — Tenha uma boa noite.

EM CASA PARA O NATAL

—Você também. A gente se fala.

O clique da linha ainda ecoava em meu ouvido quando enfiei o celular de volta no bolso, sentindo-me subitamente perdido. Com Neil em Birmingham e meu avô no hospital, não havia ninguém com quem conversar. Eu tinha outros amigos, é claro, mas eles eram do tipo "sair para dar risadas", e não daqueles que se dispõem a "escutar as desgraças da sua vida". Olhei de relance para o barman. Ele estava parado na extremidade oposta do balcão com uma expressão de apalermada resignação, como se um dos aposentados habituais já tivesse enchido seus ouvidos com alguma história. Não me parecia fazer o tipo bom ouvinte.

— Amigo. — Ergui uma das mãos. — Uma caneca de cerveja, por favor.

Ele assentiu com a cabeça, aliviado por ter algo a fazer.

— E uma dose de uísque — acrescentei.

CAPÍTULO VINTE E CINCO

BETH

—Lizzie? — chamei, ao passar pela porta da frente e entrar no vestíbulo. — Lizzie, está em casa? Você não vai acreditar no que me aconteceu este final de semana!

Dei uma espiada na sala de estar. Normalmente, se eu ficasse fora alguns dias, encontrava o sofá soterrado sob uma pilha de roupas usadas de Lizzie, objetos de maquiagem, latas vazias de Coca Zero e embalagens de chocolate, porém ele continuava do jeito que eu o havia deixado, todo arrumadinho.

Caí sentada, peguei o celular dentro da bolsa e o liguei. Eu o tinha desligado ao entrar no hospital e não me dera ao trabalho de verificá-lo desde então. Um envelope indicando que havia uma mensagem de texto pipocou na tela. Soltei um gemido. Aiden de novo não!

Não. Era Lizzie.

Viajei com Nathan, dizia ela. Não ache que eu vá voltar um dia :) Espero que você tenha tido um ótimo fim de semana na Escócia. A gente se vê. Beijos, Liz.

Balancei a cabeça em negação e apaguei a mensagem. — Escócia! Será que Lizzie nunca escutava? — Em seguida, dei um pulo quando o telefone começou a tocar.

EM CASA PARA O NATAL

— Alô?

— Oi, querida, sou eu, sua mãe.

— Oi, mãe. — Eu sabia o que estava por vir e tentei não soltar um suspiro. — Como vai?

— Atolada como sempre. Os Frasier e os Turner vêm aqui hoje para uma partida de bridge; portanto, não posso falar muito. Como foi a entrevista para o cargo de gerente?

— Bem — menti.

— Então deu tudo certo?

— A-hã.

Fez-se uma pausa.

— Você está mentindo, Beth.

— Não estou, não!

— O que aconteceu?

Não sei se foi cansaço, o fato de Lizzie não estar por perto para conversar comigo ou pura estupidez, mas acabei contando tudo a ela. Bem, tudo não — ela não precisava saber em detalhes o que havia acontecido entre mim e o Matt no quarto do hotel —, mas confessei que havia beijado meu chefe.

— E aí? — perguntei, ao chegar no trecho em que o Matt dizia que ia me ligar para falar do emprego. — Sei que meti os pés pelas mãos na entrevista, mas o que você acha?

— Babaca!

— Isso é um pouco forte. Sei que fui burra, mas você não pode chamar sua própria filha de...

— Eu não estava falando de você. Estava falando dele, seu chefe.

— Ele não é um babaca — objetei. — Matt é um sujeito legal.

— Beth! O cara a usou.

— Não usou, não. O que aconteceu foi recíproco, e foi culpa minha que as coisas tenham fugido... Bem, deixa pra lá. Matt foi um doce quando esbarrei nele hoje mais cedo.

— Doce? Ou indiferente, uma vez que você já serviu ao propósito dele? Beth, o cara simplesmente a jogou pra escanteio. Exatamente como seu pai fez comigo.

— Mãe, pare. Isso não é justo.

— E onde está a justiça em dedicar os melhores anos da sua vida a um homem, apenas para ele descartá-la como um pano de prato velho só porque está passando por algum tipo de crise de meia-idade e precisa de espaço? — Eu podia vê-la fazendo o sinal de aspas com as mãos ao dizer isso. — Onde estava o seu pai quando você chegou à adolescência e precisava de uma mesada? Se não fosse por mim, Beth, você...

— Teria morrido de fome. Eu sei, mãe, e aprecio de verdade o que você fez por mim, mas o Matt não é como o papai. Ele é diferente, ele é...

— Não sei por que você se importa com os homens, Beth. Você não precisa deles. Olhe para mim... Eu construí meu negócio do zero depois que seu pai me deixou e não preciso que um homem apareça para estragar tudo. Não posso acreditar que você esteja defendendo um sujeito que teve a desfaçatez de usá-la como uma mercadoria barata. Achei que tivesse educado você para não cair nesse tipo de armadilha.

Aaaargh. Que confusão! Eu havia jurado que não queria mais saber de homens, mas ali eu estava, defendendo o Matt. O que havia de errado comigo?

— Comprei algumas empadinhas na Marks & Spencer para o jogo de bridge de hoje à noite — continuou minha mãe, mudando de assunto ao ver que eu não respondia. — Você não vai acreditar no preço do camarão fresco. Eu teria deixado para lá, mas Mary Frasier é uma grande esnobe e...

Parei de escutar. O que foi mesmo que o Matt tinha dito antes de me beijar na cama do hotel? Estava tudo tão nebuloso!

EM CASA PARA O NATAL

— Blá-blá-blá... Austrália.

— Desculpe? — repliquei, subitamente ciente de que a mamãe tinha me feito uma pergunta.

— Honestamente, Beth. — Ela soltou um forte suspiro. — Você nunca escuta nada do que eu digo? O voo está marcado para a véspera do Natal, daqui a pouco mais de duas semanas. Anote. Precisamos nos encontrar em Pool Valley, a fim de pegarmos o ônibus das onze da manhã para o Heathrow.

— Mãe...

— Fizemos um acordo, querida. Você ficaria se conseguisse o emprego, caso contrário iria comigo. Foi isso o que você disse, Beth.

— Mas ainda não sabemos quem conseguiu o emprego. Sei que as coisas não saíram conforme o planejado, mas meu plano de estratégias era bom e ainda há uma chance de...

— As coisas não saíram conforme o planejado? — Sua risada foi breve. — Beth, você insultou seu chefe, saiu da entrevista soltando fogo pelas ventas e depois deixou que ele a beijasse! Não me lembro de nenhuma dessas táticas ser mencionada em *Visualizando o sucesso*. Encare os fatos, querida, você tem tanta chance de conseguir esse emprego quanto de ganhar o *Britain's Next Top Model*.

— Obrigada, mãe.

— Se estou sendo cruel é para o seu próprio bem, querida. Esqueça essa obsessão idiota por filmes e venha comigo para a Austrália. Veja isso como um novo começo.

— Mas filmes não são uma coisa idiota. Eles são a minha paixão. Eles...

— Preciso ir, a campainha tocou — interrompeu minha mãe. — A gente se vê, querida. Leve apenas uma mala, o peso máximo permitido é de vinte quilos. Falo com você depois. Tchau!

O telefone ficou mudo. Encarei o aparelho, irritada. Por que ela precisava ser tão...? Bocejei profundamente. Eu mal dormira na noite anterior e não consegui manter os olhos abertos. Ah, que inferno! Faltavam mais de quinze dias para o voo, portanto não fazia sentido começar a me preocupar agora. Larguei o celular na mesinha de centro, segui cambaleando até o quarto, peguei o edredom de cima da cama, voltei para a sala e me enrosquei no sofá. Estava passando na TV um filme antigo em preto e branco que eu queria ver havia anos. Ajeitei a almofada debaixo da cabeça, puxei o edredom até o pescoço e tentei focar meus olhos cansados na imagem do outro lado da sala. Dez minutos depois eu estava dormindo.

Ding, dong, ding, dong, ding, dong.

Virei de lado e cobri a cabeça com o edredom. Que barulho era esse?

Ding, dong, ding, dong.

Abri os olhos.

Ding, dong, ding, dong.

A campainha continuava tocando.

Soltei um gemido, esfreguei o rosto com as mãos e olhei para o relógio sobre o aparelho de DVD: cinco para meia-noite. Maldita Lizzie, ela provavelmente esquecera as chaves de novo. Espreguicei-me lentamente, girei o corpo e saí cambaleando da sala para o vestíbulo.

— Já vai! — gritei enquanto me dirigia para a porta. — Onde você deixou as chaves dessa vez?

Destranquei a porta e a entreabri para dar uma espiada lá fora, meus olhos se ajustando lentamente à escuridão.

— Matt!

Em vez de nevar, como em Gales, aqui em Brighton chovia a cântaros. O cabelo de Matt estava emplastrado e sua jaqueta preta

EM CASA PARA O NATAL

completamente encharcada. Ele estava com os olhos fixos nos tênis molhados e deu um pulo quando o chamei.

— Eu... — Correu uma das mãos pelo cabelo molhado. — Eu... sinto muito, Beth, eu não devia ter vindo.

Ele se virou para ir embora, mas estiquei o braço e o toquei no ombro.

— Matt, espere. — Não fazia ideia do que ele estava fazendo na minha casa, mas não queria que fosse embora. — Entre, você está encharcado.

Um trovão agourento reverberou acima de nossas cabeças e ele olhou por cima do meu ombro para o vestíbulo sequinho e aquecido. Seus olhos perscrutaram os meus como se pesassem suas opções.

—Tudo bem — concordou por fim, metendo as mãos nos bolsos. — Só um pouquinho. Não vou incomodar?

— De jeito nenhum.

Abri a porta e dei um passo para o lado, espremendo-me contra a parede para que ele pudesse passar. Matt hesitou por um segundo e entrou no vestíbulo. Parou na porta da sala de estar e se virou de volta para mim com um sorriso.

— Bom ver você, Beth.

Matt sentou-se no sofá, os pés tamanho 43 apertados num dos meus pares de meias rosa com bolinhas brancas tamanho 36, os pulsos despontando da única camiseta que eu tinha grande o bastante para caber nele. Ele se sentou tão perto de mim que eu podia sentir o cheiro de sua loção pós-barba. Precisei me obrigar a respirar.

— Então. — Entreguei a ele um cálice do tenebroso Sauvignon Blanc que eu comprara na lojinha da esquina, o único álcool na casa exceto por uma sofisticada garrafa de vinho francês que Lizzie ganhara no seu vigésimo primeiro aniversário, e, em seguida, peguei meu próprio cálice. — Como descobriu onde eu morava?

— Hum. — Matt mudou de posição no sofá e ajeitou a almofada rosa sobre a qual estava recostado. — Eu trouxe você para casa de táxi naquela noite em que gente se encontrou por acaso na orla. Lembra?

— Ah, é. — Tomei um gole do vinho. Nossa conversa no hospital fora tão tranquila, porém o ambiente agora estava diferente. O ar entre nós parecia carregado de estranheza. Eu ainda não fazia ideia do porquê de ele ter aparecido na minha casa. Matt não conseguia sequer me olhar no fundo dos olhos.

— Então... — comecei, incapaz de segurar minha língua por mais um segundo que fosse. — Ahn, não sei bem por que você veio aqui.

Ele me fitou por um segundo e, em seguida, se levantou num pulo, quase derramando o vinho.

— É melhor eu ir.

— Não tem problema. — Toquei o pulso dele. — Você não precisa ir embora. É bom ver você.

— Mesmo? — Ele franziu o cenho.

— Mesmo. — Sorri. — Com quem mais eu iria compartilhar uma taça de vinho tenebroso a essa hora da noite?

A hesitação no rosto dele desapareceu e ele deu uma risadinha.

— Tem certeza? Posso dar uma saidinha e encontrar uns dois ou três mendigos para você.

Fiz que não com a cabeça.

— Eles iriam rir de você por causa dessas meias.

— É verdade. — Ele olhou para os próprios pés. — Bem-colocado. Ao que parece, terei que ficar. Pelo menos até meus dedos secarem.

● ● ●

EM CASA PARA O NATAL

— Eu estou *tão* ferrada por isso — falei, puxando o saca-rolhas e abrindo a garrafa com um estalido. — Desde que o ganhou, Lizzie vem guardando esse vinho para uma ocasião especial, mas... — Olhei para o meu relógio; passava um pouco da uma da manhã. — ... todas as lojas estão fechadas e a gente está se divertindo tanto!

Verdade. Estávamos nos divertindo mesmo. Quando terminamos de beber aquele tenebroso Sauvignon Blanc, Matt e eu estávamos conversando e contando piadas como velhos amigos. Com o Aiden, eu sempre tomava cuidado para não discordar dele ou dizer a coisa errada, porque ele ficava de mau humor e me dava um gelo por horas. Matt era diferente. Ele fingiu ficar magoado quando eu disse que O *império (do besteirol) contra-ataca* era o pior filme do Kevin Smith que eu já tinha visto e depois me zoou quando confessei que *Sobre ontem à noite*, um filminho piegas dos anos de 1980, estrelando Rob Lowe e Demi Moore, sempre me fazia chorar.

Ele tagarelava sem parar sobre *Demolidor — O homem sem medo* quando fui atingida por um cheiro medonho que me fez torcer o nariz. Baixei os olhos. Ó Deus. As meias serem pequenas demais para ele não era nada; as minhas estavam definitivamente fedendo!

— A-hã, é verdade — falei, concordando com o que quer que ele estivesse dizendo enquanto tentava sutilmente mudar de posição no sofá, de modo a poder enfiar meus pés debaixo da bunda para esconder o fedor.

— Que foi? — Ele parou no meio da frase e me lançou um olhar inquisitivo.

— Nada — respondi com inocência. — Só estou tentando me ajeitar para ficar mais confortável.

— Certo. — Matt ergueu uma sobrancelha.

— Pronto.

— Então, hum... — Inspirou fundo. — Sou só eu ou você também está sentindo um cheirinho de gorgonzola?

— Não. — Estiquei o braço para trás, peguei uma almofada e a pressionei contra os pés. — Não estou sentindo cheiro nenhum. Acho que tem algo errado com o seu nariz.

— Acho que não. — Ele inspirou novamente, fungadas fortes e exageradas, em seguida olhou para mim com as sobrancelhas franzidas. — Você está cozinhando alguma coisa?

— Não. — Soltei uma risadinha e me afastei um milímetro.

— Acho que está, Beth. Acho que você está cozinhando algo letal.

Antes que eu pudesse me mover, Matt deu um pulo, me jogou de costas no sofá e agarrou um dos meus pés. Para meu completo horror, aproximou o nariz e fungou a meia.

— Arghhhhhh! — berrou, me empurrando para longe e fechando as mãos em volta da garganta. — Você não está cozinhando nada comestível; está é cultivando armas químicas letais nessas meias. Um cheiro desses é capaz de matar animais pequenos!

Fiquei tão mortificada que não sabia se ria ou chorava. Antes que pudesse me defender, Matt arrancou as duas meias, atravessou correndo a sala, abriu a janela e as balançou do lado de fora.

— O gato da vizinha está parecendo meio doente — informou, rindo. — Aaaaah, não, ele está tentando fugir para salvar a própria vida. Está numa fuga desabalada, tentando ser mais rápido do que a nuvem de fedor, mas ela está se aproximando. Está cada vez mais perto... mais perto... Ó Deus... o Fedor de Gorgonzola se fechou em volta dele. Nãããããão! — Fez cara de horrorizado. — Ele está morto. Você matou o gato!

Ri tanto que meu nariz começou a escorrer.

— Você é terrível! — Ainda rindo, estiquei o braço para pegar um lenço. — Você, Matt Jones, é o homem mais terrível que eu já conheci.

EM CASA PARA O NATAL

— Aaarghhh! — gritou ele, fitando, em choque, as lágrimas que escorriam pelo meu rosto. — O fedor da meia está afetando você também. Preciso me desfazer delas imediatamente antes que você morra que nem o gato.

Observei, sem acreditar, enquanto ele jogava minhas meias pela janela e a fechava com força.

— Ah, não. Acho que demorei demais. — Ele se virou de volta para mim e levou uma das mãos ao coração. — Fui infectado pelo Fedor de Gorgonzola também. Socorro, Beth. Eu já não pertenço a este mundo.

— Venha cá — falei, abrindo os braços. — Me conte quais são suas últimas palavras que eu mando gravá-las na lápide que você irá dividir com o gato.

Matt atravessou cambaleando a sala mais uma vez, num misto de fingimento e bebedeira, e despencou ao meu lado no sofá como se estivesse morrendo. Apoiou a cabeça no meu peito.

— Beth. — Ergueu os olhos para mim. — Beth...

— Ah, Matt — respondi, entrando na brincadeira. — Por favor, não me deixe. Não vá. Você foi muito corajoso. Lutou contra o temível Fedor de Gorgonzola, não desista agora.

— Meu amor. — Ele levantou uma das mãos e a fechou em volta do meu rosto. — Minha querida... querida... amor... — Fez uma pausa e esperei que dissesse algo engraçado, mas seu sorriso desapareceu.

Diga alguma coisa, pensei. Diga alguma coisa idiota, Beth. Ele está só brincando com você. O jeito como olha para você, como se estivesse procurando sua alma gêmea, não significa nada. Matt está só levando a brincadeira longe demais.

— Gosto de você, Beth, de verdade — disse ele.

Prendi a respiração, assustada demais para soltá-la. A qualquer segundo aquela expressão séria iria se desfazer e ele começaria a rir e gritar: "Peguei você!"

— Beth? — repetiu ele, os olhos fixos nos meus.

— Que foi?

Correu o polegar pela minha face.

— Não estou brincando.

— Não?

— Não.

Todas as células no meu corpo gritavam, *Diga ao Matt que você também gosta dele*, mas eu não conseguia falar. Estava aterrorizada demais.

Ele continuou me fitando, os olhos escuros esbanjando uma emoção que eu não conseguia identificar. Fitei-o de volta, indecisa e nauseada. Havia tanta tensão na sala que eu não conseguia respirar.

Quando não aguentei mais, abri a boca para falar. Nesse exato momento, Matt se afastou e mudou de posição. Empertigou o corpo num movimento brusco.

— Isso foi um erro. É melhor eu ir.

Estiquei o braço para pegar a mão dele e a apertei.

— Não vá.

Ele me encarou.

— Por que não?

— Porque eu não quero que você vá. É só...

Será que eu conseguiria dizer? Conseguiria admitir o quanto Aiden havia me magoado? Que estava apavorada com a possibilidade de me apaixonar por ele e acabar com o coração partido? Que não tinha certeza se ainda acreditava em finais felizes?

— É só... é só... — gaguejei.

— Só o quê?

— É só... — Encarei o olhar firme de Matt. Eu podia deixar meu medo levar a melhor e observá-lo ir embora, ou podia ser corajosa, ir em frente e ver aonde isso me levaria.

— Só... o quê?

— Matt... — Inspirei fundo e decidi ir em frente.

CAPÍTULO VINTE E SEIS

MATT

Abri os olhos e os fechei em seguida, parcialmente ofuscado pela luz do sol invernal que se derramava pelo quarto através de um delicado par de cortinas creme.

Entreabri a pálpebra direita um milímetro. Por que a cama estava virada para o lado errado? Normalmente a janela ficava à esquerda, e... Abri os olhos e os corri em volta do quarto. Havia um pôster emoldurado do filme *Bonequinha de luxo* na parede à minha esquerda, um de *Desencanto* na da direita e uma estante repleta de livros sobre filmes e roteiros em frente à cama. Ao lado da estante ficava uma cômoda coberta com vidros de perfume, maquiagem e produtos para cabelos.

Onde diabos eu estava?

Escutei um leve ressonar ao meu lado e virei a cabeça.

Beth.

Ela estava encolhida numa bola, os cílios compridos quase roçando as maçãs do rosto, o cabelo escuro grudado na cara e uma das mãos fechada ao lado da boca. Enquanto a fitava, minha respiração ficou presa na garganta.

Beth.

Eu não planejara aparecer na casa dela. Tinha tomado uma cerveja atrás da outra no pub, com o único objetivo de alcançar um abençoado estupor, mas não conseguira afastar da mente a imagem de Beth sentada ao lado da cama do vovô. Alguma coisa no jeito como ela respondia às perguntas intermináveis dele, o modo como seu rosto se iluminava ao rir das piadas sem graça realmente me comoveram. Quanto mais pensava nisso, mais me convencia de que o fato de ela ter aparecido no hospital não era estranho nem louco, e sim pura gentileza. Ela se dera ao trabalho de se desculpar comigo, quando podia simplesmente ter ido embora e fingido que nada havia acontecido. Além disso, sua preocupação com meu avô parecera genuína.

Quanto mais eu pensava em Beth, sentado ali no balcão daquele pub acalentando minha caneca de cerveja, mais desejava vê-la. Queria ver as pequenas rugas que se formavam em volta dos olhos dela ao sorrir. O modo como abaixava a cabeça ao ficar constrangida. Eu simplesmente desejava vê-la. Queria sentir o calor, a afeição e a segurança que sentira no quarto do hotel na noite anterior. Levei alguns segundos para verificar o endereço dela no currículo (ainda tinha uma pilha deles em minha pasta) e, em seguida, minhas pernas me conduziram noite adentro.

— Matt? — murmurou ela, os dedos acariciando minha perna.

— Durma — sussurrei.

Achei que tivesse estragado tudo ao dizer a Beth que gostava dela. Ela pareceu tão chocada que meio que esperei que me mandasse embora, mas, quando se inclinou e me beijou, foi a minha vez de ficar surpreso. Ela me beijou de forma tão apaixonada que me deixou sem ar. Era inevitável que a gente terminasse na cama.

— Hum. — Beth se aconchegou a mim e pressionou o rosto na curva do meu pescoço.

EM CASA PARA O NATAL

Por que ela havia me beijado? Com certeza não teria me deixado entrar ou aberto o vinho caro da amiga se não gostasse de mim também. E ela chorou de rir quando joguei suas meias pela janela. Mas e se o sexo não significasse nada para ela? E se ela acordasse e dissesse "Bem, isso foi divertido, a gente se vê"? Balancei a cabeça para afastar o pensamento. Não. Nossa transa significara mais do que isso. Depois do sexo, tínhamos permanecido enroscados, olhando um para o outro e...

Jesus! Forcei-me a sair do devaneio. Neil me zoaria pelo resto da vida se soubesse que eu estava analisando uma transa em busca de algum significado secreto. Esfreguei a cabeça. Eu estava começando a sentir os efeitos da ressaca, e tudo em que conseguia pensar era se Beth prepararia ou não o café da manhã que havia prometido fazer antes de finalmente pegarmos no sono. Cruzei as mãos atrás da cabeça e olhei para o teto, tentando decidir se eu preferiria pão frito ou uma torrada. Pão frito era bom porque, bem, era frito, mas uma torrada besuntada de manteiga era realmente...

— Que porra é essa!

Sentei-me num pulo, virei o pescoço para cima e apertei os olhos, a fim de ler as palavras escritas em letra de forma numa folha de papel A4 pregada no teto acima da cama.

FAREI O QUE FOR PRECISO PARA CONSEGUIR O EMPREGO NA APOLLO.

Meu queixo caiu enquanto eu relia.

O que for preciso?

Olhei para ela. Beth continuava dormindo, a imagem perfeita da inocência. O que significava isso? "O que for preciso"? Se meter no quarto do seu chefe no fim de semana de entrevistas? Levar um balão para o avô doente dele? Dormir com o cara? Meu estômago revirou violentamente — não porque eu estivesse zangado, mas porque me sentia devastado. Totalmente devastado.

Como eu podia ter entendido tudo tão mal? Eu realmente acreditei que Beth era doce, gentil e engraçada, o oposto de Alice. Ela me enganou, me levando a pensar que era algo que não era, assim como minha ex-namorada tinha feito. Eu era um idiota, um maldito idiota.

A história se repetia. Eu havia caído de quatro por outra psicopata.

Aproximei-me de fininho da beirada da cama, congelando quando a mão de Beth escorregou da minha coxa e caiu sobre o lençol. Suas pálpebras tremularam. Prendi a respiração ao observá-la mudar de posição, ainda dormindo.

Não acorde, rezei em silêncio. *Por favor, por favor, não acorde.*

Vendo que ela apenas se encolhia ainda mais debaixo do edredom e o puxava para cobrir a cabeça, soltei um suspiro de alívio, levantei da cama e vasculhei o chão em busca da minha cueca. Ela estava pendurada no puxador de uma das gavetas da cômoda — eu a arrancara na noite anterior e a jogara do outro lado do quarto. Nós dois tínhamos rido ao ver onde ela aterrissara, e eu estava prestes a fazer algum comentário inteligente sobre minhas habilidades de arremesso, quando ela me puxou para si e disse: "Sei, sei, muito esperto, agora me beije, seu bobo."

Hum, Beth acertara em cheio na última palavra. Vesti a cueca, peguei o jeans que havia caído debaixo da cama e a camiseta sobre o cesto de roupa suja e fui para a sala. Encontrei meus sapatos e meias sob a mesinha de centro. As meias continuavam encharcadas, portanto enfiei-as no bolso, calcei os sapatos e segui na ponta dos pés até a porta da frente. Uma das tábuas do piso estalou sob meu peso; congelei. Ao ver que nada acontecia, destranquei a porta, girei a maçaneta e saí.

Não olhei para trás.

CAPÍTULO VINTE E SETE

BETH

—Bom-dia — murmurei.

Meus olhos estavam fechados, mas eu podia escutar as gaivotas grasnando lá fora. Virei de lado e estiquei o braço em busca do aconchego do corpo do Matt.

— A noite passada foi maravilhosa... — Meus dedos roçaram o algodão frio e abri os olhos. — Matt?

Ergui o corpo num dos cotovelos e apurei o ouvido para escutar o som de passos no corredor ou de alguma torneira aberta no banheiro.

— Matt, você está aí?

Meus olhos perscrutaram o quarto até a pilha de roupas ao lado da porta: um sutiã, uma calcinha, uma camiseta preta e um par de jeans.

Um único par de jeans.

— Matt? — Afastei o edredom, peguei meu robe pendurado nas costas da cadeira de balanço num dos cantos do quarto e segui pelo corredor até a sala.

Ele saiu para comprar jornal e alguma coisa para o café da manhã, disse a mim mesma enquanto procurava por um bilhete na mesinha de centro.

Nada.

— Matt! — chamei de novo, atravessando o corredor até a cozinha.

Nada.

Tudo bem, falei para mim mesma ao voltar para o quarto e me enfiar de novo na cama. Ele deve ter ido até o mercado. A campainha vai tocar daqui a uns dez minutos. Fechei os olhos e caí no sono rapidamente.

Acordei no susto uma hora depois. O espaço ao meu lado continuava vazio.

— Matt? — chamei, rolando para fora da cama e seguindo de aposento em aposento. — Matt?

As garrafas e os cálices vazios de vinho continuavam sobre a mesinha de centro, mas não havia nem sinal dele. Despenquei no sofá e abracei a almofada rosa de encontro ao peito.

Isso não fazia sentido. Por que Matt diria que gostava de mim para depois ir embora antes que eu acordasse? Ele não parecia o tipo de cara que faz joguinhos. Mas talvez fosse. Talvez ele só tivesse aparecido porque estava bêbado e queria me levar para a cama de novo. Mas por que ser tão gentil se tudo o que ele queria era uma transa? A noite anterior fora tão inacreditavelmente romântica que não parecera real. Não houve nenhuma estranheza depois do sexo. Em vez de soltar um pum, virar de lado e dormir (Aiden era um especialista nisso, poderia ter ganhado a medalha de ouro nas Olimpíadas do Pós-Sexo), Matt me puxou para perto dele e murmurou: "Preciso lhe dizer uma coisa muito importante, Beth", e então contou a pior piada que eu já havia escutado. Quando finalmente caí no sono, horas depois, minhas bochechas estavam doendo de tanto rir.

Então por que ele havia se levantado e ido embora? É claro! Joguei a almofada longe, aliviada. O avô! Lá estava eu, presumindo o pior, quando era óbvio que Matt tinha simplesmente levantado cedo para visitar Jack e não quisera me acordar.

EM CASA PARA O NATAL

Não havia nada com que me preocupar, pensei. Levantei do sofá, segui até a cozinha e pus a chaleira para esquentar. Nada.

Uma hora depois, quando cheguei ao Picturebox e destranquei a porta, eu ainda sorria comigo mesma. Hoje ia ser um bom dia. Um ótimo dia.

Preparei um café e me ocupei decorando o salão e armando a árvore de Natal artificial. Assoviei o tempo todo enquanto pendurava os bibelôs cafonas, os bonequinhos lascados e os festões desbotados. A primeira coisa que eu faria se conseguisse o cargo de gerente, pensei, inclinando a cabeça de lado para observar meu trabalho, seria jogar tudo fora e recomeçar do zero. Novo emprego, novas decorações. O Picturebox merecia um ar vivo e reluzente, não aquele aspecto cansado de quem está pronto para a demolição.

Debrucei-me sobre o balcão e verifiquei a data no computador: 9 de dezembro, e eu ainda não havia comprado nenhum presente. Balancei negativamente a cabeça. Em geral eu era tão organizada. Certo — hora de fazer uma lista. Sentei à mesa enquanto a árvore de Natal cintilava num dos cantos do salão.

— O que eu compro para a Lizzie? — perguntei ao cartaz do George Clooney. Ele estava com uma aparência particularmente festiva, com sua gravata vermelha e auréola dourada. — Alguma coisa da Ann Summers? De novo. E para o Matt? Será que compro um presente para ele? Cedo demais, você acha?

Mantive o bom humor mesmo quando chegou um grupo de vinte mamães com seus pestinhas e o salão se encheu com o som de vozes, gritos e choramingos de crianças.

Na verdade, eu estava tendo um dos melhores dias em muito tempo, até que, vinte minutos após o início da Mostra de Lágrimas, a porta da frente se abriu e entrou um sujeito magrelo, com o cabelo ensebado. Meu estômago foi parar nos pés.

Carl.

— Oi, Beth — cumprimentou ele, retorcendo os lábios num sorrisinho afetado ao ver a árvore de Natal e o balcão decorado com festões.

Consultei meu relógio. Ele estava três horas adiantado para seu turno, o que só podia significar uma coisa... problemas.

Meti minha lista de presentes de Natal sob a pilha de programas. De forma alguma eu ia permitir que ele arruinasse meu bom humor. Talvez, se eu o ignorasse, ele simplesmente fosse embora.

— Então... — Cada pelo do meu corpo se arrepiou ao observá-lo atravessar o salão em minha direção. — Já ligaram para você?

Olhei para ele.

— Já me ligaram? Quem?

— Matt, sobre o emprego.

Meu coração bateu duas vezes mais rápido ao escutar o nome do Matt, mas fiz que não com a cabeça.

— Não.

— Sério?

O tom de Carl foi de incredulidade. Até mesmo os poros abertos no nariz dele pareciam estar rindo de mim.

— O que foi? — perguntei. — Por que está me olhando desse jeito?

— Nada. Só achei que o Matt ligaria para você primeiro, já que vocês dois pareciam tão... — ergueu uma das sobrancelhas escuras — ... próximos no fim de semana passado. Ele já ligou para o Raj, o Seth e a Jade. Nenhum deles conseguiu o cargo de gerente. Na verdade, os únicos que ainda não receberam uma ligação são você e o James.

A-há! Se todo mundo já tinha recebido uma ligação, com exceção de mim e do James, isso significava que o Carl não havia conseguido o emprego!

EM CASA PARA O NATAL

— Tenho certeza de que o Matt anda muito ocupado — repliquei com indiferença, ainda que sentisse como se meu coração fosse saltar para fora do peito.

Apesar do que havia acontecido durante a entrevista, eu ainda tinha esperanças. Matt me conhecia agora, e eu estava certa de que ele sacaria que eu só tinha metido os pés pelas mãos porque fora provocada. Ele havia visto meu plano de estratégias, me observara trabalhando no cinema, o que me deixava bem confiante de que ele sabia que eu daria conta do trabalho.

— Ele vai ligar, ainda tem tempo — acrescentei, lançando para Carl um olhar desafiador.

Como que aproveitando a deixa, o telefone começou a tocar.

Ah, não. Não, não e não. Por favor, não permita que seja Matt. Por favor, ele não pode me ligar com Carl aqui do meu lado. Por favor, por favor, por favor...

— Alô! — atendi, num tom profissional, ainda que animado demais. — Picturebox, em que posso ajudá-lo?

— Posso falar com Beth Prince? — perguntou uma voz feminina.

— É ela.

— Oi, Beth, aqui quem fala é Sheila, da Apollo.

— Ah! Oi! — Meu coração martelou com violência. — Em que posso ajudá-la, Sheila?

— Estou ligando a pedido do Matt Jones. Você participou de uma entrevista para um novo cargo de gerente no fim de semana passado?

O quê? Por que não era o Matt quem estava me ligando para dizer como eu tinha me saído? Ele havia ligado para todos os outros.

— Participei, sim.

— Bem, o negócio é o seguinte, Beth. — A voz dela falhou. — Sinto dizer que você não conseguiu o emprego.

— Ah. — Eu podia sentir o olhar fixo de Carl em mim, portanto girei a cadeira de modo a ficar de costas para ele. — Você pode me explicar o motivo? — perguntei, baixinho.

— Explicar o motivo? Não, Matt não me pediu para lhe explicar nada.

— Ah. Tudo bem. Matt está aí? Posso falar com ele?

— Só um segundo, Beth. — Escutei uma espécie de baque surdo, seguido por um murmúrio baixo de vozes. Pressionei o ouvido no telefone. — Ela quer falar com você — disse Sheila, a voz abafada. — O que eu digo?

— Que não quero falar com ela nunca mais — respondeu outra voz.

A voz de Matt.

— Desculpe, Beth. — Sheila voltou ao telefone, a voz subitamente clara. — Sinto dizer que Matt está numa reunião importante no momento e não pode ser perturbado, mas ele me pediu para lhe dizer que, de acordo com o memorando que circulou no mês passado, você deverá trabalhar até o fim de dezembro e receberá o salário no último dia útil. Se quiser uma carta de referências, você deverá pedir à sua atual empregadora, a sra. Blackstock...

Sheila continuou falando, mas parei de escutar.

Não quero falar com ela nunca mais.

Será que eu tinha escutado direito? Não era possível. Será? Por que Matt diria uma coisa dessas?

— Beth? — Sheila me chamou. — Beth, você está aí?

— Estou... sim. Estou aqui. Obrigada pela informação. Tchau.

Girei a cadeira de volta, bati o telefone e ergui os olhos para Carl.

— Se você disser alguma coisa, não me responsabilizo pela minha reação.

Ele não disse nada.

CAPÍTULO VINTE E OITO

MATT

O sujeito na cama ao lado ergueu uma sobrancelha ao me ver jogar a cabeça para trás e bocejar ruidosamente. A enfermeira havia fechado as cortinas em volta da cama do vovô para que ele pudesse usar o penico e eu fiquei esperando do lado de fora.

— Cubra a boca, rapaz — disse o homem, balançando a cabeça em desaprovação. — Ninguém precisa ver o que você comeu no café da manhã.

Dei de ombros como que pedindo desculpas e esfreguei o rosto com as mãos. Eu não havia comido nada no café. Não tinha nem mesmo tomado banho. Fugira da casa de Beth pouco depois das seis da manhã e seguira direto para o trabalho. Minhas roupas estavam amarrotadas e eu fedia a cerveja velha, mas não podia ir para casa e arriscar encontrar Alice lá ainda, não depois do que tinha visto no teto do quarto de Beth. Minha cabeça estava uma verdadeira bagunça.

Sheila torceu o nariz ao entrar no escritório às nove e dar de cara comigo, mas não disse nada. O que foi ótimo, porque eu estava com uma ressaca terrível, a ponto de parecer que meu cérebro estava sendo esmagado com uma pá caso alguém sequer respirasse um pouco mais alto. Levei duas horas e cinco canecas de café para me sentir apto a fazer as ligações com o resultado das entrevistas e, ainda assim, chamei Jade de Jane por engano. Mas consegui fazer todas as ligações. Todas, menos uma.

Olhei de relance para o celular no instante em que a enfermeira atravessou as cortinas com o penico na mão. Eram sete da noite; eu tinha dado uma passadinha no hospital para ver como estava o vovô.

— Ele está bem? — perguntei, baixando a voz. — Ele me parece um pouco mais pálido do que ontem.

— Ele está tão bem quanto poderíamos esperar. — Ela colocou o penico num carrinho de metal e o cobriu com uma toalha de papel. — Seu avô não é mais tão moço e vai levar um tempo até se recuperar totalmente.

— Mas ele vai receber alta antes do Natal, não vai?

Ela deu de ombros.

— Ele precisa ser operado. Já falou com o cirurgião, sr. Harlow?

— Já. — Assenti com a cabeça. — Encontrei-o rapidamente ontem. Ele disse que a cirurgia cardíaca está marcada para daqui a uma semana.

— Então tá. — Ela saiu empurrando o carrinho, satisfeita por estar indo embora.

— Mas... — Minha pergunta ficou suspensa no ar enquanto a enfermeira se afastava, os passos ecoando pela ala.

— Matt? — chamou meu avô. — É você, meu filho?

Abri as cortinas. Ele estava recostado no travesseiro, o lençol amontoado em volta da cintura, os pelos grisalhos do peito despontando pela gola do pijama.

Encostei a palma da mão na testa dele. Não sei bem por que, mas tinha visto as pessoas fazerem isso na televisão quando seus parentes estavam doentes.

—Tem certeza de que está bem? Você me parece meio suado.

EM CASA PARA O NATAL

—Você também estaria suando se tivesse que se aliviar na frente da enfermeira! — Ele deu uma risadinha; em seguida, inclinou a cabeça para a esquerda a fim de olhar por cima do meu ombro. — Cadê aquela mocinha adorável que veio com você ontem?

— Beth? Ela está... — Eu não sabia o que dizer.

— Ah. —Vovô meneou a cabeça negativamente e me lançou um olhar exasperado. — Não me diga que desistiu de cortejá-la.

— Eu não estava cortejando Beth. Nós estávamos apenas...

— Apenas o quê?

— Sei lá. — Realmente não sabia.

— Não tenho o hábito de admitir que estou errado — declarou ele, tentando se endireitar na cama, porém sem conseguir. — Mas não devia ter encorajado você a tentar resolver as coisas com a loureca. Eu nunca nem vi a garota. No entanto, percebi o modo como você e Beth olhavam um para o outro. E ela é legal. Uma garota realmente especial. Sabe disso, não sabe?

— Sei. Quero dizer, achei que soubesse, mas...

O peito do vovô inflou e desinflou com um suspiro de decepção.

— O que você fez dessa vez?

— Nada. — Senti a boca seca ao me lembrar do cartaz que havia visto sobre a cama de Beth e passei a língua nos lábios. — Juro. Mas você está errado sobre ela. Garotas legais não pregam cartazes no teto para lembrar-lhes de agir como uma... uma... vagabunda.

Eu me arrependi da escolha de palavras assim que elas saíram da minha boca.

— Matt! — Meu avô me olhou com desaprovação. — Você precisa lavar a boca e deixar a flanela aí dentro. Achei que tivesse lhe dado uma boa educação.

— Desculpe. Eu não devia ter dito isso.

— Tem razão, não devia mesmo. — Ele esticou o braço para pegar o copo d'água na mesinha ao lado da cama, mas estava longe demais. — Tudo bem, continue — pediu quando lhe entreguei o copo. — O que aconteceu?

Balancei a cabeça em negativa. Ele não acreditaria mesmo que eu contasse.

— É muito complicado.

— Esse negócio de muito complicado não existe. O que você precisa é conversar com ela. — Pousou a mão sobre a minha com uma expressão subitamente séria. — Escute, meu filho. Não quero abandonar esse corpo estragado e deixar você sozinho.

— Ei! Você não vai a lugar algum. Exceto ao banheiro — acrescentei, tentando desesperadamente aliviar o clima. Eu jamais suportara escutar o vovô falar de morte. Só de pensar que um dia ele não estaria mais por perto me dava a sensação de estar sendo arremessado pelo ar a mil e seiscentos quilômetros por hora.

— Não vou? — Ele contraiu os lábios e me fitou intensamente. Seu rosto estava encovado, e me dei conta do quanto ele parecia cansado. — Você escutou a enfermeira. Não sou mais nenhum garoto.

— Você vai ficar bem. — Apertei a mão dele. — Só está um pouco fraco por causa do ataque cardíaco. Assim que recuperar as forças, vai se sentir muito mais...

— Matthew. Cale a boca.

Olhei para ele, surpreso. Vovô nunca, nunca me chamava de Matthew.

— Estou falando sério — continuou ele. — Sua mãe está sabe Deus onde, seu pai fugiu com aquela beldade sul-africana, e eu sou a única família que lhe resta. Só quero vê-lo feliz, meu filho. Antes que eu me vá.

— Com Beth? — Neguei com a cabeça, optando por ignorar a última frase. — Isso não vai acontecer, vô.

EM CASA PARA O NATAL

— Hum. — Ele tomou mais um gole de água, engoliu e me entregou o copo para que o colocasse de volta sobre a mesinha. — Sua avó era uma boa mulher, Matt, sabe disso, não sabe?

Fiz que sim.

— A melhor.

— A melhor do mundo, para ser sincero, mas ela partiu meu coração. Alguma vez lhe contei sobre isso?

— Não. — Olhei para ele, surpreso. Vovô me contara um monte de coisas sobre sua vida, principalmente sobre a infância, a época em que servira no exército durante a guerra e a carreira de eletricista. Mas nunca falara sobre "coisas pessoais". — O que aconteceu?

— Ela beijou Bert, meu melhor amigo, duas semanas depois de ficarmos noivos.

— Não!

— Infelizmente sim. — Sorriu de modo tenso. — Eu a pedi em casamento quando voltei a Morpeth de licença. Você devia ter visto o rosto dela, Matt. Ele se iluminou como uma chuva de fogos de artifício, ela jogou os braços em torno do meu pescoço e disse que eu a estava fazendo a garota mais feliz do mundo. Duas semanas depois, parti de novo para lutar contra os alemães, e Mary foi a um baile no salão da vila com algumas amigas. Aparentemente, ela se excedeu nos drinques, ficou um tanto triste em relação às minhas chances de voltar da guerra vivo e, quando Bert se aproximou para consolá-la, Mary o beijou.

Ele olhou para o teto, os olhos de um azul pálido subitamente marejados.

— Foi um erro — prosseguiu, numa voz rouca. — Um único erro que aconteceu porque ela estava assustada. Fiquei arrasado, é claro, mas isso não me impediu de continuar amando sua avó. Nem por um segundo.

— Mas isso foi naquela época — objetei —, durante a guerra. As coisas são diferentes agora.

— São? — Ele se virou para mim. — Porque, de onde estou, tenho a impressão de que as pessoas ficam tão assustadas hoje em dia quanto ficavam antes.

— Mas Beth...

— O que quer que ela tenha feito, não acredito que o fez com malícia, rapaz. Ela é uma garota especial e, se você a deixar escapar, vai me provar que é mais tolo do que pensei. Não fuja, não faça como a sua mãe. Prometa que dará à Beth a chance de se explicar.

Corri uma das mãos pelo cabelo. Ele não entendia. E como poderia? Vovô era de uma época diferente.

— Prometa, rapaz — repetiu ele, apertando a minha mão.

— Prometo — respondi.

Era a primeira vez que eu mentia para ele.

CAPÍTULO VINTE E NOVE

BETH

Duas semanas.

Fazia exatamente duas semanas desde que Matt Jones desaparecera da minha vida. Poof! Sumiu. Assim, sem mais nem menos. Como se nunca houvesse existido.

Duas semanas.

Além disso, ele tinha pegado meu emprego dos sonhos e o dado ao James.

— Pois não?

O casal diante do guichê cintilava de felicidade quando ergui os olhos. Eles estavam tão ridiculamente entrelaçados que era difícil dizer onde começava um e terminava o outro.

— Dois ingressos para *A felicidade não se compra* — pediu o homem, apertando a namorada ainda mais. — Vamos querer um daqueles sofás do segundo andar se for possível.

— Gostamos de nos aconchegar durante o Natal. — Ela deu uma risadinha, erguendo os olhos para ele. — Ou em qualquer oportunidade, para ser sincera!

— Todo mundo gosta — rebati e imediatamente me arrependi de ter dito isso. Eles não tinham culpa por eu estar tão animada quanto o Scrooge. Entreguei os ingressos. — Aproveitem o filme.

— Nós vamos! — os dois responderam em coro e se viraram em direção à escada.

Eca!

Era dia 23 de dezembro; faltavam oito dias para eu ficar oficialmente desempregada. Corri os olhos pelo cinema, reparando nas decorações que eu passara anos arrumando meticulosamente, nos pôsteres que tinha escolhido com tanto cuidado e no cintilante cartaz do George Clooney ao lado da porta. Tudo acabado. O único trabalho que eu amara em toda a vida; o único emprego que já tivera.

Como se já não fosse ruim o bastante, eu dividia a casa com uma amiga que nunca estava lá, tinha um ex-namorado que achava que eu era uma louca de carteirinha, e havia também o Matt, que...

Olhei de relance para o telefone sobre a mesa, rezando para que ele tocasse e, então, balancei a cabeça. Por mais que eu desejasse que o Matt me ligasse e dissesse que tinha cometido um terrível engano, sabia que ele não faria isso. Tinha dado para perceber pelo seu tom de voz ao falar com Sheila duas semanas antes. Ele não queria nada comigo.

Era quase como se os homens tivessem um radar de percepção extrassensorial que lhes dizia quando uma mulher havia baixado a guarda. No começo do relacionamento, quando você ainda não tem certeza se gosta deles tanto assim, eles correm atrás — ligam, mandam mensagens e tentam passar a maior parte do tempo livre com você —, mas, assim que sentem que seu sentimento mudou e você se abriu um pouco mais, eles recuam imediatamente. Ou, no meu caso, vão embora. Tchau, tchau, Beth.

Só que o Matt não tinha sequer chegado a ligar ou a passar um tempo comigo, certo? Ele fugira antes de chegarmos a esse ponto.

Se eu quisesse, podia descobrir o telefone da Apollo e perguntar a ele o que diabos pretendia com aquele joguinho, recusando-se

EM CASA PARA O NATAL

a falar comigo um dia depois de termos dormido juntos pela primeira vez — covarde demais para me dizer pessoalmente que eu não tinha conseguido o emprego. Eu só levaria alguns segundo para dizer a ele que não permitiria que ninguém me tratasse daquele jeito novamente e, em seguida, bateria o telefone.

O único problema é que eu não ia fazer isso de jeito nenhum. Sem chances.

Não porque eu concordasse com a estratégia de Lizzie de "não ligue para o Aiden", ou porque estivesse com medo. Mas porque era orgulhosa demais. Eu acabara apenas me humilhando ao dizer ao Aiden como me sentia e não ia fazer isso de novo de jeito nenhum.

Para o inferno com aquilo. Para o inferno com Matt Jones, seu sorriso adorável, suas piadas idiotas e seus beijos carinhosos. Eu valia mais do que isso, muito mais.

Franzi o cenho ao ver a mensagem que chegou no meu celular. Era da mamãe.

Não se esqueça. Me encontre em Pool Valley amanhã às onze. Você vai mesmo, não vai, Beth? Você me prometeu.

Hum. Meus polegares voaram pelo teclado enquanto digitava a resposta.

— Ei, Beth. — Dei um pulo ao escutar uma voz masculina e ergui os olhos. Ah, graças a Deus. Raj estava atravessando o salão, pronto para assumir seu turno. Não sei se os deuses estavam finalmente sorrindo para mim, mas já fazia um tempo que eu não via o Carl. Ele havia passado a primeira semana após as entrevistas "de licença" por estar doente e, na segunda, a diferença entre os turnos evitara o encontro.

— Só mais uma semana! — exclamou Raj. Ele estava com as mãos nos bolsos e sorria como se nada no mundo pudesse preocupá-lo. — Não que eu esteja nervoso com isso. Tenho uma entrevista marcada na Richer Sounds amanhã. Acho que posso conseguir. No fundo, sempre fui um geek tecnológico. Você está bem?

— Estou — respondi, com um sorriso de lábios apertados. — Decidi... — Fui interrompida pelo som da mensagem que recebia no celular. — Espere só um segundo. Acho que minha mãe respondeu.

Oi, Beth, dizia a mensagem. Entendo o porquê de você estar me ignorando, mas precisamos conversar. Por favor, me ligue assim que receber isso.

A mensagem tinha uma assinatura com três beijos e um nome: Aiden.

CAPÍTULO TRINTA

MATT

Já fazia mais de uma semana que o vovô tinha passado pela cirurgia cardíaca e ele ainda não me parecia bem. Era de se esperar, dissera o cirurgião, especialmente na idade dele, mas isso não me tranquilizou. Eu me sentia tão impotente — parado ao lado dele, secando sua testa pegajosa de suor e falando bobagens a fim de fazê-lo rir.

Era dia 23 de dezembro e as chances de ele ter alta antes do Natal eram menos que zero.

— Não se preocupe — falei, forçando um tom alegre após o cirurgião ter me dado a má notícia em relação ao Natal. — Vou preparar um peru fantástico, com tudo o que tem direito, e o trarei aqui para você.

— O que está tentando fazer? — rebateu meu avô. — Me matar?

— Não, alimentá-lo, seu implicante magrelo. E, se você fizer outra piada sobre suas escapadas com as enfermeiras, vai assistir ao discurso da rainha sozinho.

— Vamos combinar da seguinte forma. — Ele pousou lentamente a mão sobre a minha. Já não parecia mais aquela pata grande e pesada. Parecia uma folha seca, mal tocando a minha pele. —Traga aquela mocinha adorável com você, a Beth, e eu como qualquer coisa que enfiar pela minha goela.

— A Beth tem família — retruquei com indiferença. — Ela não vai querer passar o Natal com um velho tolo que nem você!

— Talvez você tenha razão. — Ergueu uma sobrancelha. — Mas aposto que ela gostaria de passar com você. Eu já disse, Matthew, e vou repetir. Aquela ali é uma garota especial. Você seria um idiota se a deixasse escapar.

Mudei rapidamente de assunto. Para ser sincero, eu não pensava em Beth havia dias. Na verdade, é mentira. Eu não conseguia tirá-la da cabeça, mas toda vez que pensava em pegar o telefone para falar com ela, para perguntar sobre aquele cartaz horrendo no teto, alguma coisa dentro de mim se fechava. Não sabia ao certo se queria descobrir a verdade.

Assim que saí do hospital, arranquei o celular do bolso traseiro da calça. Três chamadas perdidas da Esmagadora de Bolas. Merda! Eu ainda não havia enviado o contrato do Picturebox. Tinha tentado explicar sobre o problema cardíaco do meu avô, mas ela não quis nem saber. Na verdade, a última coisa que me disse foi:

— Não me importa que sua família inteira esteja mergulhada até o pescoço em areia movediça e que só você e o maldito Indiana Jones possam salvá-la. Quero a droga do meu contrato!

Deletei rapidinho as notificações e percorri a lista de contatos até encontrar o número de Neil. Só havia uma saída para o dia que eu tivera. Um pub!

Atende, atende, atende, rezei em silêncio enquanto o telefone tocava. Neil era mestre em ignorar ligações. Tinha me dito certa vez que não gostava de se sentir como um cachorrinho bem treinado que obedece de prontidão. Esse era o motivo pelo qual ele sempre insistia em pegar o telefone das mulheres em vez de dar o dele.

EM CASA PARA O NATAL

O engraçado é que costumava ser o contrário — até três namoradas seguidas recusarem seu pedido de casamento.

— Sr. Jones — atendeu ele, quando eu estava prestes a desligar.

— O mestre Neil está de volta a Brighton! Em que posso ajudá-lo?

—Você está no pub?

— Ainda não, mas posso estar daqui a pouco.

Suspirei, aliviado. Eu realmente, realmente precisava de um drinque.

— Ótimo. Pull and Pump, daqui a meia hora?

— Combinado.

A linha ficou muda; meti o telefone de volta no bolso e prossegui em direção à cidade. Caminhei rápido, com a cabeça baixa. Por mais que tentasse, não conseguia parar de pensar na conversa que acabara de ter com o vovô.

"Aquela ali é uma garota especial", dissera ele. "Você seria um idiota se a deixasse escapar."

Era a segunda vez que ele me dizia isso.

— Oi! Ooooooi! Alguém em casa? — Uma jovem com um carrinho de bebê estava parada na minha frente; a criança gritava. — Você vai se mexer ou vou ter que ir para o meio dos carros para passar?

Movi a cabeça negativamente. Eu estava parado, imóvel, no meio da calçada da Edward Street.

— Desculpe! — Enquanto dava um passo para o lado, a fim de deixá-la passar, o telefone vibrou furiosamente.

Neil, pensei, pescando o celular. Se ele cancelar, juro que vou...

Matt, dizia a mensagem, é Alice. Aconteceu uma coisa terrível. Sei que você não quer falar comigo, mas é importante. MUITO importante. Prometo que nunca mais vou incomodá-lo de novo, se é isso o que você quer, mas me escute. Por favor, venha até minha casa que eu explico. Beijos.

260   CALLY TAYLOR

. . .

Não sei bem como acabei na frente da casa da Alice. Ou por quê. A primeira coisa em que pensei ao ler a mensagem dela foi: *Ó Deus, e essa, agora?* A segunda foi: *E se houver algo errado com ela?*

Não sei se foi o tom da mensagem ou o fato de que eu havia acabado de sair do hospital, mas não consegui tirar a segunda hipótese da cabeça. Ela disse que algo terrível havia acontecido. O que podia ser mais terrível do que uma doença terminal? Eu jamais poderia ignorar uma possibilidade dessas, não depois do que tinha passado com meu avô. Só um canalha sem coração viraria as costas para alguém que estivesse lhe pedindo ajuda, e por mais que a opinião pública me considerasse um babaca, eu tinha certeza de que não me enquadrava na categoria canalha.

Fechei o punho e bati três vezes na porta. Ela se abriu meio segundo depois.

— Matt! — exclamou Alice, o rosto se iluminando. — Fico feliz que tenha vindo.

Olhei para ela, surpreso. Esperava encontrar uma mulher pálida, desarrumada, com a maquiagem escorrida devido ao choro e o cabelo lambido para trás. Em vez disso, ela parecia muito bem-embonecada. A maquiagem estava perfeita, os cachos emolduravam o rosto e ela vestia um jeans *skinny*, saltos altos e um pulôver cinza fofinho.

— Entre — convidou, abrindo a porta e me conduzindo para dentro. — Sente-se na sala. Quer uma xícara de chá?

Dei um passo e parei, confuso.

— Achei que fosse uma emergência!

O sorriso animado de Alice desapareceu imediatamente e ela abaixou a cabeça.

EM CASA PARA O NATAL 261

— Não é uma emergência — disse, olhando-me como quem avalia a reação —, mas é importante.

Fitei-a de cima a baixo, confuso. Talvez eu tivesse entendido tudo errado. Talvez ela só quisesse me dizer que tinha conseguido um novo emprego ou que estava se mudando para outra cidade ou algo do gênero. No entanto, ela usara a palavra "terrível" na mensagem, não é mesmo? Por quê? Talvez não houvesse notícia nenhuma. Talvez fosse apenas um joguinho para me levar até a casa dela, e eu caíra direitinho.

— Alice — falei, tentando com todas as forças não deixar transparecer minha irritação —, o que aconteceu de tão importante para eu precisar vir correndo para cá?

— Hum. — Ela mordeu o lábio inferior e, em seguida, soltou um suspiro. — Acho que você vai querer se sentar.

Sentar? Como assim? Será que alguém tinha morrido? Alice e eu não tínhamos nenhum amigo em comum. E eu não era chegado à família dela; ela jamais me apresentara a eles.

— Por favor, Matt. — Pousou uma das mãos no meu braço, me guiou até a sala de estar e apontou para o sofá. — Sente-se um pouco enquanto preparo o chá. Volto num segundo.

Virou-se para sair da sala.

— Espere! — Agarrei seu pulso. — Você não pode me dizer que aconteceu uma coisa terrível e então me deixar cozinhando em fogo brando enquanto prepara algumas bebidas. Me conte logo.

— Tudo bem. — Alice virou-se de volta, soltou o pulso e entrelaçou os dedos com os meus. Eu não disse nada quando ela me puxou para o sofá e me encarou com uma expressão séria. — O problema, Matt — disse ela. Meu coração começou imediatamente a bater duas vezes mais rápido. Por que ela estava me olhando de modo tão intenso? Que diabos havia acontecido? — O problema é...

Fez uma pausa e umedeceu os lábios.

— O problema é...

Fitei fixamente a boca de Alice, tentando decifrar que palavras eram essas que ela estava encontrando tanta dificuldade em proferir.

— O problema é que... acho que estou grávida.

Se eu não estivesse sentado no sofá e se os dedos dela não estivessem tão fortemente entrelaçados aos meus, minhas pernas teriam cedido sob meu peso. Senti como se o mundo tivesse sido arrancado de debaixo dos meus pés.

— O quê? — Olhei para ela. — Diga outra vez.

— Já disse. — Os olhos dela percorreram meu rosto, assim como tinham feito no vestíbulo, em busca de uma reação. — Acho que estou grávida.

Mas como... Nós não tínhamos... Era...

Senti o sangue voltar ao rosto e suspirei, aliviado. Alice não estava grávida de mim. Sem chances. A gente não dormia junto havia mais de dois meses e, se a menstruação dela tivesse atrasado e ela houvesse feito um teste de gravidez enquanto estávamos juntos, já teria me dito. Ela jamais teria esperado tanto tempo depois de termos terminado. Então isso significava...

— Uou — falei, desvencilhando a mão e me recostando de volta nas almofadas do sofá. — Isso é uma notícia e tanto. Fico feliz que você tenha encontrado alguém. De verdade. Como ele recebeu a notícia?

— Ele? — Ela franziu o cenho, subitamente irritada. — Você é o pai, Matt.

— O quê?!

— Claro que é você. Fui totalmente fiel enquanto estivemos juntos, e não tive ninguém depois disso.

— Mas não pode ser meu. — Sentei-me ereto, o coração acelerando novamente. — A gente não transa há meses.

— Eu sei. — Ela ergueu as sobrancelhas. — Fiquei tão surpresa quanto você.

— Mas como você pode estar grávida se não temos dormido juntos? Como isso é possível?

Alice recostou-se no sofá, pousou as mãos sobre a barriga inexistente e sorriu, os lábios apertados.

— Ainda não confirmei com o médico, mas imagino que esteja com dois meses. Minha menstruação sempre foi irregular e, quando ela atrasou no último mês, não dei muita importância. Simplesmente presumi que era por causa desse meu ciclo louco e que menstruaria esse mês. Só que... — ela me olhou de cara feia — ... não menstruei.

— Mas... mas... — Esfreguei as palmas subitamente suadas nos joelhos da calça jeans. — Sempre tomamos tanto cuidado Eu nunca deixei de usar camisinha.

— Eu sei. — Ela deu de ombros. — Uma delas deve ter arrebentado ou algo do tipo. A gente nunca verificou, não é mesmo?

Fiz que não. Era verdade, mas com certeza eu teria reparado. Com certeza.

Ficamos em silêncio, Alice me encarando e eu a encarando de volta, absorvendo lentamente o peso das consequências do que ela acabara de me contar. Lá fora o mundo prosseguia a todo vapor — uma mulher gritava com o cachorro que fugiu para a rua, grupos de alunos conversavam animadamente a caminho do pub e os carros buzinavam, numa luta furiosa por uma vaga. Nada mudara. Ali dentro, tudo estava diferente.

— Então — falei por fim. — O que a gente vai fazer em relação a isso?

CAPÍTULO TRINTA E UM

BETH

Tomei um gole de chá, botei as pernas para cima do sofá e peguei o celular. Como sempre, não fazia ideia de onde Lizzie estava, embora ela tivesse deixado um bilhete sobre a mesinha de centro me pedindo para colocar as roupas dela na máquina caso eu fosse lavar as minhas. Percorri as mensagens e reli a última que Aiden havia me enviado.

Oi, Beth. Entendo o porquê de você estar me ignorando, mas precisamos conversar. Por favor, me ligue assim que receber isso. Um beijo, Aiden.

O que será que ele tinha de tão importante para falar comigo? Meu polegar flutuou sobre a tela e pressionou "ligar" antes que eu tivesse a chance de mudar de ideia.

— Beth! — O fato de ele soar tão surpreso fez meu estômago revirar. O que diabos eu estava fazendo, ligando para ele? Ele ia me encher o saco por causa da invasão à festa de noventa anos de seu avô.

— Oi, Aiden — falei, o mais tranquilamente possível.

— Beth... — Escutei pessoas digitando ao fundo. Ah, merda. Aiden tinha me dito para nunca ligar para o trabalho dele. — É bom falar com você.

— Sério?

EM CASA PARA O NATAL 265

— Meu Deus, é claro! Você ignorou tantas mensagens que imaginei que jamais a veria de novo. Na verdade, achei que a última lembrança que teria de você seria vê-la caindo do palco de uma maneira nada elegante...

— Pode parar — interrompi. — Se pretende me dar um sermão, prefiro que não me conte tim-tim por tim-tim o que aconteceu naquela noite. Já me sinto humilhada o suficiente e não preciso ser lembrada de tudo novamente. Na verdade...

— Beth, não vou lhe dar um sermão.

Meu queixo caiu.

— Não vai?

— Não.

— Então por que me pediu para ligar?

— É... bem... — Ele fez uma pausa. Geralmente, não era possível fazê-lo parar quando ele tinha algo a dizer. Aiden era o sr. Imperturbável. — Você pode me encontrar no Lion and Lobster mais tarde? Preferiria que a gente conversasse frente a frente.

— Hum... não sei. Eu... — Foi a minha vez de hesitar. Se Aiden não pretendia me dar um sermão, então o que queria comigo? Eu já tinha me enrolado com o Matt, e a última coisa que precisava era de mais joguinhos.

— Por favor, Beth. — Seu tom foi gentil, quase suplicante. — É muito importante.

— Tudo bem. — Decidi num átimo. — Estarei lá. Às nove horas.

Coloquei o telefone de lado, olhei para ele por uns dois segundos e o peguei novamente. Precisava mandar duas mensagens urgentes.

O Lion and Lobster fervilhava com os clientes da noite, o que me fez soltar um suspiro de alívio. O que quer que Aiden tivesse a me dizer, teria que fazer em público. Espremi-me para passar entre as mesas lotadas até o balcão, pedi um cálice grande de vinho e vi meu ex-namorado acenando freneticamente de uma mesa do outro lado do salão.

— Beth! — gritou, e apontou para o cálice de vinho em sua mão. — É para você.

Ergui uma sobrancelha. Todas as vezes que eu saía para beber com Aiden, ele sempre chegava cedo, pedia um copo de gim com tônica e se acomodava em algum canto com um livro de filosofia. Quando eu chegava, ele me cumprimentava com um beijo no rosto e voltava a meter o nariz no livro enquanto eu ia até o balcão pedir algo para mim mesma.

Aiden continuava fazendo sinal para eu ir me juntar a ele, portanto agarrei o cálice que o barman colocara sobre o balcão e fui abrindo caminho entre a multidão.

— Oi, querida! — disse ele enquanto eu colocava a bebida sobre a mesa. Em seguida, jogou os braços ao meu redor e me apertou com tanta força que soltei um guincho. — Fico feliz que tenha podido vir.

Quando finalmente me soltou, deu um tapinha na cadeira ao seu lado.

— Sinto muito, está um pouco apertado — comentou quando alguém esbarrou em mim —, mas tive sorte em conseguir essa mesa. Se tivesse chegado um pouquinho mais tarde, você teria que sentar no meu colo.

Peguei meu vinho e tomei um grande gole enquanto Aiden jogava a cabeça para trás e ria como se tivesse acabado de contar a piada mais engraçada do mundo. Que diabos havia de errado com ele? Aiden *nunca* parecera tão feliz em me ver antes. Nem tão estranhamente animado.

— Então... — Botei o cálice de volta sobre a mesa, sentindo a curiosidade e o calor do vinho remexerem meu estômago vazio, enchendo-me de uma coragem incomum. — Qual é o lance?

EM CASA PARA O NATAL

Aiden parou de rir e olhou para mim. Seu pomo de Adão subiu e desceu ao engolir em seco.

— O lance, Beth... — Baixou os olhos para o drinque e ergueu-os de novo para mim. — O lance é...

— Sim?

Ele não ia me dizer que tinha alguma doença sexualmente transmissível, ia? Ai, meu Deus. Eu *sabia* que não devia ter entrado na pílula apenas duas semanas depois de termos começado a dormir juntos. Aiden tinha me dito que havia feito todos os testes depois que ele e a ex-namorada terminaram, mas podia ser mentira. Ou talvez ele tivesse me traído enquanto estávamos juntos e contraído alguma coisa.

— É sobre a festa — completou.

Eu sabia. Ele *ia* me dar um sermão.

— Sinto muito por ter invadido a sua festa — falei, antes que ele pudesse dizer qualquer coisa, e estiquei o braço para pegar meu cálice de vinho. — Foi apenas um pequeno engan...

Aiden agarrou meus dedos antes que eles fizessem contato com o cálice.

— Não. — Apertou minha mão. — Não ouse pedir desculpas.

Olhei para ele, surpresa.

— Como?

Ele se inclinou em minha direção, os olhos fixos nos meus.

— Aconteceu uma coisa estranha quando você apareceu na festa e agarrou o microfone.

— Você abriu sua carteira? — brinquei e imediatamente me arrependi. Aiden não estava de palhaçada. Ele continuava me encarando. Seus olhos estavam tão arregalados que tudo o que eu conseguia ver eram dois globos brancos e as imensas pupilas. Comecei a ficar preocupada que ele não soubesse mais como piscar.

—Vi você de uma forma totalmente diferente naquela noite — continuou ele, acariciando as costas da minha mão.

—Viu?

Ele fez que sim e se aproximou ainda mais. Havia uma espinha amarelada num dos lados do maxilar. Ela parecia estar precisando de uma boa espremida.

—Vi uma coisa que nunca tinha visto antes.

— Minha calcinha ao cair do palco?

Ó céus! O que havia de errado comigo? Por que eu continuava dizendo coisas idiotas?

— Já vi sua calcinha antes, Beth — retrucou ele, sem se abalar. Ainda não sorrira. — O que eu nunca tinha visto, nem sabia que existia, era esse seu lado ousado e impulsivo. Você parecia uma mulher diferente. Vibrante, apaixonada.

— Parecia?

— Parte do motivo de ter terminado com você, Beth, foi porque você nunca, realmente... — Aiden finalmente piscou ao esticar o braço para pegar o cálice e tomar um gole de seu vinho tinto — ... se impôs. Sempre que eu perguntava o que você queria fazer, ou aonde queria ir e o que desejava comer, você me respondia: "O que você preferir."

Eu me encolhi. Era verdade.

— Quando a conheci, no cinema, você foi engraçada, espontânea e sagaz, mas quanto mais tempo passávamos juntos, menos eu via esse seu lado. Foi como se sua personalidade tivesse evaporado e parei de sentir que tinha uma namorada; em vez disso, comecei a ter uma sombra que concordava com tudo o que eu dizia.

— Hum. —Tomei um grande gole do meu próprio vinho. Ótimo, então ele não tinha me arrastado para fora de casa a fim de me passar um sermão por ter invadido a festa. Em vez disso, estava me matando de forma lenta e torturante. Que bom!

EM CASA PARA O NATAL

— Mas quando você subiu naquele palco... — Aiden colocou um dedo sob meu queixo e ergueu minha cabeça de modo a me forçar a olhar para ele — ... e soltou o verbo, alguma coisa dentro de mim faiscou. Não consegui tirar os olhos de você. Vi uma mulher apaixonada, viva e vibrante que invadiu uma festa por causa de seus sentimentos por mim. Ninguém nunca tinha feito nada parecido por mim antes, Beth.

Eu estava chocada demais para respirar, que dirá falar.

— Pois então, o lance é que... — Ele acariciou meu rosto com o polegar. — O motivo de ter lhe pedido para vir aqui hoje... é porque eu queria me desculpar e lhe perguntar...

Ele ia fazer isso, ia realmente fazer isso; admitir que tinha cometido um erro ao terminar comigo. Eu havia perdido a conta do número de vezes em que fantasiara sobre isso, ex-namorados implorando para que eu lhes desse mais uma chance. Com certeza sonhara com Aiden fazendo isso. Não teria me metido em toda aquela loucura de bronzeamento artificial, dentes fosforescentes e vestidos apertados demais se não sonhasse. Quantas vezes tinha verificado o celular na esperança de haver uma mensagem dele? Centenas! Provavelmente milhares. Quando ele terminou comigo, tudo o que eu queria, tudo com o que sonhava era reconquistá-lo. Aiden era o único homem que me interessava, até...

Uma imagem do rosto sorridente de Matt pipocou na minha mente. Afastei-a e sorri para Aiden. Era um universo doente, esse que fazia com que os homens que terminavam com você a quisessem de volta no segundo em que você desenvolvia sentimentos por outro cara. Só que Matt não retribuíra meus sentimentos, não é? Além de não querer nada comigo, eu tinha quase certeza de que me odiava.

— Então, Beth, o que eu queria te perguntar é... é... — gaguejou ele, ainda me encarando fixamente — ... se você pode me perdoar por terminar nosso relacionamento e me dar uma segunda chance. Por favor, me dê outra chance.

Uma segunda chance? Aiden não ia *me* dar uma segunda chance; estava implorando que eu desse a ele! O homem que eu amara estava admitindo que havia cometido um erro e tentando acertar as coisas.

Uau!

Meu ex-namorado me olhava com tanta expectativa, tanta adoração, que imediatamente me senti culpada por pensar em Matt. Aiden não era um sujeito mau. Não mesmo.

— E então? — ele perguntou de novo; uma gota de suor escorreu por sua testa. — Vai me dar outra chance, Beth? Vai me aceitar de volta? Por favor!

Tomei um gole do vinho, botei o cálice de volta sobre a mesa e olhei para ele.

— Sim, Aiden — respondi. — Vou.

— Não posso acreditar — disse Aiden pela décima vez em mais ou menos dez minutos. — Não posso acreditar que você concordou em me dar uma segunda chance. Isso é maravilhoso, querida.

— Hum — repliquei ao vê-lo capturar meus dedos e plantar um beijo molhado nas costas da minha mão.

— As coisas serão diferentes agora que sei a tigresa que você é, querida. Uma verdadeira *tigresa*.

Ele soltou minha mão, ergueu as dele ao lado do rosto e fechou os dedos em garra.

Não faça isso, Aiden, rezei enquanto o jovem e estiloso casal na mesa ao lado se virava para olhar para a gente. A garota estava vestida como uma modelo dos anos de 1940: cabelos cacheados, vestido de cintura bem marcada e batom vermelho. O namorado, com seu topete que desafiava a gravidade e terno feito sob medida, era um clássico janota. Por favor, não faça o que eu acho que você está prestes a...

— Rrrrrrrrr — ele rosnou como que aproveitando a deixa, o lábio superior se retraindo e deixando os dentes à mostra, ao mesmo tempo em que os dedos rasgavam o ar. — Grrrrrr. Rrrrrrrr. Tigrrrrresa.

O casal se entreolhou e soltou uma risadinha. Desviei os olhos rapidamente e levei as mãos às bochechas. Elas queimavam de vergonha.

— Beth, minha querida — continuou ele, agarrando minha mão e me forçando a fitá-lo novamente.

— Sim?

— Faça alguma coisa selvagem — incitou, debruçando-se sobre a mesa e me olhando com uma expressão que supus querer transmitir atrevimento. — Faça uma cena, vire a mesa, jogue o vinho em cima de mim. Vamos lá, Tigresa, me seduza, me deixe com tesão, faça com que uma pequena festa aconteça em minhas calças.

A mulher estilosa virou a cabeça tão rápido que seu pescoço estalou.

— Aiden, shhhhh.

— Desculpe, querida. — Ele deu uma piscadinha lasciva. — Não consegui evitar. É o efeito que você provoca em mim. Mais vinho?

Aceitei com um aceno entusiasmado.

— Com certeza.

Enquanto ele se levantava e ia até o balcão, recostei na cadeira e esfreguei as têmporas. Por que eu tinha concordado em dar a Aiden uma segunda chance? Não era por isso que tinha aceitado me encontrar com ele. Pela primeira vez desde que havíamos terminado, eu não considerara a possibilidade de reatarmos. Juro que não. Isso nem sequer passara pela minha cabeça. Eu não tinha me arrumado. Não havia passado horas secando o cabelo ou me certificando de que a maquiagem estava perfeita. Simplesmente pegara a bolsa e seguira para o pub.

A princípio, só havia concordado em encontrar Aiden para contar a ele sobre a mudança de vida que pretendia tomar e acabara sendo surpreendida por aquela pergunta inusitada. Realmente surpreendida. No instante em que o "sim" saiu da minha boca, me arrependi de ter dito isso. Foi como uma reação impulsiva, pré-programada em mim — Aiden me implorando por outra chance e eu aceitando de forma graciosa —, uma vez que tinha sonhado com esse momento praticamente todas as noites desde que havíamos terminado.

Então por que eu não estava dando pulos de alegria? Por que não estava explodindo de felicidade ou presunção, mandando uma mensagem atrás da outra para Lizzie, a fim de contar que tínhamos reatado? Tudo o que eu sentia era confusão.

Não falei quase mais nada o resto da noite, mas Aiden tagarelou sem parar sobre os momentos fantásticos que teríamos agora que tínhamos reatado e sobre como o sexo seria excelente uma vez que ele vira minha paixão animal. Algumas semanas antes, essa recapitulação teria me deixado nas nuvens, mas, por mais que eu sorrisse e concordasse com ele, não conseguia me livrar do enjoo na boca do estômago.

— Chegamos — disse ele, acompanhando-me até a porta de casa. — Puxa, a última vez que estive aqui...

Ele deixou a frase suspensa no ar. Nós dois sabíamos o que tinha acontecido na última vez em que ele estivera lá. Ele havia terminado comigo.

— Sabe de uma coisa? — perguntou, passando o braço em volta da minha cintura e me puxando mais para perto. — Você está linda

EM CASA PARA O NATAL

hoje, Beth. Profundamente radiante. E estou muito aliviado que você não esteja tão laranja quanto da última vez em que nos encontramos. — Deu uma risadinha. — Acho que esse ar de Costa del Essex não combina muito bem com você.

— A-hã — concordei, mais preocupada com onde estavam as mãos dele do que com o que ele estava dizendo. Antes, eu sempre me sentia tão relaxada nos braços do Aiden. Por que agora era tão desconfortável?

— Dito isso — continuou ele, colocando um dedo sob meu queixo e erguendo minha cabeça —, acho que provavelmente continuaria a amando mesmo que você estivesse cor de tangerina.

Abri a boca para reclamar do termo "tangerina", mas ele me silenciou com um beijo. Seus lábios roçaram os meus, a princípio de forma suave, depois com mais intensidade quando sua língua deslizou para dentro da minha boca e começou a passear pela minha.

— Hum — murmurou, puxando-me mais para perto, as mãos deslizando em direção à minha bunda. Apertou-a com entusiasmo. — Hum, hum, hum.

Minhas mãos subiram sem muito jeito para os ombros dele enquanto ele continuava a passear a língua pela minha. Esse era o momento com o qual eu havia sonhado — nosso primeiro beijo apaixonado após a retomada do relacionamento —, então por que eu não estava sentindo nada? Eu me sentia tão emocionalmente envolvida quanto uma boneca inflável. Uma boneca inflável cor de tangerina.

Espere um pouco! Cor de tangerina? Não era a descrição que estava me incomodando, mas algo que ele dissera antes. O que era mesmo? Rebobinei freneticamente nossa conversa enquanto as mãos de Aiden subiam da minha bunda para os peitos. Replay...

— Ei! — Botei as mãos no ombro dele e o empurrei.

— Desculpe! — Ele engoliu em seco, nervoso, os dedos retorcendo-se nos bolsos do paletó de veludo cotelê. — Passei do ponto, não foi? Muita sede ao pote? Sinto muito, Beth, mas não consegui resistir. Estava pensando no quanto você ficou sensual cambaleando de um lado para o outro do palco com o microfone na mão e...

— Aiden. — Ergui uma das mãos. — Sssssh!

— Desculpe. — Ele baixou a cabeça e entrelaçou os dedos como se tivesse acabado de ser repreendido pela diretora do colégio.

— Aiden, olhe para mim.

Ele me fitou com olhos ansiosos.

— Aiden, você disse que provavelmente continuaria me amando mesmo que eu estivesse cor de tangerina.

— Ahn, foi. — Trocou o peso de um pé para o outro. — Desculpe pela referência à fruta, querida. Não foi meu momento mais poético.

— Não. — Neguei com a cabeça. — Estou falando da outra palavra.

— Provavelmente? — Ele fixou os olhos ao longe e repetiu a palavra em silêncio, como que testando seu peso na língua; em seguida, virou-se de novo para mim. — Desculpe, Beth. Provavelmente não transmite nenhuma segurança, não é mesmo? Ela sugere que a pessoa não está cem por cento certa, e não tenho dúvidas quanto ao que sinto por você. Na verdade, eu provavelmente tenho... desculpe — Deu um tapa na própria testa. — Já estou usando a palavra de novo... *definitivamente* tenho mais certeza dos meus sentimentos por você do que tive sobre qualquer outra coisa desde que resolvi estudar francês em vez de alemão. É uma língua falada em muito mais países. Você sabia que na África o francês é falado em...

— Aiden, cala a boca!

Que estranho! Antes, quando estávamos juntos, eu o escutava embevecida falar sobre tudo e qualquer coisa. Agora achava aquele falatório sem sentido estranhamente irritante.

EM CASA PARA O NATAL

— Aiden, você mencionou a palavra amor.

— Bem, sim. — Olhou para mim sem expressão. — Escolhi essa palavra especificamente porque é a que melhor define meus sentimentos. Eu amo você, Beth.

Encarei-o de volta, meus olhos percorrendo a boca grande, de lábios finos, o nariz perfeitamente reto e os olhos azul-claros. Aiden Dowles acabara de dizer que me amava. Pela primeira vez na vida, alguém dizia que... me amava.

Então, por que eu não estava pulando, dando cambalhotas de felicidade? Não era o que eu sempre quis — que alguém me dissesse que me amava? Eu não sonhava com isso desde que tinha oito anos e enterrava o nariz nas histórias da *Cinderela* e de *A Bela Adormecida*, enquanto meus pais gritavam um com o outro na cozinha? Eu não deveria estar jogando os braços em volta de Aiden e dizendo a ele que o amava também?

— Beth? — Ele me fitou com o cenho franzido, os braços pendendo ao lado do corpo. — Está tudo bem?

Fiz que não.

— Não tenho certeza.

Realmente não tinha.

Tudo o que eu esperava que acontecesse ao descobrir que era amada... não aconteceu. Eu não estava explodindo de felicidade. Não estava vendo fogos de artifício, nem sentindo o cheiro de pétalas de rosas, nem imaginando adoráveis criaturinhas silvestres. Em vez de sentir uma fantástica onda de emoção, não sentia nada. Absolutamente nada.

Olhei para o meu ex-namorado, que esperava pacientemente por uma reação à sua desajeitada declaração de amor. Por que ele parecia tão diferente? Quando estávamos juntos, eu ficava extasiada com sua altura, nobreza, boa aparência e distinção. Agora, tudo o que conseguia enxergar era um homem magro com cabelos ralos, pele ruim e um péssimo gosto para se vestir. Eu me apaixonara por um homem inteligente, distinto e bem informado. Agora estava diante de um sujeito chato, indulgente e pomposo com um estranho fetiche por tigres. Aiden não era um homem mau, até aí eu tinha acertado, mas por que sentira que ele era areia demais para o meu caminhão? Por que ficara tão maravilhada com ele? Será que minha autoestima era tão baixa assim?

— Está tudo bem, querida? — repetiu ele, dando-me uma cutucada no ombro. — Perdeu seu grrrrr?

— Aiden... — Peguei a mão dele e a segurei entre as minhas, menores que a dele.

— Que foi, meu amor?

— Acho que a gente não devia reatar o namoro.

O rosto dele pareceu despencar.

— Ah.

Apertei suas mãos.

— Não foi justo da minha parte concordar em tentar de novo. Fiquei confusa e peço desculpas por isso. Você estava certo ao terminar comigo. Eu estava fingindo ser alguém que não sou, e essa pessoa que você ama, essa tigresa, também não sou eu. Pelo menos, não totalmente.

Eu havia levado vinte e quatro anos, mas finalmente entendera duas coisas. Em primeiro lugar, o amor não se trata de alguém lhe dizer as três palavrinhas mágicas, mas significa ser amado por quem você é, por quem você *realmente* é, e não quem você acha que a outra pessoa gostaria que fosse. Em segundo lugar, as palavras "eu amo você" só têm valor quando você pode dizê-las de volta.

— Você não é uma tigresa — repetiu Aiden, a testa enrugada em sinal de confusão. — Você é mais do que isso. Certo. Entendo. Eu acho.

EM CASA PARA O NATAL

— Entende?

Ele fez que sim e, em seguida, me lançou um olhar especulativo.

— Posso perguntar uma coisa?

— Claro.

— Existe outra pessoa?

Meu coração apertou dentro do peito ao lembrar da última vez em que vira Matt.

— Achei que sim — falei com brandura —, mas não.

— Ah. — Aiden pareceu pensativo. — Já imaginava. Mas, sabe de uma coisa, Beth? O sujeito é obviamente um idiota se deixar você escapar.

Dei um meio-sorriso. Escutá-lo chamar Matt de idiota não diminuía a dor, mesmo que fosse verdade.

— Então. — Ele deu de ombros e desvencilhou a mão. Fiquei surpresa ao perceber que a apertava com força. — Acho que só me resta dizer boa-noite.

Sorri, propriamente dessa vez.

— Acho que é mais do que um simples boa-noite, Aiden.

— É mesmo? — Ele ergueu as sobrancelhas.

— É. — Fiz que sim. — Estou indo para a Austrália. Era isso que pretendia lhe contar hoje. Minha mãe vai começar um negócio lá e me ofereceu uma passagem para ir com ela. Não há mais nada para mim aqui em Brighton, portanto, decidi aceitar. De qualquer forma... — dei de ombros — ... não pode ser tão ruim assim, pode? Ser uma secretária em Sidney? Pelo menos vou ficar aquecida a maior parte do ano!

Aiden pareceu surpreso.

— Mas e quanto ao seu trabalho? Achei que o plano fosse ficar no Picturebox e ir subindo até conseguir seu próprio cinema!

Tinha esquecido que havia contado isso a ele numa noite de bebedeira no nosso terceiro encontro.

Soltei um suspiro.

— Nem todos os sonhos se realizam, Aiden. Está na hora de crescer e começar a viver no mundo real. Meu voo para Sidney é amanhã de manhã.

— Uau. — Ele pareceu genuinamente chocado. — Então isso é realmente um adeus?

— Acho que sim.

— Me dá um abraço? — perguntou, abrindo os braços. — Ou você acha que isso seria estranho?

— Não. — Sorri. — Isso seria muito legal.

Pressionei o rosto contra o ombro dele e fechei os olhos enquanto ele me abraçava com força.

Mas não eram os braços do Aiden que eu queria em volta de mim.

Eram os do Matt.

Enquanto meu ex-namorado descia a rua, a cabeça erguida, os braços balançando ao lado do corpo, qualquer culpa que eu pudesse ter sentido quanto à minha decisão desapareceu num segundo. Ele não estava devastado por não ter conseguido uma segunda chance. Desapontado, talvez, mas eu tinha a sensação de que não chegaria em casa e cairia no choro até dormir.

Conhecendo Aiden, ele encontraria alguém em questão de semanas. Bastava entrar no clube do vinho, abrir uma boa garrafa de tinto, escolher a mulher bonita mais próxima e entabular uma conversa sobre as qualidades e méritos do vinho. E, quem sabe, talvez ela gostasse de seu fetiche por tigres!

Sorri comigo mesma ao pescar as chaves na bolsa para entrar em casa.

EM CASA PARA O NATAL

— Liz! Você recebeu minha mensagem!

Minha amiga estava sentada no sofá da sala, as pernas esguias encolhidas até o peito, os braços envolvendo os joelhos e os olhos pregados na televisão que ficava no canto do aposento.

— Olá, minha linda! — Seu rosto se iluminou ao som da minha voz; ela pulou do sofá e me deu um abraço apertado. — Senti sua falta!

Ri e a abracei de volta.

— Também senti a sua. Como foi o feriado?

— Fantástico! — Ela se distanciou um pouco e me olhou de cima a baixo. — Que cara é essa? O que está acontecendo?

— Você escutou o que a gente estava falando? Lá fora?

— A gente quem?

— Eu e Aiden.

— Não. Ai, meu Deus! — A alegria desapareceu. — Por favor, não me diga que você voltou com ele, Beth.

— Não.

— Fico feliz em ouvir isso. O que o sr. Hálito de Cebola em Conserva queria com você?

— É uma longa história. — Soltei a bolsa no chão ao lado do sofá e caí sentada.

— Não me incomodo, pode levar a noite inteira... conta logo! — Ela se acomodou ao meu lado. — Recebi sua mensagem e fiquei curiosa para saber o que havia de tão importante que você não podia me falar pelo telefone. É bom que seja um babado forte. Nathan tinha programado me levar para jantar no Graze hoje. Oficialmente, as férias só terminam amanhã de manhã!

— Desculpe. — Agarrei uma almofada rosa felpuda e a abracei de encontro ao peito. — Achei que era melhor lhe contar cara a cara.

Ela franziu o cenho.

280   CALLY TAYLOR

— Contar o quê?

— Certo. — Encaixei os pés debaixo das nádegas e inspirei fundo. — Aconteceram algumas coisinhas desde a última vez que a vi...

Minha melhor amiga escutou com toda a atenção meu relato sobre o fim de semana de entrevistas em Gales (soltou um suspiro horrorizado quando lhe contei sobre o acidente com as calças) e a noite com Matt no hotel (caiu na gargalhada quando falei sobre o negócio do Garotão e, em seguida, pediu desculpas). Mas, quando contei que Matt tinha dormido comigo e partido na manhã seguinte antes que eu acordasse, ela ficou zangada.

— Isso é *tão* errado! Sério, Beth, esse sujeito é um perfeito canalha, é óbvio. Você foi até o hospital para visitar o avô dele e é assim que ele lhe agradece? Credo!

— Eu sei. — Fui invadida por uma onda de tristeza, mas sacudi o corpo para afastá-la. Não queria mais pensar sobre aquela manhã. Doía demais. Além disso, tinha coisas mais urgentes com que me preocupar. — E essa não é a pior parte. Não consegui o emprego.

— Como? — O queixo de Lizzie caiu. — Está brincando! Você é *perfeita* para o emprego de gerente.

Dei de ombros.

— Também achava que sim. Meu plano de estratégias era muito bom, Liz, sem falsa modéstia, mas meti os pés pelas mãos... o lance durante o exercício de rapel, o fato de ter gritado com Matt na entrevista; nem sei por que estou surpresa.

— Você devia reclamar — replicou Lizzie, indignada. — Ligue para o escritório central da Apollo e conte a eles que Matt agiu de forma nada profissional. Não posso acreditar que ele se recusou a falar com você no telefone. Isso é inacreditável. Meu Deus, Beth. Você não pode sair do Picturebox. Ele é parte de você.

— Eu sei. — Abracei a almofada com mais força ainda e olhei para o teto, tentando não chorar. Não podia acreditar que eu não

EM CASA PARA O NATAL

trabalharia nem mais um dia no emprego que amava tanto. — De qualquer forma — continuei, engolindo em seco —, não posso mudar o que aconteceu; portanto, preciso seguir em frente.

— Sério? — Liz ergueu uma sobrancelha. —Tem certeza? Porque se quiser contestar essa decisão, pode contar comigo.

— Não. — Balancei a cabeça negativamente. — De qualquer forma, não sei se esse emprego seria bom para mim. A Apollo vai colocar o cinema abaixo e transformá-lo numa daquelas salas padronizadas e sem alma. Não seria a mesma coisa. — Forcei um sorriso. — Mas, obrigada, Liz. Aprecio o seu apoio.

— É para isso que servem as amigas... para lutar contra a injustiça e desatar os nós cegos. — Ela riu. — E agora? Vai arrumar um emprego em outro lugar?

— Pode-se dizer que sim.

Ela assumiu um ar pensativo.

— Era isso o que você queria me dizer pessoalmente? Que perdeu o emprego no Picturebox e... espere um pouco... — Perscrutou meu rosto. — Você está indo embora de Brighton, não está? Está indo para a Austrália, para trabalhar como secretária da sua mãe. Beth, você não pode fazer isso, eu não vou deixar. Eu...

— Eu prometi! — Interrompi minha amiga antes que ela pudesse dizer mais alguma coisa. — Falei para a mamãe que, se eu não conseguisse o emprego na Apollo, eu iria com ela.

— Danem-se as promessas. É de você que estamos falando, Beth, não dela. É a sua vida. Aqui... — Ela me entregou o celular. — Ligue para ela e diga que você não vai.

Fiz que não.

— Não posso. Já está tudo arranjado. Mandei uma mensagem para ela hoje confirmando que eu iria. As passagens já estão compradas e tudo o mais.

— O quê? Bosta!

— Além disso... — devolvi o celular — ... não posso simplesmente mudar de ideia. Ela ficou realmente animada. Seria uma crueldade.

Lizzie me encarava, horrorizada.

— Que foi? — perguntei na defensiva.

— Que se dane esse negócio de crueldade, Beth. Você me disse que preferiria morrer a se tornar secretária da sua mãe.

— Eu sei.

— Então por que está fugindo para a Austrália? Não entendo.

— Não estou fugindo. — Soltei um suspiro. — É complicado.

Minha melhor amiga abriu a boca para dizer alguma coisa, mas pareceu pensar melhor.

— Quando você vai? — perguntou.

— Amanhã.

— O quê?! Meu Deus, Beth, você não perde tempo, não é mesmo?

— Sei que é uma decisão repentina e que deveria continuar trabalhando no Picturebox até o final do aviso prévio, mas... — Dei de ombros. — Acho que ninguém vai se incomodar se eu for embora agora, em vez de esperar até o fim do ano. Raj me falou que a sra. Blackstock vai dar uma passadinha no cinema amanhã, portanto, vou dar um pulo lá no caminho para a estação e avisar a ela que estou indo embora.

— Mas estamos no Natal! Você não pode partir agora! Comprei um presente para você e tudo o mais!

— Ah, minha amiga. — Toquei a mão dela. — Não há nada que eu possa fazer. Sinto muito. A mamãe escolheu a data deliberadamente para que nossa nova vida na Austrália começasse no dia de Natal. Ela disse que isso seria simbólico...

EM CASA PARA O NATAL

— Simbólico o cacete! Isso pode ser um novo começo para ela, não para você. Meu Deus! — Lizzie correu os olhos pela sala, franziu o cenho e se virou de volta para mim. — Foi por isso que você não decorou a casa, não foi? Você sabia que estava indo embora. No ano passado, eu mal conseguia andar por aqui sem bater a cabeça em alguma faixa ou rena voadora! Merda. — Estreitou os olhos de forma acusatória. — Há quanto tempo você sabe?

— Que eu estava partindo? — Desviei os olhos. — Só tomei a decisão hoje, mas venho pensando sobre isso há umas duas semanas... desde que descobri que não tinha conseguido o emprego. Fiquei esperando que algo acontecesse, que a mamãe mudasse de ideia ou que James desistisse do novo cargo de gerente do Picturebox e que me chamassem no lugar dele, mas... — Dei de ombros novamente. — Isso não vai acontecer.

— Mas e quanto ao seu quarto? Suas coisas?

— Bem... — Fiquei surpresa ao perceber o quanto eu já havia resolvido. — Vou fazer a mala hoje à noite e dividir o resto das coisas em duas pilhas... uma que eu gostaria que você me enviasse, se não se importar, e a outra para ser levada para um brechó de caridade. Mamãe acha que não vai ser difícil arrumar um visto de permanência para mim.

— Visto de permanência?

— É. — Ignorei a expressão horrorizada da minha amiga. — Já paguei o aluguel do mês que vem e tenho o suficiente no banco para enviar mais outro mês. Acho que em oito semanas dá para você encontrar outra pessoa para dividir o apartamento.

Os olhos de Lizzie perscrutaram os meus.

— Você está realmente indo embora, não está?

Assenti com a cabeça.

— Ah, Beth. — Ela se jogou em cima de mim e me abraçou. — Vou sentir a sua falta, de verdade.

— Também vou sentir a sua — murmurei de volta. Estava falando sério. Eu realmente ia sentir muita, muita saudade dela.

— Prometa que vai se cuidar, Lizzie — falei, desvencilhando-me do abraço, a fim de olhar para ela. — Não quero ver no noticiário que uma mulher morreu de fome em Brighton depois de ficar presa na janela de um pub.

Ela sorriu.

— Prometo.

— Certo. — Juntei as mãos como se fosse bater palmas. — Você vai me ajudar a fazer as malas ou não? A recompensa é uma garrafa de vinho.

— Vinho? — Ela deu uma piscadinha. — Você definitivamente conhece o caminho para o meu coração, Beth Prince.

CAPÍTULO TRINTA E DOIS

MATT

No que dizia respeito a pesadelos, esse rivalizava com o que eu costumava ter quando criança — em que minha mãe aparecia para se desculpar por ter me deixado, embora não fosse a mulher que eu me lembrava, e sim uma zumbi com a pele soltando do corpo e dois buracos negros no lugar dos olhos —, só que agora não era um pesadelo de verdade, era? Bastava rebobinar a conversa que eu acabara de ter com Alice para me lembrar precisamente do quanto isso era real.

— Matt? — Ela entrou de novo na sala com duas canecas fumegantes de chá e se agachou diante de mim.

Peguei a xícara que Alice me ofereceu, a envolvi com as mãos e tomei um gole. Queimei o céu da boca. Em seguida, tomei um segundo gole.

— Matt, olhe para mim.

Fitei minha ex-namorada; ela pousou uma das mãos sobre o meu joelho.

—Você já pensou sobre o que a gente deve fazer?

— Já — respondi.

— E? — Alice inclinou ligeiramente a cabeça, os olhos perscrutando os meus.

— Vou apoiá-la no que você decidir.

— E se eu quiser ter o bebê?

Engoli em seco.

— Vou apoiar essa decisão.

— Ótimo. — Um sorriso espalhou-se lentamente pelo rosto dela, que apoiou o corpo nos calcanhares e levantou. — Estava esperando que você dissesse isso.

Olhei para a janela da sala. Estava escuro lá fora, embora as cortinas continuassem abertas. Tudo o que eu conseguia enxergar era o reflexo de um homem tenso e nervoso me encarando de volta. Alice ia ter um bebê. Um bebê de verdade, daqueles que gritam e esperneiam. Em sete ou oito meses eu me tornaria pai. Eu, Matt Jones, pai de alguém? Corri uma das mãos pelo cabelo. Era tudo tão... tão repentino. Não estava dando para digerir muito bem. Num minuto eu estava estressado por causa do contrato do Picturebox (ainda não o enviara para a Esmagadora de Bolas), matutando sobre a situação de Beth e correndo de um lado para o outro, a fim de checar meu avô no hospital, e agora — TCHARAM — isso. E pensar que eu achava que a minha vida não podia ficar mais complicada. Sei!

— Está tarde — Alice comentou baixinho. Virei e a vi apertando os olhos para enxergar o pequeno relógio de prata sobre o consolo da lareira. — Não sei quanto a você, Matt, mas estou exausta. Foi uma noite de emoções fortes. Acho que está na hora de irmos para a cama.

— É mesmo. Boa ideia. — Botei a xícara sobre a mesinha, peguei meu casaco e enfiei um braço na manga.

— Você vai embora? — Ela pousou uma das mãos no meu ombro.

— Bem, sim. — Franzi o cenho. — Você acabou de dizer...

— Você vai para casa? — A voz dela subiu algumas oitavas e ela deu um passo para trás. — Agora? Acabei de dizer que estou grávida

EM CASA PARA O NATAL

e você resolve ir para casa e me deixar aqui sozinha? Ótimo. Isso é muito galanteador, Matt.

— Mas... o quê... como... — Não conseguia entender por que ela estava tão zangada. Eu não tinha acabado de dizer que apoiaria qualquer decisão dela? Alice parecera ter ficado muito feliz. — Está dizendo que quer que eu fique?

— Você é inacreditável, Matt. — Ela cruzou os braços na frente do peito e estreitou os olhos. — Sabe quanto tempo levei até criar coragem para lhe contar sobre o bebê? Sabe?

Fiz que não, mas não disse nada.

— Dias! Dias, Matt! Fiquei assustada. Muito assustada. Para ser franca, ensaiei o que eu ia dizer, porque estava morrendo de medo que você surtasse ou coisa pior. Precisei de toda a minha coragem para contar isso hoje, e você fica aí sentado com essa cara de panaca, dizendo que vai me apoiar, mas sem fazer porra nenhuma.

— Mas... — Abri as mãos em sinal de rendição. — Não sei o que mais eu posso fazer. Quando o bebê chegar, vou ajudá-la financeiramente e comprar coisinhas para ele. Pretendo ser um pai de verdade. Nunca estive nessa situação antes, Alice, e ainda estou tentando digeri-la. Qual é o problema? O que você quer que eu faça?

— Me apoiar de verdade! — Bateu com o salto do sapato no piso de madeira. — Me apoiar, Matt. Você não é o único que está surtando por causa disso, sabia?

— E... ficar aqui hoje seria uma forma de apoiá-la? — arrisquei.

— Até que enfim! — O franzido de irritação na testa de Alice desapareceu e ela sorriu como se eu fosse um tolo. — Você entendeu.

— Tudo bem, então. — Tirei o casaco. — Certo. Sem problema. Eu durmo no sofá.

— No sofá?! — Os olhos dela se encheram de lágrimas e ela cobriu o rosto com as mãos. — Minha vida está de cabeça para baixo e você resolve me apoiar dormindo no sofá? Que tipo de apoio é esse? É assim que você vai cuidar de mim? Assim, Matt? Como?!

— Certo, certo — respondi, desesperado. — Esquece o sofá! Onde você quer que eu durma?

Eu tinha certeza de que sabia a resposta para essa pergunta, o que não significava que era uma boa ideia.

— Não tem nada a ver com o que eu quero, e sim com o que é certo. — Alice descobriu o rosto manchado de lágrimas e olhou para mim. — O que você acha que é o certo a fazer, Matt?

Meu instinto me dizia para gritar "Arrrrrgggghhhhh! Chega de joguinhos!", e sair correndo para o pub, mas meu cérebro se recusava a aceitar essa atitude. Ele me dizia que Alice estava estressada, com os hormônios a mil, e que passar uma noite com ela não ia me matar, não se isso a fizesse parar de chorar e me olhar como se eu tivesse acabado de matar um filhotinho de cachorro. Ela estava grávida e surtando por causa disso.

— Acho que a coisa certa a fazer — falei de forma ponderada, incapaz de acreditar que eu estava prestes a dizer isso — é ficar aqui hoje e dar a você o apoio que precisa.

Prendi a respiração enquanto Alice me olhava de cima a baixo como que analisando minha resposta. Por fim, ela sorriu.

— Obrigado, Mattie.

— De nada.

Ela estendeu uma das mãos.

— Então vem.

Tomei a mão dela de forma hesitante e deixei que me conduzisse até o quarto. Foi tudo o que consegui fazer para não puxar a mão e sair correndo porta afora.

• • •

EM CASA PARA O NATAL

Virei de lado, tomando cuidado para não acordar Alice, e peguei meu celular.

Eram cinco e quinze da manhã.

Haviam se passado horas desde que eu fora arrastado para o quarto, e ainda não conseguira pregar o olho.

Entrar no quarto da minha ex-namorada pela primeira vez em três meses foi estranho. O desenho digitalizado da gente que tinha sido feito numa cabine do píer, numa tarde de bebedeira durante o último verão, continuava sobre a penteadeira, ao lado dos ingressos para o primeiro show que tínhamos ido juntos e de uma pedrinha listrada que eu havia pegado na praia e dado a ela.

Não disse nada. Em vez disso, tirei os sapatos e as meias e deitei na cama completamente vestido. Alice tentou criar caso, dizendo que eu ficaria com calor e desconfortável, mas eu não ia tirar toda a roupa e ficar só de cuecas, de jeito nenhum, portanto fui irredutível. Já era estranho o suficiente deitar na cama com minha ex-namorada sem ficar seminu. Ela não teve os mesmos escrúpulos. Tive que desviar os olhos quando Alice tirou o jeans e puxou o pulôver pela cabeça, uma vez que eu tinha quase certeza de que ela não estava usando nada por baixo. Ao senti-la deitar na cama ao meu lado, fiquei aliviado ao ver que ela estava usando uma camiseta larga.

Todos os músculos do meu corpo ficaram tensos quando ela se virou de lado e ficou a poucos centímetros de mim. A situação toda parecia errada — tão, tão errada. Eu não devia estar na cama com Alice, devia estar... fui assaltado por imagens do sorriso de Beth, do modo como ela soprava a franja para afastá-la da testa e da sensação dos lábios dela sobre os meus.

— Mattie — chamou-me Alice num sussurro.

Fechei os olhos com força.

— Matt — sussurrou de novo. Prendi a respiração quando ela tocou meu braço e começou a acariciar minha pele com o polegar.

— Matt, ainda está acordado?

Mantenha os olhos fechados e finja que está dormindo, falei comigo mesmo. Quando acordar de manhã, tudo isso terá passado. Tudo isso terá sido apenas um...

Não, não seria.

Alice ia ter um bebê. Um bebê de verdade. E eu teria um filho ou uma filha.

Eu não estava preparado.

Diabos, eu ainda contava as mesmas piadas que me faziam rir quando tinha treze anos. Deus devia ter caído na gargalhada quando ela me falou sobre a gravidez. Parecia uma daquelas piadas infantis sem graça.

Devo ter soltado um sonoro suspiro, porque, de repente, ela segurou meu braço.

— Ah! Então você está acordado!

Abri os olhos.

— Matt. — Ela se aproximou ainda mais e se ergueu num dos cotovelos, de modo que ficou me olhando de cima para baixo. — É legal, não é? Isso.

— Hum — murmurei.

— Nós dois na cama, como nos velhos tempos.

A diferença é que você ainda não gritou comigo nem me mandou ir dormir no sofá.

— A gente forma um belo casal, não é mesmo?

Resmunguei qualquer coisa ininteligível e tentei me afastar, mas Alice tirou a outra mão de debaixo do edredom e segurou meu rosto.

— Estou me sentindo tão ligada a você hoje — disse, acariciando minha barba por fazer.

Fiquei imediatamente tenso ao sentir o toque dela. *Por favor, meu Deus, por favor, não permita que ela me beije*, pedi, desesperado. *Prometo nunca mais contar piadinhas infantis sem graça.*

EM CASA PARA O NATAL

— Você está se sentindo ligada a mim por causa da gravidez — repliquei quando ela se aproximou ainda mais e uma nuvem de seu perfume exótico preencheu minhas narinas. — Você está se sentindo vulnerável e...

Não consegui terminar a frase. Os lábios de Alice roçaram os meus e, num movimento tão rápido que causaria inveja no próprio Bruce Lee, ela montou em mim.

— Nnnnggggg — falei, sentindo sua língua abrir caminho pela minha boca e cutucar minhas entranhas. — Nnnngggghh, nggggh, nggggggh.

— Querido. — Alice liberou meus lábios por meio segundo antes de atacá-los novamente. — Ah, querido!

— Nnnnggggg. Nnnnggggg. Nnnnggggg. — Brandi inutilmente as mãos de cada lado dela, tentando descobrir o que fazer. Eu não podia falar porque a língua de Alice estava enfiada na minha garganta, e não podia simplesmente empurrá-la para longe. Ela estava grávida!

Faça com que ela pare!, exigiu meu cérebro. *Agora! Faça com que ela pare!* Mas não consegui fazer nada; eu estava paralisado do pescoço para baixo. *Não foi assim com Beth*, sussurrou meu cérebro. *Lembra como foi bom com ela?*

Devo ter me remexido, tremido ou qualquer coisa do gênero, porque Alice saiu de cima de mim tão rápido quanto havia subido.

— Que foi? — perguntou ela, de seu lado da cama.

— Como assim?

— Você.

— O que você quer dizer com "você"?

— Você. Você não está respondendo. Não me beijou de volta, não me tocou e... — Estreitou os olhos. — Não ficou duro!

O que deveria soar como um insulto foi na verdade um alívio. Se eu tivesse ficado duro, isso teria dado a ela a impressão de que eu a queria, que a desejava e, quem sabe, que queria reatar o relacionamento. O que não ia acontecer. Alice estava grávida e eu pretendia dar todo o apoio a ela e à criança, mas isso não fazia com que fôssemos feitos um para o outro. Tampouco revertia os problemas no nosso relacionamento e o fato de que há muito tínhamos deixado de nos fazer felizes.

— Sinto muito, Alice — falei, baixinho. — Sei que eu disse que ficaria ao seu lado, e vou, mas a verdade é que estou apai...

Parei no meio da frase. Uou! Eu quase tinha dito: "Estou apaixonado por outra pessoa." Por que eu diria uma coisa dessas?

Eu não estava apaixonado por Beth. Estava?

Meu cérebro pôs-se a trabalhar furiosamente, tentando entender as duas últimas semanas. Eu a vi pela primeira vez no Picturebox e fiquei encantado com seu sorriso tímido. Quis me certificar de que ela chegasse em casa em segurança após nossa conversa no banco da orla. Procurei protegê-la quando a calça dela arrebentou durante o exercício de rapel. Fiquei sem palavras diante da gentileza dela ao me fazer uma visita no quarto do hotel. E caímos na gargalhada quando roubei suas meias. Depois disso, acabei numa cama com ela e descobri que nós "encaixávamos" bem.

Eu estava apaixonado por ela.

Eu estava apaixonado por Beth Prince.

Isso explicava tudo. Por que eu sentia como se a estivesse traindo apenas por me deitar na cama ao lado de Alice. Por que não conseguia tirar os olhos dela durante a reunião da equipe no hotel. E por que sentira como se tivesse levado um soco no estômago ao ver o cartaz no teto. Não porque eu estivesse com o orgulho ferido ou porque, como chefe dela, achasse que isso era uma atitude cretina e desprezível, mas porque estava apaixonado.

Eu estava apaixonado por ela.

EM CASA PARA O NATAL

Como isso tinha acontecido? Quando? E por que eu levara tanto tempo para perceber?

Olhei para as sombras no teto, sentindo o coração apertar e doer ao me lembrar de seus longos cílios e do modo como ela pressionava o lábio inferior nas costas da mão enquanto dormia enroscada ao meu lado. Aquela manhã parecia ter acontecido havia séculos.

— Matt? — Alice falou de modo brusco. — Você estava dizendo alguma coisa?

Fiz que não; a imagem de Beth evaporou num instante.

— Estava?

— Tudo bem. Continue assim. — Ela esticou o braço na minha direção e, por um terrível segundo, achei que fosse me dar um cascudo. Em vez disso, desligou a luz do abajur. — A gente discute esse probleminha com o seu pênis pela manhã — sibilou ela, virando-se de costas. — Boa-noite.

Olhei para o relógio do celular de novo: cinco e dezessete.

Alice continuava roncando ao meu lado, e eu não ia embora sem falar com ela, de jeito nenhum. Peguei o celular; os dedos da mão direita coçaram. Será que Beth estava acordada? Ela me dissera que muitas vezes ficava acordada a noite inteira assistindo a um filme ou esperando a amiga, que sempre esquecia as chaves, chegar em casa.

Não.

Era uma ideia idiota.

Além disso, o que eu ia dizer?

Sei que dormiu comigo por causa do emprego, mas resolvi ligar para dizer que a amo?

Não. Isso pareceria um daqueles programas de auditório surreais para resolver conflitos pessoais.

Suspirei e coloquei o telefone de volta sobre a mesinha de cabeceira no exato instante em que ele começou a tocar.

294   CALLY TAYLOR

— Beth? — Levei-o imediatamente ao ouvido.

Ao meu lado, Alice se mexeu, mas não acordou.

— Beth? — sussurrei de novo.

— Aqui é a irmã Meadows, do hospital Royal Sussex County — informou a voz do outro lado da linha.

— Vovô! — Todos os pelos do meu braço se arrepiaram. — O que aconteceu?

Houve uma ligeira pausa do outro lado e, então, a irmã Meadows falou novamente:

— Você precisa vir para cá, Matt. Rápido.

As solas dos meus tênis guinchavam sobre o piso de linóleo enquanto eu atravessava às pressas o corredor do hospital e fazia a curva a toda velocidade para entrar na ala do vovô. Passei como um tufão pela porta aberta e parei com uma pequena derrapagem. Estava escuro, mas a luz que vinha do corredor e da única lâmpada acesa sobre uma das camas foi suficiente para que eu percebesse que as cortinas em volta da cama dele estavam fechadas.

— Vô! — gritei, correndo até ele, alheio ao ressonar dos outros velhos em ambos os lados. — Vô, sou eu, Matt.

Agarrei a cortina e a abri.

Todas as coisas dele continuavam sobre a mesinha de cabeceira — o relógio, uma jarra com água, o cartão de melhoras que o vizinho lhe mandara, uma foto da vovó e a revista *Motorcycle Monthly* que eu comprara na lojinha do hospital. Tudo permanecia exatamente igual à última vez em que eu o visitara. Exceto por uma coisa.

Vovô não estava ali.

• • •

EM CASA PARA O NATAL

— Com licença. — Agarrei a beirada do balcão branquinho e bem-arrumado da área destinada às enfermeiras. Tudo continuava exatamente idêntico às outras vezes em que estivera ali, exceto que agora haviam surgido dois pequenos símbolos de decoração natalina. À esquerda da mesa, um Papai Noel de plástico anuía continuamente consigo mesmo enquanto à direita, um boneco de neve inflável montava guarda, o nariz em forma de cenoura ainda murcho.

Uma solitária enfermeira, sentada de cabeça baixa atrás da mesa, analisava alguns registros, parando de vez em quando para lamber a ponta do dedo indicador. Reconheci o cabelo grisalho e a curva do maxilar. Era a irmã O'Reilly — a favorita do vovô.

— Com licença — repeti. — Onde está o meu avô?

A irmã O'Reilly ergueu a cabeça e, assim que seus olhos cruzaram com os meus, um sorriso de reconhecimento iluminou seu rosto. Meio segundo depois, o sorriso desapareceu.

Eu já tinha visto aquela expressão antes — aquele olhar sério e sombrio. Vira-o no rosto do vovô ao me contar que a vovó havia morrido durante a noite. Era como se os olhos da irmã O'Reilly estivessem velados, bloqueando qualquer alegria, felicidade ou esperança que ela pudesse estar sentindo. No entanto, eles transmitiam compaixão, uma profunda compaixão.

Levei a mão ao peito para impedir que meu coração saltasse fora do corpo.

— Você é o Matt, certo? — Ela afastou a pilha de papéis e se levantou.

— Isso. — Forcei-me a responder. A palavra saiu como um gemido ou um grunhido. Eu estava sem voz.

Por favor, diga que ele está bem, rezei em silêncio, os olhos fixos no relógio que a enfermeira havia prendido no uniforme de cabeça para baixo. Se eu não desviasse os olhos, tudo ficaria bem. Enquanto os ponteiros continuassem se movendo, enquanto o tempo continuasse passando, tudo ficaria bem.

Cobri a boca com a mão e pigarreei para limpar a garganta.

— Isso mesmo — repeti. — Sou o neto do sr. Jack Ballard. Onde ele está? Alguém me ligou e me disse para vir imediatamente. Cheguei o mais rápido que pude.

— Ah, sim. — A irmã alisou o uniforme, prendeu uma mecha solta de cabelo atrás da orelha, contornou o balcão e parou ao meu lado. Pousou uma das mãos no meu ombro. Sua mão era pesada e firme e, apesar do fato de eu estar de casaco, podia jurar que senti o calor da palma em contato com a minha pele.

— Venha comigo, Matthew — ela falou baixinho.

Ela pronunciou os "tês" do meu nome. *Matt-ew*. Não Matthew, com o suave som do "th". Isso me marcou. Eu jamais esqueceria esse momento. Era como se ela não estivesse dizendo meu nome para valer. Parecia o nome de outra pessoa, alguém mais que a seguiu atordoado até a sala de espera, porque esse indivíduo definitivamente não era eu. Aquilo não estava acontecendo comigo.

— Por que não se senta?

Uma sala. Paredes beges, carpete bege e quadros com paisagens aguadas e molduras de pinho. Nenhuma decoração de Natal ali. Cadeiras. Duras, feitas de pinho, com o encosto revestido num tecido azul royal. Pareciam vivas demais naquela sala bege. Mas não tinham braços. Nada a que me segurar. Nada a que me agarrar enquanto a irmã O'Reilly se acomodava ao meu lado e começava a falar.

Ataque cardíaco...

Inesperado...

Correria...

Cirurgião...

Complicações...

EM CASA PARA O NATAL

Tudo o que pudemos...

E então as duas palavrinhas. Uma seguida da outra. Duas pala-vrinhas em sequência que eu não podia ignorar.

— Sinto muito.

Eu não disse nada. Não me mexi. Mas uma sensação congelante irradiou do topo da minha cabeça até as pontas dos dedos. Envolveu meus braços, meu estômago, meus pulmões e, em seguida, atacou meu coração.

Eu não conseguia respirar. Não tinha ficado sem ar; ele simples-mente sumira. Desaparecera. Não conseguia respirar nem queria. Já não importava mais.

Não sei quanto tempo fiquei ali sentado, petrificado, sem con-seguir respirar, até que a irmã O'Reilly falou novamente:

— Quer que eu ligue para alguém, Matthew?

Devo ter balançado a cabeça em negação. Ou talvez não. Não me lembro. O que sei é que ficamos sentados naquela sala, um ao lado do outro, por um longo tempo. Pelo menos, me pareceu um longo tempo. De vez em quando ela falava — baixinho, palavras de conforto; noutros momentos não dizia nada. A certa altura, percebi uma xícara de chá ao meu lado.

Fumegante.

E então frio.

Meu cérebro estava vazio. Um completo vácuo, exceto por uma única palavra que ficava indo e vindo, batendo nas laterais do crânio. Cada vez que ela tocava o osso, meu coração se contraía em dor.

Vovô.

Quando achei que não fosse mais aguentar, ela foi substituída por outra palavra: não. Não, não, não, não, não, não. Ela ecoava pelo meu cérebro como um uivo lento e torturante.

De repente, comecei a chorar.

Observei as lágrimas pingando, pingando, pingando nas minhas mãos entrelaçadas.

Achei que não fosse parar nunca mais.

— Matthew? — Senti um toque nas costas da mão. — Matthew, você gostaria de vê-lo?

Ergui os olhos, surpreso. A irmã O'Reilly continuava sentada ao meu lado. Continuava com o relógio pendurado de cabeça para baixo no uniforme. E continuava retorcendo as mãos.

Eu queria ver meu avô mais do que qualquer outra coisa no mundo. Queria ver aquele rosto enrugado se abrir num sorriso divertido ao lhe contar uma piada. Queria pegá-lo no flagra olhando para o traseiro da enfermeira. Queria escutá-lo dizer "Se não é o mais rejeitado dos meus netos" e sentir sua velha e pesada pata sobre a minha mão. Queria... eu não podia ter o que eu queria. Vovô se fora.

— Não. — Balancei a cabeça. — Não, obrigado.

Uma lágrima solitária escorreu pelo meu queixo e caiu sobre o antebraço. Pressionei a palma da outra mão sobre ela. Quando a tirei, a lágrima havia desaparecido, evaporado ou sido absorvida pela pele. Nenhuma outra lágrima tomou seu lugar. Eu finalmente havia parado de chorar.

— Tudo bem. — Escutei a irmã O'Reilly dizer. — Compreendo. Agora, sei que essa é a última coisa que você quer fazer, Matt, mas é preciso preencher a papelada. Se você quiser, posso reunir as coisas do seu avô. Mas sem pressa. Leve o tempo que precisar.

— Quero, sim — respondi. As palavras soaram estranhas. Como se outra pessoa as tivesse proferido. — Gostaria que você me entregasse as coisas dele.

• • •

EM CASA PARA O NATAL

Não sei quanto tempo andei, nem para onde fui, mas vi o sol nascer. Ele despontou em meio a nuvens sombrias, a princípio de forma hesitante, como se não quisesse mostrar a cara, mas, de repente, o mundo se acendeu. Continuei andando, segurando com força a sacola com os pertences do vovô. Era uma sacola enorme, grande demais para o relógio, a foto, o cartão e a muda de roupas amontoada no fundo. Havia mais uma coisa na sacola também, algo que a irmã O'Reilly descobrira debaixo do travesseiro dele: uma foto de nós dois juntos. Eu nunca a vira antes, embora me lembrasse de quando ela fora tirada. Era um belo dia de verão e a gente estava no jardim dos fundos; eu devia ter uns onze ou doze anos. Vovô segurava um peixe enorme — um lúcio ou coisa parecida — na frente do peito e sorria para a câmera. Eu empunhava o equipamento de pesca — a vara muito maior do que eu —, mas em vez de sorrir para a câmera, sorria para ele. Dava para ver a admiração em meus olhos. Eu sentia tanto orgulho dele, daquele homem alto e robusto ao meu lado. Vovô era meu herói. Eu queria ser como ele quando crescesse.

Agora ele se fora.

E eu ainda não havia crescido.

A fome, a sede e a exaustão me forçaram a voltar para casa. Olhei de relance para a Torre do Relógio ao passar: nove e vinte e dois. Como isso havia acontecido? Mais de quatro horas tinham se passado desde que o hospital ligara para o meu celular. Pareciam cinco segundos. Ou um milhão de anos.

Estava tão cansado que tive de lutar com a chave na fechadura. Entrei cambaleando no vestíbulo e segui para a sala de estar. Se eu pudesse simplesmente deitar a cabeça no sofá por algumas horas, talvez conseguisse...

— Alice?

Minha ex-namorada estava sentada no sofá de pernas cruzadas. Usava a mesma combinação de jeans e pulôver da noite anterior, só que agora estava sem maquiagem e havia prendido o cabelo num rabo de cavalo.

— Onde você estava, Matt?

— Fui até o... — O restante da frase ficou suspenso no ar; apertei ainda mais a sacola com os pertences do vovô. Não podia contar a ela o que tinha acontecido. Se eu dissesse as palavras em voz alta, isso as tornaria reais.

— O gato comeu a sua língua? — Ela sacudiu a cabeça com desdém. — Tão típico!

— O que é típico? — perguntei, confuso.

— O que é típico? — Alice jogou a cabeça para trás e riu como se eu tivesse acabado de contar a piada mais engraçada do mundo. — Deus do céu, você é um sem noção, Matt. Um perfeito sem noção. E não somente isso, mas é egoísta também.

— Egoísta?

Sei que estava repetindo tudo o que ela dizia, mas não consegui evitar. Minha mente estava nublada pela dor e pela falta de sono, e eu não fazia ideia do que estava acontecendo. Acabara de perder meu avô e agora via Alice sentada no meu sofá, tentando me dar um sermão. Parecia que eu tinha saído de um pesadelo e caído em outro.

— Eu praticamente tive que *forçá-lo* a ficar comigo ontem à noite — resmungou ela. — E, quando acordei hoje de manhã, você tinha sumido. Sumido! Depois de tudo o que eu lhe disse sobre precisar de apoio. Você fugiu no meio da noite como um... como um... sei lá... um babaca escorregadio.

Sorri. Pela primeira vez em horas. Era bobo e infantil, mas... *babaca escorregadio*. Não consegui evitar. Isso soava engraçado.

EM CASA PARA O NATAL

— Ah, você está rindo, é? Bem, eu não acho graça, Matt. Não tem graça nenhuma. Tentei ligar para você, mas adivinha? — Ela riu, os lábios apertados. — Seu telefone estava desligado. Engraçado, isso. Qualquer um diria que você não queria que eu soubesse onde estava.

— Alice, eu estava... — Minhas pernas finalmente cederam sob o meu peso e despenquei na poltrona mais próxima. — Tive que...

— O quê, Matt? Ligar para casa? Sair e trepar com outra mulher? Porque existe outra mulher, não existe, Matt? Não ouse negar.

Inclinei o corpo para a frente e enterrei a cabeça nas mãos.

— Alice — retruquei num gemido. — Acabei de voltar do hospital. Meu avô...

— O que tem ele?

Neguei com a cabeça. Ainda não conseguia dizer em voz alta.

Houve uma pausa, e então ela murmurou:

— Ah!

Fechei os olhos. *Por favor, vá embora, Alice, rezei. Por favor, me deixe sozinho.*

— Por que você não me acordou, Matt?

— Não pensei nisso. Recebi o telefonema e saí.

— Ah. — Ela fez outra pausa. — Então quem foi com você?

— Ninguém.

— Mas existe outra pessoa, não existe?

— Ai, pelo amor de Deus. — Descobri o rosto e me empertiguei, subitamente zangado. Eu tinha acabado de perder o homem que havia sido como um pai para mim, mais do que o meu próprio, e Alice resolvera começar a me interrogar. O que diabos havia de errado com ela? — Existe! — gritei. — Sim, existe outra pessoa. E eu a amo. Pronto! Feliz agora? Satisfeita por ter conseguido o que queria?

A cor se esvaiu do rosto de Alice e o queixo dela caiu.

— Existe... — repetiu ela devagarinho. — Existe outra pessoa. Eu não achava que sim. Não de verdade.

— Então, por que... — Balancei a cabeça em negativa. — Ah, desisto. Realmente desisto.

Ficamos sentados em silêncio por alguns minutos enquanto eu brincava com a sacola com os pertences do vovô, e Alice... não sei o que ela estava fazendo. Não conseguia olhar para ela.

— Sinto muito — falei por fim. — Não devia ter gritado com você. Tive uma noite terrível e minha cabeça está uma confusão. Para ser franco, Alice, não faço ideia do que está acontecendo com a Be... com a garota pela qual me apaixonei. E preciso decidir o que fazer em relação a isso. Contudo, aconteça o que acontecer, vou dar todo o meu apoio a você e ao bebê. Vou apoiá-los física e financeiramente, porém... — ergui os olhos e vi uma expressão de cautela no rosto de Alice — ... esse negócio de dormir na sua cama, de trocar beijos, de você ficar aparecendo aqui... isso tem que parar. Nossa relação não tem o menor futuro. Desculpe.

Esperei que ela reagisse, que chorasse, gritasse ou jogasse alguma coisa em cima de mim. Em vez disso, Alice retorceu as mãos no colo e suspirou.

— Sou eu quem devia pedir desculpas — disse, tão baixinho que mal consegui entender.

— Como assim?

— A verdade, Matt... — continuou ela, e então parou. Estava sentada na beirinha do sofá, os pés batendo nervosamente no carpete, as mãos apertando os joelhos.

— Que foi?

Ela me fitou por entre os cílios semicerrados e, em seguida, desviou os olhos.

— Que foi, Alice?

— Eu não estou grávida.

EM CASA PARA O NATAL

Pela segunda vez em menos de vinte e quatro horas, meu sangue gelou. Olhei para ela, chocado.

— O que você disse?

Ela sacudiu a cabeça sem dizer nada, os olhos ainda fixos em algum ponto acima da minha cabeça. Tinha parado de quicar no sofá e agora estava com a coluna reta, o corpo rígido, as mãos fortemente entrelaçadas no colo, o rosto sem expressão. Será que Alice tinha realmente dito o que eu achava que dissera?

— Alice. — Desejei que ela olhasse para mim. — O que você disse?

Um músculo no maxilar dela se contraiu. O único sinal de que não havia se transformado num bloco de pedra.

— Alice...

— Eu não estou grávida — ladrou ela, recostando-se de volta no sofá. — Inventei a coisa toda. Satisfeito?

Não consegui engolir aquilo. Não dava. Primeiro o vovô e agora isso. Eu precisava dormir. Simplesmente precisava dormir.

— Mas... por que você faria uma coisa dessas?

Ela deu de ombros, ainda incapaz ou sem vontade de fazer contato visual comigo.

— Achei que você não quisesse enxergar a verdade.

— Enxergar a verdade! Sobre o quê?

— Nós. — Ela brincou com a pulseira, puxando as contas para um lado e depois para o outro. — Sei que tivemos alguns probleminhas e que foi por isso que nos separamos, mas eu tinha certeza de que você ainda me amava.

— Alice, eu não amo...

— Pare. — Ela me fitou no fundo dos olhos, numa demonstração súbita de coragem. — Não precisa dizer isso, Matt. Não sou idiota. Não precisa falar com todas as letras.

— Então, por que você fingiu estar grávida?

— Achei que isso faria com que você percebesse que ainda me amava. — Deu de ombros de novo. — Achei que, se dissesse que estava grávida, você concordaria em tentar contornar os problemas e talvez a gente tivesse algum futuro juntos.

— Mas e quanto ao bebê? Não que exista algum. Quanto tempo você me deixaria acreditar que estava grávida?

— Eu... — Ela baixou os olhos para os sapatos. — Achei que, se transássemos, isso poderia acontecer. De verdade.

— Uau. — Meu queixo caiu. Não podia acreditar no que ela acabara de admitir.

— Por favor, Matt. — Alice se inclinou para a frente e cobriu o rosto com as mãos. — Por favor, não brigue comigo. Já estou envergonhada o bastante. Não pensei no que estava fazendo até agora. Escutar tudo isso em voz alta, soa... mal.

— Não diga! — Alice já tinha feito algumas coisas muito loucas, mas isso... isso passava para outro nível.

— Vou embora — disse ela.

Observei, chocado demais para sentir qualquer raiva, enquanto ela pegava o casaco, colocava o gorro de lã e enrolava o cachecol em volta do pescoço.

— Sinto muito — repetiu ao chegar à porta. — Sinto muito mesmo, Matt. Não vou incomodá-lo mais. Prometo.

Dizendo isso, Alice se foi.

CAPÍTULO TRINTA E TRÊS

BETH

Parei na entrada do cinema, o presente de Natal que Lizzie me dera na noite anterior (e que me fizera prometer só abrir depois que eu chegasse à Austrália) numa das mãos e minha mala na outra. Ergui os olhos para o esmaecido letreiro onde se lia "Picturebox" em letras delicadas e rebuscadas, embora já estivessem um pouco descascadas. Então era verdade — eu estava prestes a colocar os pés no lugar que mais adorava no mundo pela última vez —, só que nada daquilo parecia real, e não apenas porque eu estivesse com o cérebro confuso pela falta de sono e por uma terrível dor de cabeça.

Beber até cair com Lizzie na noite anterior não tinha sido minha ideia mais brilhante, mas era melhor do que a alternativa: permanecer sóbria e correr o risco de mudar de ideia.

A gente começou a vasculhar minhas coisas devagarinho — pegando cada item, debatendo sobre sua utilidade, e, em seguida, colocando-o cuidadosamente dobrado em uma das pilhas —, porém cerca de uma hora depois, Lizzie estava tão entediada e eu tão irritada que decidimos abrir a primeira garrafa de vinho. Depois disso, continuamos a triagem como duas mulheres possuídas — lançando casacos, calças e vestidos através do quarto até termos finalmente terminado. Meu quarto ficou vazio, exceto por uma mala e duas pilhas instáveis de roupas.

Eram mais ou menos duas da manhã quando caímos no sofá e abrimos a segunda garrafa.

— Você não precisa fazer isso, Beth — disse ela, apertando minha mão com tanta força que pensei que meu mindinho fosse quebrar. — Não precisa ir embora.

— Eu sei.

— Então, por quê? Tenho certeza de que o papai não se importaria se você ficasse aqui algum tempo sem pagar aluguel, até conseguir se reerguer. Ó céus! — Ela me olhou de cima a baixo. — É minha culpa, não é? Você passou por um monte de merda recentemente e eu não estava aqui para lhe dar apoio. Tenho sido uma verdadeira vaca, não tenho?

— Liz! Claro que não. Você tem sido fantástica. Certo, talvez não fantástica. Você tem andado um pouco estranha. — Dei uma risadinha. — Mas ainda é a melhor amiga que eu poderia ter. Honestamente, não tem nada a ver com você.

— Então, por que ir embora?

Eu não sabia ao certo. Tinha me parecido uma boa ideia quando tomei a decisão na véspera, durante o trabalho. Eu estava prestes a perder o emprego que tanto adorava, me humilhara diante do Aiden e, além disso, Matt me odiava. Por que não me mandar para a Austrália com a mamãe e tentar recomeçar? Pelo menos, lá ninguém me conhecia.

— Porque é a coisa certa a fazer — respondi com a voz fraca.

Lizzie não pareceu convencida.

— Então por que você me parece tão infeliz? Fique aqui! Passe o Natal comigo e com a minha família. Mamãe prepara um peru terrível e ela e o papai vão encontrar o Nathan pela primeira vez. Imagine como vai ser divertido!

EM CASA PARA O NATAL

— Não posso. — Fiz que não com a cabeça, triste. — Preciso ir. Já está tudo organizado.

Houve um momento, pouco antes de desmaiar, em que peguei o celular e vasculhei meus contatos até encontrar o número da Apollo. Ainda não podia acreditar que tinha julgado Matt tão mal. Houvera algo especial entre a gente, algo mútuo, nada parecido com a atração unilateral que eu havia nutrido por Aiden. Vira isso no modo como Matt me olhava. Ou será que não?

Eram três da manhã; não haveria ninguém nos escritórios da Apollo. Mas a secretária eletrônica atenderia. Eu podia deixar uma mensagem para ele...

Meu polegar pairou sobre o botão de ligar enquanto eu pesava minhas opções. Não faça nada e finja que Matt Jones nunca existiu, ou ligue e diga que ele lhe deve uma explicação. Diga que ficou magoada e confusa e que quer saber o que houve de errado.

Balancei a cabeça. Eu estava bêbada, mas não tão bêbada assim. Não ia correr atrás de outro homem, nunca mais.

Levei apenas um segundo para apagar o número da Apollo definitivamente.

Supere, Beth, falei comigo mesma, olhando para o relógio. Eram dez e dez e eu tinha marcado de encontrar a mamãe na estação de Pool Valley às onze. *Você tem que fazer isso.*

Dei um passo à frente e entrei no Picturebox, arrastando a mala atrás de mim.

Eu não sabia se ria ou chorava. De todos os dias, tinha que encontrar Carl no cinema logo hoje?! Ele estava recostado na cadeira atrás do balcão, os pés em cima da mesa, os braços cruzados na frente do peito. O telefone começou a tocar, mas ele nem sequer olhou para o aparelho.

— Vai a algum lugar, Cara de Pinha? — perguntou, erguendo uma sobrancelha ao ver minha mala. — Ouvi dizer que os cirurgiões plásticos de Los Angeles são excelentes.

— A sra. Blackstock está? — indaguei de volta. Eu não ia morder a isca, de jeito nenhum, não hoje.

— Por que você quer falar com ela? — Ele me olhou de cima a baixo. — Para pedir alguns conselhos de moda? Você combina com o estilo vovó chique. Complementa seu perfume muito bem. Água de Xixi de Aposentada.

Ele riu, obviamente satisfeito consigo mesmo.

— Onde ela está? — Soltei a mala e dei um passo à frente. — É importante.

— Importante, é? — Carl abriu um sorrisinho presunçoso. — Bem, se você precisa preencher o formulário de despesas por causa daquelas calças que destruiu em Gales, eu mesmo posso repassar o dinheiro das esmolas. Tem uma lojinha nova que abriu ao lado da Long Tall Sally, na East Street, onde talvez você encontre um par substituto. Ela se chama Bunda Grande e Gorda.

— Carl. — Contornei o balcão e parei ao lado dele. Os restos mortais de uma refeição do McDonald's tinham sido jogados ao pé da cadeira, e sobre a mesa havia um Nintendo DS. Ele estava obviamente planejando trabalhar o mínimo possível até o término do aviso prévio. — Só me diga se a sra. Blackstock está ou não. Não tenho tempo para os seus joguinhos idiotas.

— Joguinhos? — Ele ergueu uma sobrancelha. — Você é quem gosta de joguinhos, Beth.

Olhei para ele, surpresa.

— O que você quer dizer com isso?

— Preciso soletrar?

— Pelo visto, sim, porque não faço ideia sobre o que você está falando.

EM CASA PARA O NATAL

— Certo. — Carl tirou as pernas de cima da mesa, girou a cadeira a fim de ficar de frente para mim, e se levantou. — Por que a gente não fala sobre Gales, Beth?

— Certo. Vamos falar sobre Gales. — Cruzei os braços. Se para descobrir o paradeiro da sra. Blackstock eu precisava escutar o Carl tagarelar por mais um ou dois minutos, então aguentaria firme, sorrindo. Assim que saísse do cinema, eu nunca mais teria que ver aquela cara nojenta novamente.

— Tudo bem. — Ele meteu a unha do polegar entre os dentes da frente e me olhou de modo pensativo. — Por que a gente não começa com domingo à noite?

— Qual é o problema?

— Escutei relatos... — retirou a mão da boca e abriu um sorrisinho presunçoso — ... de que uma jovem foi vista perambulando pelos corredores do hotel, enrolada num edredom, nas primeiras horas da madrugada.

Um calafrio percorreu minha espinha. Como ele sabia?

— Os relatos também indicam... — continuou ele, obviamente deliciado com a minha reação — ... que a tal jovem em questão tinha saído do quarto de um certo Matt Jones.

Estreitei os olhos. Eu não ia permitir que ele me irritasse. Não mesmo.

— Prove.

— Jura? Certo, eu provo. Vou deixar você falar diretamente com a pessoa que testemunhou esses eventos.

— E quem seria?

— Eu.

Enquanto Carl abria um sorriso triunfante, os dois lados do meu cérebro começaram a debater. *Vá embora*, disse um lado. *Você não precisa mais aturar essa merda. Saia do cinema, entre no primeiro táxi e siga para Pool Valley. Você pode ligar para a sra. Blackstock do ônibus.*

Não, rebateu o outro lado. *Você não vai a lugar algum.Você vem mordendo a língua há tempo demais. Não ouse deixar que o Carl leve a melhor mais uma vez.*

— Ah, o silêncio — observou Carl, enquanto o debate prosseguia ferozmente. — A doce indicação de culpa.

— E daí? — revidei. Tinha decidido. Eu não ia sair do cinema com o rabo entre as pernas e deixá-lo pensar que vencera, de jeito nenhum. — E daí se eu estive no quarto do Matt? O que isso tem a ver com você?

— Na verdade, nada. — Ele deu de ombros. — Só me admira.

— Por quê? — rebati.

— Bem, você sabe. — Abriu as mãos. — É simplesmente típico de você e do modo como você vive a vida, Beth.

— Ah, é? E o que você sabe sobre a minha vida?

— Um monte de coisas. Presenciei cada passo dessa sua trajetória fedorenta, cheia de acne e falsamente bronzeada. Você é uma das perdedoras da vida, Beth. Você se ferrou nas provas do colégio, obviamente burra demais para entrar na faculdade, e depois pegou o primeiro emprego que apareceu na sua frente. Só Deus sabe como conseguiu. A sra. Blackstock deve ter ficado com pena de você.

— Não ouse... — Eu estava tão furiosa que comecei a tremer. — Sou boa no que faço e você sabe, seu merdinh...

— E isso para não falar da sua vida amorosa. — O rosto de Carl estava corado, os olhos brilhando de animação. — Só Deus sabe o que Aiden Dowles estava pensando quando a chamou para sair. Ele devia estar medicado. Mas abriu os olhos logo, logo. Só não conseguiu fugir rápido o bastante.

— Só para você saber, o Aiden me chamou para sair ontem à noite e pediu...

— O que você vai fazer agora? — Ele me interrompeu. — Desempregada e com uma vida amorosa fracassada? Você tentou

EM CASA PARA O NATAL

seduzir o chefe para conseguir o emprego. Só que não conseguiu, não foi? Então, além de ser burra, gorda e feia, você obviamente é um horror na cama.

— Aaaaaaiiiiii! — O grito foi de Carl, não meu.

Observei, surpresa, enquanto ele levava a mão ao rosto e esfregava a marca de cinco dedos em sua bochecha. Eu nunca esbofeteara ninguém antes.

— Pelo menos, eu *transei* — retruquei, a mão direita dormente.
— Pelo menos, não sou tão ensebada, pegajosa e repulsiva a ponto de ninguém conseguir sequer me tocar. Você se sente orgulhoso de ser um virgem de vinte e quatro anos, Carl?

Foi um comentário impensado, um simples reflexo do momento, mas pelo modo como ele empalideceu e me fitou em choque, percebi de imediato que tinha acertado na mosca.

— Por que você gosta tanto de me azucrinar, Carl? — continuei.
— Por que me escolheu como Judas durante todos esses anos? Ou você tem inveja de mim, ou... — Dei uma risadinha ao vê-lo desviar os olhos. — Ou será que é algo mais? Foi por isso que você fingiu que o Aiden estava armando uma festa de noivado? Porque queria que eu me humilhasse na frente dele, a fim de que não houvesse mais nenhuma chance de reatarmos? Ai, meu Deus, é isso, não é? Todos os insultos, todas as piadinhas, todos os comentários sarcásticos... eles são equivalentes aos apelidos e implicâncias infantis. Você gosta de mim, não é mesmo, Carl?

— Até parece! — rebateu ele, recusando-se a me encarar. — Quem ia gostar de uma piranha feiosa que nem você?

— OLHE A LÍNGUA!

Parada do outro lado do guichê, com um gorro de lã enfiado até as sobrancelhas e um par de galochas nos pés, estava a sra. Blackstock.

— Escutei a confusão lá do banheiro feminino. Você. — Ela ergueu a bengala e a apontou para Carl. — Fora!

— Mas... — protestou ele, apontando o polegar para mim. — Isso não é justo. Ela me deu um tap...

— FORA! — repetiu a sra. Blackstock. — Nunca escutei um linguajar tão revoltante em toda a minha vida e não quero alguém como você no meu cinema.

— Mas... — Carl olhou de relance para a expressão determinada da sra. Blackstock e moveu a cabeça negativamente em sinal de derrota.

— Você pode achar que eu sou velha e gagá — continuou ela enquanto ele pegava o casaco pendurado nas costas da cadeira e metia o Nintendo na mochila —, mas estive observando-o, sr. Coombes. Tenho estado de olho em você faz tempo. Você disse que os clientes que reclamavam da sua grosseria eram "amargos e infelizes", mas acredito que o amargo aqui é o senhor. E pensar que eu o deixei me convencer a lhe dar uma segunda chance. Que sujeitinho horroroso você é.

Olhei dela para Carl e de volta para ela. Pelo visto, a sra. Blackstock dera, no mínimo, uma advertência nele no decorrer dos anos. E eu não fazia ideia.

— E se acha que vou dar a você uma carta de referências — gritou para as costas dele ao vê-lo atravessar o saguão de cabeça baixa —, pode desistir. Também não vou pagar o seu aviso prévio! Beth — falou ela, virando-se para mim com um sorriso ao escutar a porta bater —, que bom vê-la! E que sorte também, agora que o guichê parece ter ficado abandonado. Seria muito abuso pedir que você assuma o lugar dele?

Apontei com a cabeça para a mala e sorri.

— Na verdade, seria...

CAPÍTULO TRINTA E QUATRO

MATT

Assim que Alice bateu a porta da frente, meu telefone fixo começou a tocar.

Atendi imediatamente, na louca esperança de que fosse a irmã O'Reilly ligando para dizer que houvera um engano e que o vovô não estava realmente morto. Eles o tinham confundido com um dos outros homens da ala e...

— Bem, se não é meu vendedor desaparecido!

— Como? — perguntei, confuso pela ausência do sotaque irlandês. — Quem está falando?

— Jesus! — Uma risada curta, semelhante a um latido, ressoou em meu ouvido. — Isso prova o quanto você tem andado nas nuvens ultimamente, sr. Jones. Sou eu, sua chefe, Isabel. Lembra-se de mim?

— Isabel... ah, sim. Desculpe. Por que você está me ligando?

— Alôôôô! — Ela riu de novo. — Por causa daquele detalhezinho do contrato do Picturebox. Cadê ele, Matt?

— Desculpe — respondi. — Estou com ele. É só que... bem... as coisas têm andado meio estressantes nos últimos tempos.

— Estressantes? Não venha me falar de estresse! Você não conhece o significado dessa palavra. Os advogados buzinaram no meu ouvido a manhã inteira. Se eu não levar o contrato hoje, o acordo será cancelado. Agora, deixe de ser um panaca preguiçoso e pegue o trem para Londres. Quero o contrato nas minhas mãos até as duas da tarde.

— Não vai dar. — Passei uma das mãos na testa. Eu suava em profusão. — Isabel, meu avô morreu hoje de manhã.

— Morreu, é? Que pena! De qualquer forma, o funeral só será daqui a pelo menos dois dias. Você não tem motivo para não pegar o trem hoje.

— Mas, Isabel...

— Ouça bem, Matt. Estou cansada das suas desculpas esfarrapadas. Eu não deveria ter que ficar no seu pé para que você faça seu trabalho direito. Seu avô morreu. E daí? Todo mundo morre em algum momento, e estou certa de que ele teve uma vida ótima. Agora, você vai pegar o maldito trem e me entregar o contrato ou não?

— Não.

Escutei um inspirar profundo, seguido por um:

— O quê?

— Não — repeti.

— Matt. — Quase dava para escutá-la trincando os dentes. — Desculpe se fui um tanto... dura... em relação à sua recente perda, mas preciso do contrato. Os empreiteiros estão prontos para começar, a empresa de coleta de entulho também, e a fábrica no Japão já enviou todo o material para a reforma. Se quisermos reinaugurar o Picturebox em junho, precisamos começar a demolir e arrancar as entranhas dele agora, mas não posso autorizar nada até os advogados terem analisado o contrato.

Demolir? Arrancar as entranhas? Isso soava brutal. *Era* brutal.

— Já esteve no Picturebox, Isabel?

Ela fez uma pausa como se estivesse pensando na pergunta.

— Por que eu faria isso?

EM CASA PARA O NATAL

— Porque é um cinema lindo. Ele está velho, gasto e detonado, mas isso não o torna feio. Não faz dele um traste. E sim com que seja único. Esse cinema vive em Brighton há mais de cem anos, e você quer arrancar a alma dele.

— Vive em Brighton? Arrancar a alma dele? — repetiu Isabel. — Credo, Matt, nunca achei que você fizesse o tipo sentimental. Acorda. É só um cinema. Um prédio.

— Não é, não. É mais do que isso. Pergunte a qualquer cliente. Pergunte a qualquer pessoa que... — uma imagem de Beth sorrindo timidamente atrás do balcão pipocou na minha mente — ... trabalha lá. Elas amam aquele cinema, e por uma boa razão. Ele não é um espaço desalmado construído em prol do lucro. É parte da nossa herança.

— Então vá trabalhar para o Instituto do Patrimônio Histórico e Artístico Nacional! — rebateu a Esmagadora de Bolas. — Porque não dou a mínima para essas coisas. O que me interessa é o meu trabalho e saber como realizá-lo direito. Agora, você vai me trazer esse contrato ou vai me forçar a mandar um boy para pegá-lo? De qualquer forma, ele vai ser meu.

Olhei de relance para a minha pasta, enfiada entre o sofá e a parede. Prendi o telefone no ombro e me agachei para puxá-la.

— Escute, Matt — continuou ela, abrandando a voz numa mudança de tática. — Nós dois sabemos que você precisa do bônus. Não culpe a Sheila, mas ela deixou escapar que você está sendo obrigado a pagar dois aluguéis no momento. Isso não deve ser fácil, e... — abri a pasta e folheei a pilha de papéis que havia dentro até encontrar o contrato — ... sei que você teria que se desdobrar sem esse bônus. Os aluguéis em Brighton são caros, e...

— Não preciso pagar dois aluguéis — respondi. — Não mais.

— Ah, é? — Ela soou surpresa. — Bem... ahn... nesse caso, você pode usar o dinheiro consigo mesmo. Quem sabe passar as férias em algum lugar bacana! Sofra pelo seu avô debaixo do sol. Agora, se você puder ser um amorzinho e vir me entregar esse contrato, vou ficar muito... Que foi isso?

Dei uma risadinha.

— Que foi isso o quê?

— Esse barulho, como se algo estivesse sendo rasgado.

— A-hã. — Fiz que sim. — Foi o barulho de vários papéis sendo rasgados ao meio. Qual é a palavra mesmo para várias folhas de papel grampeadas, cheias de palavras e com uma assinatura embaixo? Ah, é, lembrei... um contrato.

Minha chefe arquejou do outro lado da linha.

— Ah, querida — continuei. — Parece que ele foi rasgado em quatro... não, oito... não seriam dezesseis pedaços agora?

— Matt! — ladrou a Esmagadora de Bolas. — Tenho duas coisas para lhe dizer. Primeira: você está despedido. Segunda: aquele cinema ainda vai ser meu, nem que eu tenha que pegar o maldito trem e ir pessoalmente a Brighton.

— É mesmo? — retruquei de modo sério, olhando de relance para outra pilha de papéis ainda na pasta. — Não se eu puder evitar.

Parei do lado de fora do Picturebox, peguei a minha foto com o vovô no bolso de trás da calça e corri o polegar por aquele rosto sorridente.

— Essa é a coisa certa a fazer, não é, vovô? — perguntei num sussurro.

Ele sorriu de volta sem dizer nada e tomei minha decisão. Vovô gostaria que eu fizesse isso, sei que sim.

— Tudo bem, vô — respondi, metendo a foto de volta no bolso e abrindo a porta. — Aqui vamos nós.

EM CASA PARA O NATAL

• • •

Uma mulher pequena e de cabelos grisalhos estava parada atrás do balcão, folheando uma pilha de programas. Ela estava de costas para mim, então tossi para chamar sua atenção.

— Com licença — falei.

A mulher não reagiu.

— Com licença — repeti, dessa vez mais alto. — Beth Prince está trabalhando hoje?

— Beth? Não, ela... — A mulher se virou lentamente. — Matthew Jones!

— Sra. Blackstock. — Abri um sorriso de orelha a orelha. — Olá.

— Bem, bem, bem. — Ajeitou os óculos para conseguir me enxergar melhor. — Não achei que fosse vê-lo de novo.

— Eu sei. — respondi. — Eu também não, mas fico feliz de ter encontrado a senhora. Queria falar com Beth primeiro, mas já que está aqui, preciso contar algo importante a você. Algo muito importante. É sobre o Picturebox e o que a Apollo pretende fazer com ele...

— Ei, ei, ei. — A sra. Blackstock ergueu uma das mãos e se sentou na cadeira diante do computador. — Comece de novo, por favor, querido. Dessa vez, fale mais devagar.

— Tudo bem. — Tirei o casaco e o cachecol, apoiei as mãos no balcão e respirei fundo algumas vezes. Ela fez sinal com a cabeça para que eu começasse a falar. — A verdade é... — fitei-a no fundo dos olhos — ... que eu menti quando disse que a gente cuidaria do Picturebox. Esse nunca foi o plano. A gente pretendia derrubá-lo.

— O quê? — O queixo de Edna Blackstock caiu.

— Eu sei, e sinto muito. Sinto muito *mesmo*. Isso vem me corroendo há semanas, mas ainda temos tempo de endireitar as coisas.

A senhora não pode vender o Picturebox para a Apollo, sra. Blackstock. Eles não querem devolver o cinema à sua antiga glória, querem arrancar suas entranhas.

— Arrancar as entranhas? — repetiu Edna, olhando para as colunas em tom creme que se estendiam até o teto abobadado e o lustre empoeirado. — Por que eles fariam uma coisa dessas?

— Porque não estão nem aí se o Picturebox tem mais de cem anos. Não ligam para a história. Tudo o que querem é que esse cinema se torne uma réplica de todos os outros da Apollo espalhados pelo mundo, e que dê tanto lucro quanto possível.

Ela me olhou de modo duro.

— Você sabia disso o tempo todo e mentiu mesmo assim?

— Sinto muito. — Engoli em seco. — De verdade. Sei que não justifica, mas eu estava entre a cruz e a caldeirinha. Se eu não conseguisse que a senhora assinasse o contrato, não teria dinheiro para cuidar do meu... meu... — Meus olhos se encheram de lágrimas ao me lembrar da última vez em que vira o vovô em sua própria casa, sentado comigo à mesa da cozinha, com um sorriso maroto no rosto e uma chaleira fumegante entre a gente. Sequei os olhos com as mãos e me forcei a continuar. — Alguém muito especial.

Edna Blackstock franziu o cenho, preocupada.

— Você está bem, Matt?

— Estou. Não. Não sei. Perdi uma pessoa hoje que significava muito para mim. Menti para ele também e vou me odiar pelo resto da vida por ter feito isso. — Sequei os olhos novamente. — Não posso voltar atrás, mas posso tentar acertar as coisas. *Preciso* tentar. A senhora não pode vender o Picturebox para a Apollo.

— Agora é tarde. Já assinei o contrato.

— Não é, não. — Abri a mão direita e mostrei a ela a bola de papel amassado. — Eu o rasguei.

EM CASA PARA O NATAL

Edna olhou fixamente para os restos mortais do contrato, os olhos arregalados.

— Não cabia a mim fazer isso. — Apressei-me a acrescentar. — Sei disso. E se a senhora ainda quiser vender o cinema para a Apollo, tem todo o direito. Minha chefe, minha ex-chefe, está vindo para cá agora mesmo. Mas eu lhe imploro, sra. B. Por favor. Por favor, não o venda.

— Mas o dinheiro — falou ela devagar, desviando os olhos da minha mão para o saguão. — Eles me ofereceram uma quantia muito alta, e você mesmo disse, quando foi lá em casa, que há tempos o Picturebox não tem dado lucro.

— Andei pensando nisso. — Soltei os pedaços do contrato sobre o balcão e abri a pasta. — E é por esse motivo que queria lhe mostrar isso.

Edna estendeu a mão e pegou o documento encadernado que lhe ofereci. Olhou para ele de modo pensativo.

— O que é isso?

— Um plano de estratégias. O plano de estratégias de Beth Pince para o Picturebox.

— Beth? A pequena Beth Prince que trabalha aqui?

— Isso mesmo. Ela me entregou durante o fim de semana de entrevistas para o cargo de gerente, e esse foi o melhor plano de todos. Nenhum dos outros chegou nem perto. Dei o emprego ao James porque... bem, isso também foi um erro. James é competente o bastante, mas não tem a determinação nem o entusiasmo que esse lugar merece. Eu devia ter oferecido o cargo para Beth. Ela não só é apaixonada pelo Picturebox, como também tem ideias brilhantes que poderiam fazê-lo dar a volta por cima. Sra. B., Beth vive e respira esse lugar.

— Mas... — Edna virou a primeira página. — Algumas dessas ideias são tão modernas.

— E outras não. É por isso que elas funcionariam tão bem. O que Beth fez foi descobrir uma maneira de conservar a herança histórica do Picturebox e, ao mesmo tempo, aplicar técnicas modernas de marketing e ideias promocionais. Esse documento é ouro em pó.

— É? — A sra. Blackstock olhou para mim.

— É. — Bati com a mão no balcão. — Sei que a senhora não tem motivo para confiar em mim, não depois das mentiras que contei, mas acredito nessas ideias. Acredito em Beth. Dê a ela seis meses para tentar virar o jogo e, se ela não conseguir levantar esse cinema, então a senhora pode vendê-lo para a Apollo.

— Ah, posso é? — Ela ergueu uma sobrancelha. — Muito obrigada pela permissão, sr. Jones.

— Desculpe — acrescentei rapidamente. — Não quero parecer autoritário. Juro que não. O cinema é seu e a senhora pode fazer com ele o que quiser, mas, se quiser vê-lo restaurado com sua antiga glória, em vez de demolido e sem alma, precisa dar uma chance à Beth.

— Hum. — Ela voltou a atenção novamente para o plano de estratégias e virou outra página.

Esperei, com a respiração presa na garganta, enquanto a sra. Blackstock ia de folha em folha, percorrendo o texto com os olhos. Por fim, ela fechou o documento e olhou para mim.

— Tudo bem.

— A senhora vai dar uma chance à Beth?

Ela fez que sim.

— Seis meses.

— E se a Esmagadora de Bolas... quero dizer, Isabel Wallbaker, vier aqui? Não vai vender para ela?

A expressão séria de Edna dissolveu-se num sorriso largo.

— Não, não vou.

EM CASA PARA O NATAL

— Ai, meu Deus! — Contornei o balcão e abri os braços. — Edna Blackstock, eu poderia beijá-la! Beth vai ficar nas nuvens. Mal posso esperar para contar a ela.

Eu estava prestes a apertar aquela senhorinha pequena e franzina num abraço de urso quando ela se levantou e ergueu uma das mãos.

— Ah — disse.

Congelei.

— Ah?

— Fiquei tão envolvida no seu discurso entusiástico, sr. Jones, que esqueci um detalhezinho muito importante. Beth passou por aqui hoje para assinar a demissão.

— Não tem problema. A senhora pode redigir um novo contrato. Ela vai assinar num piscar de olhos.

— Isso se voltar.

— Como assim? — Franzi o cenho. — Voltar de onde?

— De onde quer que estivesse planejando ir com aquela mala preta enorme.

CAPÍTULO TRINTA E CINCO

BETH

—Pronta, querida? — Mamãe estava parada ao lado do ônibus com uma gigantesca mala florida a seus pés.

Observei o motorista, com um gorro de Papai Noel enfiado na cabeça, começar a pegar as malas e, bufando, guardar uma a uma no bagageiro. Ele esticou o braço para pegar a minha e me olhou de cara feia quando ela oscilou no ar entre a gente. Eu nem percebera que continuava segurando-a com força.

Mamãe deu um tapinha na minha mão e eu soltei a mala, ainda que relutante.

—Você assinou sua demissão, Beth?

Fiz que sim, preocupada demais para responder. Eu estava tentando digerir tudo, minhas últimas imagens de Brighton — os vendedores de última hora, envoltos em chapéus, casacos e cachecóis, andando de um lado para o outro de cabeça baixa para se protegerem do vento; as enormes gaivotas grasnando furiosamente enquanto sobrevoavam os pacotes vazios de batatas fritas; as decorações de Natal que se cruzavam acima da King's Road e as luzes do píer brilhando suavemente em contraste com a escuridão de dezembro. Inspirei fundo. O ar estava límpido, cortante e extremamente frio. Pelo visto, ia nevar novamente.

EM CASA PARA O NATAL

Neve. Olhei de relance para a praia. Não havia nada mais surreal do que o mar quebrando contra uma praia coberta de neve. E, com ou sem neve, você podia apostar que no dia seguinte pelo menos uma dúzia de almas corajosas (ou tolas) emitiria uma série de "ais" e "uis" ao atravessar a areia para um mergulho matutino no dia de Natal. Essa era uma das coisas que eu amava em Brighton. Você podia virar uma esquina e deparar-se com algo profundamente bizarro ou totalmente maravilhoso, a ponto de não conseguir sequer piscar: não para as dançarinas da década de 1940 apresentando-se do lado de fora do Pizza Express numa tarde de verão; nem para as gigantescas lanternas de papel em formato de morcegos e sóis que iluminavam as ruas durante o Burning the Clocks, o festival do solstício de inverno; e tampouco para a explosão colorida de fantasias glamourosas da Parada do Orgulho LGBT. Você não piscava para não perder nenhum detalhe — para se refestelar com o charme vibrante e excêntrico de Brighton.

Tremi de frio e esfreguei os braços por cima do casaco. Não estaria nevando na Austrália. Segundo minha mãe, estava fazendo trinta graus Celsius em Sidney.

Sidney.

Balancei a cabeça, incapaz de absorver tudo completamente. Em vinte e quatro horas eu estaria em outra cidade. Uma cidade que eu não conhecia. Nem amava.

A primeira vez de tudo na minha vida tinha sido em Brighton. Andar de bicicleta. Nadar no mar. Frequentar a escola. Fazer amigos. Beijar um garoto. Dormir com um garoto. Arrumar um emprego. Apaixonar-me por alguém...

Soltei um suspiro.

Os dois últimos não tinham dado muito certo, tinham?

Você é uma das perdedoras da vida, dissera Carl. Eu descartara a observação como mais um de seus comentários maliciosos, mas eu não era exatamente uma das vencedoras da vida, certo?

Não, não havia mais nada para mim em Brighton. Eu sentiria falta da cidade e morreria de saudades de Lizzie, mas ela ficaria bem. Tinha prometido, assim que tivesse acesso à internet, falar com ela todo dia pelo Skype (se ela estivesse logada!), e a Lizzie ameaçara jamais falar comigo de novo a menos que eu lhe enviasse regularmente fotos por e-mail. Além disso, dera a ela um pequeno medalhão de prata de Natal. De um lado havia uma foto nossa aos catorze anos, apertadas dentro de uma cabine fotográfica em Woolworths. Do outro, nós duas, já aos vinte e quatro anos, fazendo exatamente a mesma coisa numa cabine da estação de Brighton. Esses dez anos haviam se passado num piscar de olhos.

Desviei os olhos da orla e me virei para a mamãe. Ela estava animada, abraçando-se e assoviando o que me pareceu "Rudolph, the Red-Nosed Kangaroo" por entre os dentes. Começou a dar pulinhos quando o motorista fechou o bagageiro a anunciou que estava na hora de todos embarcarem. Eu nunca a vira tão feliz. Talvez um novo começo não fosse uma ideia tão ruim, afinal.

Ela me pegou olhando para ela e sorriu.

— Resolveu tudo em casa? Despediu-se de Lizzie?

Fiz que sim de novo.

— Bom, bom. — Estendeu a mão e pegou a minha. — Então vamos, querida. Vamos arrumar um lugar para nos sentarmos. Estou tão animada. Você não?

Olhei mais uma vez para a orla. Se estreitasse os olhos, poderia divisar a silhueta do banco próximo ao West Pier, onde o Matt e eu tínhamos passado umas duas horas conversando depois do meu fiasco na festa de Aiden.

Uma sombra alta atravessou correndo a King's Road e seguiu direto para o banco. Prendi a respiração. Ai, meu Deus. E se...

Observei o homem apoiar um dos pés no banco e se curvar para a frente. Um segundo depois, com o cadarço do tênis amarrado, ele retomou sua corrida pela orla.

EM CASA PARA O NATAL

Neguei com a cabeça de forma distraída e me virei de volta para a mamãe. Era apenas um banco de madeira desgastado pelos elementos. O que eu estava esperando?

— E então? — perguntou ela. — Você está tão animada quanto eu?

Forcei um sorriso.

— Claro que sim.

CAPÍTULO TRINTA E SEIS

MATT

Saltei do táxi, atravessei correndo a entrada da casa de Beth, meti o dedo na campainha e esperei.

Não sabia bem por que, mas não conseguia me livrar da terrível sensação que me corroía as entranhas desde que a sra. Blackstock me contara sobre Beth e a mala preta. Edna estava convencida de que ela havia decidido tirar umas férias, mas eu não tinha tanta certeza. E se... não... balancei a cabeça. Não podia sequer pensar nisso. Beth não podia ir embora. Ela não faria isso. Beth vivia em Brighton há quase tanto tempo quanto eu e amava a cidade duas vezes mais.

Olhei para a porta fechada. Onde ela estava? Não era só sobre o trabalho que eu queria conversar com ela.

"Prometa que você dará à Beth a chance de se explicar", dissera o vovô no hospital.

Só que eu não tinha dado, tinha?

Eu dera à Alice uma segunda chance, mas fugira de Beth, a garota que fazia meu coração se contrair dentro do peito sempre que pensava nela.

— Beth! — Fechei a mão em punho e estava prestes a bater na porta de novo quando ela se abriu. Uma mulher de cabelos vermelhos num penhoar rosa me fitou.

EM CASA PARA O NATAL

— Sabe que horas são? — perguntou ela de modo brusco, esfregando os olhos. Estavam vermelhos e inchados.

Olhei de relance para o relógio.

— Onze e quinze. Desculpe, você estava dormindo? Beth está?

— Beth? — Ela esfregou o rosto amarrotado pelo sono. — Não, ela foi embora.

— Embora pra onde?

A mulher me fitou com suspeita.

— Por que eu te diria?

— Porque tenho novidades sobre o Picturebox, e porque...

— Porque o quê?

Merda. Era melhor dizer logo.

— Porque estou apaixonado por ela.

— Ai, meu Deus! — Ela se afastou um passo, me olhou de cima a baixo e inclinou a cabeça ligeiramente, como que me avaliando. — Você é o Matt, não é?

— A-hã. E você deve ser a Lizzie.

— Uou! — Ela apoiou o peso no umbral da porta e fez que não com a cabeça. — Você é um babaca. Sabe disso, não sabe?

Fiz que sim.

— Sei.

— E não é o único. — Lizzie deu de ombros. — Você, o Aiden, o Carl... um bando de idiotas, todos vocês. A Beth não teria ido embora com Eddie se não fosse por vocês.

Quem diabos era Eddie? Nem sequer me ocorrera que ela pudesse estar com alguém. Merda.

— Eddie é o namorado dela? — perguntei, nervoso.

— Credo, Matt! — Lizzie cruzou os braços na frente do peito e me encarou com desdém. — Você é tão burro quanto é idiota? Eddie é a mãe dela... Edwina Prince. Beth não tem namorado. Bem... o ex tentou voltar com ela ontem à noite, mas ela disse não porque está apaixonada por você. Não que vá admitir isso de qualquer jeito.

— O quê?

— Ela ama *você*, seu babaca.

— Mas... — Meu queixo caiu. — E quanto ao cartaz?

— Que cartaz?

— Aquele acima da cama dela dizendo que ela faria qualquer coisa para conseguir o emprego.

— Ah, aquilo. — Lizzie deu de ombros novamente. — Foi a Edwina quem escreveu.

— Como?

— Foi a mãe dela quem escreveu. Você sabe... — Ela me olhou como se eu fosse burro. — Boa caligrafia, letras maiúsculas e coisa e tal. É só alguma bobagem que ela leu num livro idiota que carrega consigo para tudo quanto é lugar. *Visualizando o...*

— *Sucesso* — completei. — Merda! Conheço esse livro. Meu amigo, Neil, tem um. Tirei um sarro dele por causa disso e...

Ai, meu Deus! O que eu tinha feito? Beth não havia dormido comigo para tentar conseguir o emprego. Mas porque gostava de mim. E eu tinha fugido no meio da noite e... AH, MERDA. MERDA. MERDA. MERDA.

— Para onde ela foi? — perguntei, desesperado. — Onde está Beth?

Lizzie me fitou no fundo dos olhos.

— Austrália.

— O QUÊ?!

— Austrália. Você sabe, lar do Rolf Harris e dos cangurus? — Olhou para seu relógio. — O ônibus para o Heathrow saiu há uns quinze minutos.

Senti o coração preso na garganta. Não podia deixá-la ir sem dizer a ela como me sentia. Eu *precisava* encontrá-la.

EM CASA PARA O NATAL

— Ainda dá tempo! — falei. — Ainda posso alcançá-la.

Eu já estava a meio caminho da porta quando tive uma ideia e me virei.

— Posso ficar com ele? — pedi.

Lizzie revirou os olhos.

— Com o quê?

— O cartaz. Aquele pregado no teto acima da cama de Beth.

Ela franziu o cenho.

— Por quê?

— Por favor.

— Tudo bem. — Lizzie desapareceu casa adentro e voltou uns dois segundos depois com uma folha A4 na mão.

— Obrigado — falei quando ela me entregou o cartaz. — Obrigado, mesmo. De verdade.

Ela revirou os olhos novamente.

— Cruzes! — exclamou, fechando a porta. — Bonito, mas um imbecil. A história da minha vida!

CAPÍTULO TRINTA E SETE

BETH

Tudo o que eu queria era apoiar a cabeça, que martelava sem parar, na janela do ônibus, pegar no sono e esquecer que tudo aquilo estava realmente acontecendo — eu estava me mudando para a Austrália —, mas minha mãe não permitiu. Ela tagarelava como uma vitrola quebrada e me dava uma cotovelada nas costelas sempre que eu fechava os olhos.

— Beth? Beth, está me escutando?

Suspirei e me virei para ela.

— Graças a Deus você finalmente criou juízo e decidiu agir como uma adulta — comentou. — Não posso acreditar que você desperdiçou seis anos da sua vida naquele cinema de merda.

— Isso não é justo, mãe. O Picturebox não é um cinema de merda.

— É sim. Honestamente, Beth, não entendo você às vezes. Enquanto você ficava sentada, sonhando com estrelas do cinema, podia ter construído uma carreira como gerente de escritórios ou mulher de negócios.

— Mas eu nunca quis ser uma mulher de negócios. — Franzi o cenho. — E, para ser honesta, continuo não querendo.

EM CASA PARA O NATAL

— Bobagem, claro que quer. Olhe para mim. Tenho uma casa legal, um carro maravilhoso e um armário cheio de roupas bacanas. Sou bem-sucedida, respeitada e independente. Tenho tudo o que eu poderia querer.

Tem mesmo? Pensei, mas não disse nada.

— Decidir vir comigo foi a melhor coisa que você fez. Vamos torná-la uma mulher de sucesso.

— Hum. — Forcei um sorriso, ainda que estivesse com vontade de vomitar. Estávamos passando pelas curvas cobertas de neve do parque South Downs, Brighton cada vez mais para trás à medida que o ônibus avançava a toda velocidade em direção ao aeroporto Levei a mão ao estômago. Não era a animação que estava me deixando enjoada. Era o pavor. E, quanto mais eu tentava suprimi-lo, pior ficava.

— Então — continuou minha mãe, abrindo uma pasta de plástico etiquetada *Austrália*. Ela estava abarrotada de folhas de papel, cada uma delas marcada com um papelzinho colorido... voos, casas, seguro, aluguel de carro, advogados, bancos. Tinha até uma com o meu nome. — Assim que chegarmos a Sidney, vamos alugar um carro por algumas semanas até comprarmos o nosso. E um corretor arrumou um lugar para morarmos enquanto esperamos que a casa de Brighton seja vendida.

Olhei para a pasta, estupefata. Mamãe tinha planejado tudo, cada mínimo detalhe de sua nova vida — nossa vida — em outro país. Ela não havia me consultado a respeito de nada. Eu me sentia uma passageira clandestina, pegando carona no sonho de outra pessoa.

O que foi que Lizzie tinha dito na noite anterior?

Por que você está fugindo para a Austrália?

Eu não estava fugindo. Estava tentando recomeçar. O que havia de errado nisso? As pessoas emigravam o tempo todo. Olhei para o presente de Natal em minhas mãos e corri os dedos pelo embrulho brilhantemente decorado. Lizzie me proibira de abri-lo antes de chegar à Austrália. Que mal poderia ter em abri-lo agora? Ela jamais descobriria, e talvez ele tirasse minha atenção do enjoo em meu estômago e do som da voz dela em minha cabeça.

Corri a unha por baixo da fita adesiva e rasguei o papel. É um livro, pensei, quando o embrulho se desfez. É algum tipo de...

Ai, meu Deus.

Não era um livro. Era um álbum de fotografias. A capa continha uma foto minha plantando bananeira na frente do píer, com o título "Beth Prince: feliz para sempre" pairando no céu acima dos meus pés. Senti o coração acelerar e abri o álbum. Outra foto minha vestida como vampira no aniversário de dezesseis anos de Lizzie. Depois outra de mim, rindo de me acabar, enquanto segurávamos os restos carbonizados do nosso primeiro churrasco. E... ai, meu Deus... havia até uma em que eu aparecia tentando andar de skate (devia ter sido tirada na época em que eu namorava Dom). À medida que ia virando as páginas, imagens do passado surgiam diante de mim, fazendo-me sorrir, suspirar e lembrar. Meus olhos se encheram de lágrimas ao parar na penúltima página. Era uma foto de Lizzie, sem dúvida tirada recentemente, segurando uma folha de papel A4 junto ao peito, onde se lia: *Você ainda vai ter o seu "felizes para sempre", Beth.* Ó céus. Ela não tinha sido uma droga de amiga, afinal. Tinha se dado a todo aquele trabalho para fazer um álbum de fotos, na esperança de conseguir me alegrar. Levei os dedos aos lábios, toquei o rosto dela e virei a última página. Era uma foto minha com o cartaz do George Clooney. Estávamos parados do lado de fora do cinema, meu braço em volta do ombro dele. Eu estava com os olhos fixos no letreiro do Picturebox e uma apatetada expressão de orgulho no rosto.

Por que você está fugindo? A pergunta ecoou em minha mente, logo seguida por: *Você disse que preferiria morrer a se tornar secretária da sua mãe.*

EM CASA PARA O NATAL

Observei minha mãe vasculhar a pasta. Havia um bilhete pregado na folha dedicada a mim. *Inscreva a Beth num curso de secretariado,* dizia ele. *Digitação, Word, taquigrafia. Ela precisa de manicure, um bom corte de cabelo e roupas novas. Unhas terríveis.*

Ai, meu Deus.

Olhei de relance para ela, mas minha mãe estava concentrada demais nos detalhes para perceber a expressão horrorizada em meu rosto.

— Mãe — falei.

Ela arrancou o bilhete e amassou-o na palma da mão.

— Pode falar, querida.

— Eu não vou.

Mamãe me lançou um olhar de esguelha.

— Como assim?

— Sinto muito. — Mudei de posição no assento de modo a ficar de frente para ela. — Mudei de ideia. Não vou para a Austrália.

Ela fechou a pasta e me encarou.

— O quê?

— Vou ficar em Brighton — falei de forma decidida.

— Não seja tola. — O franzido no cenho desapareceu e ela bufou como se estivesse rindo. — Isso é ridículo. Por que ficar aqui quando você pode começar uma vida nova em outro lugar?

— Só que não é assim, é? Não seria uma vida nova para mim. Seria para você. Eu estaria vivendo a vida que você quer para mim.

— Sim, uma vida boa, segura e sensata.

— Mas eu não quero uma vida assim, mãe. Quero uma vida que me faça feliz. Sempre achei que isso envolveria o Picturebox e não posso desistir desse sonho. Não posso fugir no primeiro obstáculo.

Ela ergueu uma sobrancelha.

— Eu diria que não conseguir o emprego de gerente está mais para um muro do que um obstáculo, querida.

— Mas não tem que ser assim. Não posso deixar a Apollo arrancar o coração do Picturebox e sair impune. Isso não está certo e provavelmente é contra a lei. Aquele lugar tem mais de cem anos e é cheio de objetos e detalhes históricos. Tenho certeza... não sei... que o Instituto do Patrimônio Histórico e Artístico Nacional ou as pessoas que decidem onde instalar as placas azuis teriam algo a dizer sobre a destruição do interior do cinema.

Eu não fazia ideia se o que eu dizia era verdade ou não, mas não consegui impedir as palavras de saírem da minha boca. Era como se tivesse aberto uma torneira no cérebro e agora não conseguisse mais fechá-la.

Mamãe bufou.

— E você pretende derrubar uma poderosa corporação internacional sozinha, é isso?

— É. Não. Não sei. Vou escrever para todos os jornais e emissoras de televisão locais. Vou pedir o apoio da equipe e dos clientes. Vou redigir uma petição e ficar plantada do lado de fora da estação ou bater de porta em porta se for preciso. Posso fazer isso. Posso fazer a diferença. Sei que sim.

Eu acreditava nisso. Acreditava de verdade. Eu havia sido mais corajosa nas últimas semanas do que em toda a minha vida. Tinha confrontado o Aiden, encarado o Carl e deixado o Matt partir sem sair correndo atrás dele. A única pessoa que ainda não conseguira encarar era minha mãe.

— E quanto a mim? — perguntou ela, aproveitando a deixa.

— Você prometeu vir comigo para a Austrália se não conseguisse o emprego.

— Sinto muito — respondi. — Sinto mesmo. Mas a Austrália não é o meu sonho, é o seu. Continuo querendo que você vá, mãe.

EM CASA PARA O NATAL

Quero que seja feliz. Mas tenho que ficar em Brighton. Por favor, não me odeie.

— Claro que não odeio você, Beth! — Estreitou os olhos, desconfiada. — Isso não tem nada a ver com algum rapaz, tem? Será que esse não é o verdadeiro motivo de você ter decidido ficar?

— Não. — Eu estava falando sério. — Isso só tem a ver comigo e com o que eu quero. Preciso fazer isso, mãe. Pelo menos, tenho que tentar.

Ela balançou a cabeça negativamente.

— Você não pensou direito sobre isso. Sei que não. É um sonho impossível e idiota.

— Não, não é, não se eu conseguir torná-lo real.

Ela soltou um profundo suspiro.

— Você sempre viveu no mundo da fantasia. Desde que era pequena. Se não estivesse sonhando em visitar um ET, estava...

O som de uma buzina tocando repetidamente abafou o restante da frase.

Mamãe se virou para mim.

— Que diabos está acontecendo?

— Não faço ideia.

Olhei de relance pela janela, mas não havia nada lá fora, exceto uma neblina densa que transformava os campos num borrão indistinto de verdes e marrons.

— Olhe ali — disse minha mãe, dando um tapinha no meu braço e apontando para os fundos do ônibus. — Tem algo acontecendo ali atrás.

Virei no assento. As pessoas que antes estavam sentadas na última fileira tinham se levantado e olhavam para fora pela janela traseira. O carro continuava a buzinar.

— Ai, meu Deus! — gritou alguém numa voz esganiçada. — Ele deve estar querendo se matar. O sujeito está tentando ultrapassar o ônibus.

— Ele mudou de ideia — gritou outro. — Resolveu permanecer atrás da gente. Olhem! Ele está segurando um papel. Tem algo escrito nele.

— O que diz? O que diz? — berrou um garotinho enquanto várias pessoas da penúltima fileira se levantavam para ver o que estava acontecendo.

— Está escrito "Beth"! — gritou um sujeito com um corte de cabelo à escovinha. Ele se virou para o pessoal do ônibus, todos com o pescoço esticado para tentar enxergar alguma coisa. — Tem alguma Beth aqui?

Mamãe me deu uma cotovelada nas costelas.

— O que você fez?

— Nada! Eu não fiz nada.

— Ele está apontando para o cartaz — gritou o homem do cabelo à escovinha. — Está procurando por alguém chamada Beth. Quem é essa tal de Beth?

Levantei a mão antes de perceber o que estava fazendo.

— Sou eu!

— Venha cá! — chamou o sujeito do cabelo à escovinha, gesticulando freneticamente. — Tem um cara maluco num carro seguindo o ônibus. Acho que ele quer falar com você.

— Beth, não. — Minha mãe segurou meu cotovelo quando me levantei e pulei por cima dela. — Seja lá o que for, não faça isso.

Desvencilhei-me de seu aperto.

— Por favor, mãe. Só quero ver o que está acontecendo.

— É problema — gritou ela para as minhas costas enquanto eu atravessava o corredor em direção aos fundos do ônibus. — Dá para sentir a léguas de distância.

— Saiam da frente — ordenou o sujeito do cabelo à escovinha, me empurrando em direção ao pequeno espaço entre uma mulher

EM CASA PARA O NATAL

de meia-idade e um estudante cheio de dreadlocks no cabelo. — Ela está aqui. Ela está aqui!

Olhei pela janela, mas não consegui ver nada. A neblina estava densa demais. Apertei os olhos, tentando enxergar, e quase fiquei sem ar quando o ônibus passou na frente de um poste e o banco dianteiro do carro foi iluminado. Um rosto familiar, com a barba por fazer e cabelos castanhos desgrenhados, sorriu de volta para mim.

— Matt! — Eu estava tão chocada que gritei o nome dele.

— Quem é ele? — perguntou o homem do corte à escovinha, mas eu o ignorei. Estava ocupada demais tentando ler o papel com o meu nome que Matt apoiara contra o para-brisa.

— Matt — repeti. — O que está fazendo?

Ele me fitou com os olhos apertados e balançou a cabeça.

— O que... você... está... fazendo? — repeti devagar, pronunciando cada palavra cuidadosamente.

Ele fez que não de novo, ainda sorrindo. Virou o papel e apoiou o verso contra o para-brisa. Apontou para mim e, em seguida, para o papel.

— Farei... o... que... for... preciso... — Apertei os olhos para conseguir ler e, em seguida, levei a mão ao peito, surpresa. Era a afirmação do livro *Visualizando o sucesso* que minha mãe me mandara pregar acima da cama. O que diabos Matt estava fazendo com aquilo?

Farei o que for preciso, li, para conseguir...

As últimas palavras tinham sido riscadas e substituídas por outras, rabiscadas com caneta hidrocor preta numa caligrafia trêmula.

... você de volta.

Suspirei tão alto que o estudante de dreadlocks no cabelo deu um pulo.

— Farei o que for preciso para conseguir você de volta. — A mulher de meia-idade à minha direita leu em voz alta. — Ai, meu Deus. — Ela agarrou meu braço e começou a se abanar com a mão livre. — Acho que estou sentindo uma onda de calor. Essa é a coisa mais romântica que já vi. Arthur, Arthur. — Cutucou o homem de cabelos grisalhos ao seu lado. — Viu isso? "Farei o que for preciso para conseguir você de volta." Por que você nunca me seguiu pela rua assim?

O homem fez uma careta.

— Porque você nunca fugiu.

Olhei de novo pelo vidro traseiro. Matt continuava com os olhos fixos em mim, mas o sorriso desaparecera. Ele parecia preocupado. Desvencilhei-me da multidão de corpos entre os quais me encontrava espremida e fui abrindo caminho até a frente do ônibus. Quase perdi o equilíbrio quando o motorista fez uma curva acentuada à esquerda. Mamãe estendeu a mão de unhas bem-feitas para me capturar quando passei, mas consegui escapar dela. Por fim, alcancei o motorista.

— Volte para sua cadeira, por favor, senhorita — pediu, sem tirar os olhos da estrada. — Os passageiros devem permanecer sentados durante a viagem.

— Não posso. — Agachei-me no degrau à esquerda dele.

— Ei. — Ele apontou para mim. — Sai daí, por favor. É perigoso. Regras de saúde e segurança.

— Não posso. — Lancei-lhe um olhar suplicante. — Preciso sair desse ônibus.

— O banheiro entupiu de novo, foi? — Ele me entregou um copo descartável de café Starbucks que estava ao lado do banco. — Pode usar isso, mas cuidado para não derramar.

— Não preciso ir ao banheiro! — gritei. — Preciso sair do ônibus e falar com o cara que está seguindo a gente.

EM CASA PARA O NATAL

— Já ouviu falar em celular? É só apertar um botão que você consegue falar com qualquer pessoa. Uma das mágicas da vida real.

— Não dá, não tenho o número dele. Ó Deus, você não vai parar o ônibus, vai?

O motorista fez que não.

— Por que eu faria isso? Faltam apenas alguns quilômetros para chegarmos ao Heathrow.

Estreitei os olhos para ler a placa azul uns duzentos metros adiante. Heathrow, oito quilômetros, dizia ela.

— Tem certeza de que não precisa do copo? — perguntou o motorista, mas eu já estava na metade do ônibus.

— Com licença, com licença — pedi, espremendo-me entre o estudante e a mulher de meia-idade e olhando para a escuridão lá fora. Matt continuava nos seguindo, as mãos no volante, os olhos pregados nos meus.

Estiquei os braços e abri oito dedos.

— Oito — murmurei. — Só mais oito quilômetros.

Os dez minutos seguintes foram os mais longos da minha vida. Fiquei nos fundos do ônibus, espremida entre os passageiros, os olhos fixos no rosto do Matt. Em determinado momento, levantei o celular e murmurei: "Me liga", mas ele fez que não.

— Não dá — Matt murmurou de volta. — Estou sem mãos.

Enquanto ele apontava para o painel vazio, o carro derrapou para a esquerda e soltei um grito esganiçado.

Depois disso, ele manteve os olhos na estrada, erguendo-os de vez em quando para verificar se eu ainda estava ali.

— Beth, chegamos. — Senti a mão de alguém no meu ombro, me virei e vi minha mãe parada ao meu lado. O ônibus virou à esquerda, depois à direita e, então, diminuiu a velocidade e parou.

— Mãe... — falei de modo hesitante.

Contraí o corpo, pronta para o sermão. Essa era a chance de ela me acusar de ter mentido sobre querer lutar pelo Picturebox quando estava óbvio que eu só havia decidido ficar em Brighton por causa de um homem.

— Faça o que você tem que fazer, Beth — mamãe replicou baixinho.

— Jura?

Ela concordou com um movimento de cabeça e fez sinal para que eu sentasse numa das cadeiras vagas. Todos os demais estavam, pouco a pouco, descendo do ônibus. Mamãe alisou a parte de trás da saia e se sentou ao meu lado.

— Sei que fui dura algumas vezes — começou ela. — Mas eu não queria que você cometesse os mesmos erros que eu. — Esticou o braço para pegar minha mão. — Passei anos tentando agradar o seu pai, sem sucesso, o que só me deixou infeliz. Minha carreira é a única coisa, além de você, que me faz feliz. Tudo o que eu sempre quis é que você também encontrasse a felicidade.

Engoli em seco e meus olhos se encheram de lágrimas.

— Sei disso, mãe.

— Quanto ao Picturebox, bem... — Ela sorriu. — Não é a carreira que eu teria escolhido, e ainda não entendo por que você é tão fissurada por aquele lugar caindo aos pedaços, mas até mesmo eu posso ver o quanto ele significa para você. Não ouse desistir da luta para impedir a Apollo de destruí-lo, porque, se você fizer isso, vou pegar o primeiro voo de volta da Austrália para vir lhe dar umas palmadas na bunda. E não me importo que você já seja uma mulher adulta!

Apertei a mão dela com força.

— E quanto a esse rapaz. — Sorriu de novo. — Esse homem que a seguiu desde Brighton. Não sei quem ele é nem o que pretende, mas, se ele a faz feliz, Beth, então talvez esse... qual é o nome dele?

EM CASA PARA O NATAL

— Matt.

— Então talvez esse Matt seja um cara legal.

Um cara legal? Será? Meu sorriso desapareceu ao lembrar o quão zangado ele havia soado ao dizer a Sheila que não queria falar comigo nunca mais. Em meio a toda aquela animação, eu havia me esquecido completamente disso. Ele podia ter me seguido desde Brighton, mas não havia como negar o fato de que Matt tinha me magoado. Ele tinha me magoado para valer.

Mamãe levantou-se devagar. Olhou para mim com uma expressão pensativa e, em seguida, curvou-se e me envolveu num abraço.

— Seja lá o que você decida fazer — disse, afastando-se gentilmente —, saiba que eu amo você. Sei que não digo isso com muita frequência, mas eu amo você.

Eu continuava tonta pela conversa que acabara de ter com a minha mãe ao atravessar o ônibus e descer para a rua. Matt estava parado a uns dez metros de distância, recostado contra um poste de concreto e com as mãos nos bolsos. Ele abriu um meio-sorriso quando nossos olhos se encontraram e veio em minha direção

— Oi, Beth — falou baixinho.

— Oi, Matt.

Ficamos olhando um para o outro sem dizer nada enquanto os outros passageiros pegavam as malas que o motorista empilhara ao lado do ônibus e se afastavam. Uns dois minutos depois, estávamos sozinhos.

— Então. — Matt deu de ombros. — Austrália?

Fiz que sim.

— Estou com a passagem.

Ele enterrou as mãos nos bolsos ainda mais e desviou os olhos. Abri a boca para perguntar qual era o problema, mas mordi a língua.

— Sinto muito. — Ele me olhou de volta com tanta intensidade que meu estômago deu um salto, mas me esforcei para manter a calma. Eu não ia me derreter só por causa de um olhar, de jeito nenhum. — Sou um idiota. Não, mais do que isso. Sou um verdadeiro babaca.

— É, é mesmo.

Matt sorriu, mas o sorriso não chegou aos olhos.

— Eu sou, Beth. Sou mesmo. Você não merecia ser tratada da forma como eu a tratei. *Realmente* não merecia.

— Então, por que fez isso? Por que dormiu comigo para depois desaparecer e se recusar a falar comigo?

— Por causa disso. — Ele pescou algo no bolso traseiro da calça e desdobrou-o cuidadosamente. Era o cartaz com a afirmação de *Visualizando o sucesso* que ele segurara junto ao para-brisa.

— O que tem isso?

— Vi esse cartaz no teto do seu quarto na manhã seguinte à noite em que dormimos juntos. Achei que você tivesse escrito isso, e que o único motivo de ter dormido comigo fosse para conseguir o emprego na Apollo.

— De jeito nenhum! — Olhei para ele horrorizada. — Eu jamais faria uma coisa dessas! Nem em um milhão de anos.

— Eu sei. Acho que no fundo sempre soube, mas... — Matt amassou o papel numa bola e a jogou longe. Ela quicou na calçada e rolou para o bueiro. Nós dois ficamos olhando. — Eu podia inventar um monte de desculpas — continuou ele. — Podia culpar minha ex por me fazer desconfiar das mulheres, mas a verdade é que não tem desculpa. Agi como o tipo de homem que jurei jamais ser. Até meu avô ficou desapontado comigo.

Caímos no silêncio, olhando um para o outro. Eu queria dizer alguma coisa, mas não consegui. Estava tentando digerir tudo aquilo. Matt só tinha dito a Sheila que não queria falar comigo porque...

EM CASA PARA O NATAL

neguei com um movimento de cabeça. Não podia acreditar que ele tinha pensado isso de mim.

— Beth...

— Fala.

— Não sei o que passou pela minha cabeça para seguir você de carro com esse cartaz idiota. Quando vi seu rosto no fundo do ônibus e você pareceu tão feliz em me ver, achei... tive esperanças... bem, não importa. Depois do modo como agi, não a culparia se você não quisesse falar comigo nunca mais. Mas tem outra coisa que eu preciso lhe contar.

— Tudo bem... — retruquei, ansiosa. Não sabia ao certo se eu estava pronta para mais revelações.

— O emprego é seu, se você quiser.

— O quê? — Olhei para ele, surpresa. — Na Apollo?

Eu não ia aceitar, de jeito nenhum, não depois de tudo o que eles estavam planejando fazer. Eu lutaria contra eles com unhas e dentes.

Matt fez que não.

— Não. No Picturebox. A sra. Blackstock decidiu deixá-la gerenciar o cinema e tentar seu plano de estratégias por seis meses. Se você concordar, é claro.

— Mas a sra. Blackstock nunca viu meu plano de estratégias.

— Agora viu.

— Não entendi. E quanto ao contrato com a Apollo?

— Eu o rasguei. Logo depois de pedir demissão.

— Você pediu demissão... — Meu queixo caiu. — Por que você faria uma coisa dessas?

— Porque percebi o quanto o Picturebox é importante. — Matt baixou os olhos para o chão e começou a bater a ponta de um tênis no calcanhar do outro. — *Você* me fez perceber o quanto ele é importante.

— Eu?

Ele assentiu com um movimento de cabeça, ainda evitando contato visual comigo.

— Foi por isso que segurei o contrato por tanto tempo, porque não queria entregá-lo à minha chefe. Não parecia correto, mas eu não sabia o que fazer. Se o entregasse, isso significaria o fim do Picturebox, mas, se não o entregasse, não conseguiria pagar o aluguel do meu avô. Eu estava acuado.

— Mas você disse que rasgou o contrato. Onde seu avô vai morar se você não conseguir pagar o aluguel?

Matt não disse nada, mas seus ombros enrijeceram e pude perceber o músculo do maxilar se contrair.

— Que foi?

Ele negou com a cabeça. Parecia estar lutando para não desmoronar.

— Matt. — Pousei uma das mãos no braço dele. — Matt, o que foi que aconteceu?

— Meu avô. — A voz falhou ao dizer a palavra e ele olhou para mim, os olhos marejados de lágrimas. — Ele morreu.

— Ai, meu Deus. — Engoli em seco, lutando contra minhas próprias lágrimas. — Ai, meu Deus, Matt, sinto muito. Seu avô era um homem adorável.

— É verdade. — Ele desviou os olhos e disse algo tão baixinho que não consegui entender.

Corri a mão pelo braço dele sem muita convicção.

— O que você disse?

— Você. — Matt me encarou de novo, as lágrimas escorrendo pelo rosto. — Vovô também a achava uma garota adorável. Ele viu o quanto você é bacana, especial e linda, e olha que só passou uma tarde com você. Ele me disse, Beth, ele me disse para não deixá-la escapar, mas eu deixei que meu orgulho ferido levasse a melhor e...

EM CASA PARA O NATAL

— Afastou-se, o rosto retorcido de dor. — Estraguei tudo. Magoei você. Magoei a pessoa mais legal que apareceu na minha vida e estraguei tudo.

Eu não conseguia falar. Não conseguia sequer respirar.

— Sinto muito — continuou ele, dando outro passo atrás. — Me desculpe por tudo, Beth. Estou tão arrependido. Já atrapalhei sua vida o suficiente sem tentar impedi-la de ir para a Austrália. É melhor eu ir embora.

Observei, petrificada no lugar, enquanto Matt se virava e voltava para o carro. Levei a mão ao rosto ao sentir algo frio e molhado aterrissar no meu nariz e ergui os olhos para o céu. Tinha começado a nevar.

Deixe-o ir, disse meu cérebro enquanto Matt metia a mão no bolso e pegava as chaves do carro.

Não!, retrucou meu coração.

Ele a magoou. Vai fazer isso de novo.

Ele cometeu um erro e está arrependido. E está tentando acertar as coisas. Ele veio até aqui se desculpar, não veio? E conseguiu o trabalho para você no Picturebox. De que outro jeito você acha que a sra. Blackstock teria visto seu plano de estratégias? Ele realmente se importa com você, Beth. Está escrito na cara dele.

— Matt, espere! — chamei, ao vê-lo pressionar o controle da chave e as luzes do carro se acenderem. — Não vou para a Austrália.

O tempo pareceu parar quando ele congelou com a mão na maçaneta da porta e se virou para mim. A neve começou a cair com mais força, preenchendo o espaço entre a gente com uma bela névoa esbranquiçada.

— O que você disse?

— Eu não vou.

— Não vai? — As chaves do carro caíram no chão enquanto ele corria para mim e me suspendia no ar, esmagando-me em seus braços. — Você vai ficar em Brighton?

—Vou. — Ri quando ele começou a me rodopiar.

— Ah, graças a Deus. Eu amo você, Beth. Não posso acreditar que quase a perdi. Quase a perdi para sempre. Eu... — Os rodopios pararam de repente e Matt me botou de volta no chão. A expressão de prazer deu lugar à preocupação enquanto ele analisava meu rosto.

— Que foi? — perguntei. — Qual é o problema?

— Merda. Sinto muito, Beth. — Correu uma das mãos pelo cabelo e fez que não com a cabeça. — Aqui estou eu, levantando você do chão e presumindo que me perdoou, quando, na verdade, você não disse nada. É que fiquei tão animado pelo fato de você dizer que vai ficar que...

— Ssshhh, Matt. — Dei um passo à frente e entrelacei meus dedos com os dele. —Você vai ter que se esforçar muito para conseguir o meu perdão, muito mesm...

Os lábios dele cobriram os meus antes que eu conseguisse dizer qualquer outra coisa.

AGRADECIMENTOS

Sinto-me muitíssimo grata a Kate e a equipe da Orion, assim como aos fabulosos anjos Maddie e Darley e a todos aqueles que me apoiaram e encorajaram através desse terreno traiçoeiro que é o segundo romance. Eu não teria conseguido sem vocês.

Agradeço especialmente à minha família — Reg, Jenny, Bec, David, Sophie, Suz e Leah —, por seu amor e apoio (e a Jacqui pelas fotos), e à minha nova família — vovô e vovó Hall, Steve, Guinevere, Ana, Angela, Ad, Bex e Jay —, por me acolherem com tanto carinho.

Dedico todo o meu amor aos meus amigos e líderes de torcida — Kellie, Becky, Dan, Laura B., Joe, Kat, Amanda, Laura Barclay, Lisa, Heidi, Scott, Claire B., Georgie D., Sally, Nat, Kimberley e Tiff & as garotas kickboxing. Obrigada por me ajudarem a atravessar os momentos difíceis e celebrar os bons!

Um grande abraço à maravilhosa comunidade online de escritores, os quais foram sempre inacreditavelmente generosos com seu tempo e conselhos, em especial Leigh, Sally Q., Helen H., Helen K., Karen, Caroline S., Nik, Carolyn, Rowan, Kate H., todos os meus colegas escritores da Orion e todos no Facebook e no Twitter que responderam às minhas súplicas por ajuda com relação às pesquisas do livro!

Agradeço muito ao pessoal do cinema do Duque de York pelo tour do centésimo aniversário; ele me inspirou profundamente. Quero agradecer também à cidade de Brighton e Hove e a todos os que moram nela. Vi, vivenciei e senti tantas coisas nos treze anos em que morei lá, embora só tenha conseguido inserir muito pouco de tudo isso neste livro. É uma cidade mágica que sempre terá um lugar especial no meu coração.

Ao Chris — tenho tanto a dizer, mas vou ser breve (fiu!): obrigada por me fazer mais feliz do que eu imaginava ser possível. Você é o máximo!

E, por fim... a todos os que compraram *O céu vai ter que esperar!* e/ou se deram ao trabalho de me escrever para dizer o quanto tinham gostado do livro — MUITO obrigada! Suas palavras de incentivo muitas vezes transformaram momentos de bloqueio em algo maravilhoso! Adoro ler os comentários de vocês.

Impresso no Brasil pelo
Sistema Cameron da Divisão Gráfica da
DISTRIBUIDORA RECORD DE SERVIÇOS DE IMPRENSA S.A.
Rua Argentina 171 – Rio de Janeiro, RJ – 20921-380 – Tel.: 2585-2000